本书的翻译与出版获杭州市社科优秀青年人才培育计划及

杭州师范大学资助

「现实」的浮出

中国文学中的现实描写

[日]小松谦 著

周 瑛 译

浙江工商大学出版社 · 杭州

图字：11-2021-178

图书在版编目(CIP)数据

"现实"的浮出：中国文学中的现实描写 ／（日）
小松谦著；周瑛译. —杭州：浙江工商大学出版社，
2022.6

ISBN 978-7-5178-4730-4

Ⅰ．①现… Ⅱ．①小… ②周… Ⅲ．①比较文学—文
学研究—中国、日本 Ⅳ．①I206 ②I313.06

中国版本图书馆 CIP 数据核字(2021)第232343号

"GENJITSU" NO FUJO—"SERIFU" TO "BYOSHA" NO CHUGOKUBUNGAKUSHI
by Ken Komatsu
Copyright © Ken Komatsu, 2007
All rights reserved.
Original Japanese edition published by KYUKO-SHOIN, Co., Ltd.

Simplified Chinese translation copyright © 2022 by Zhejiang Gongshang University Press
This Simplified Chinese edition published by arrangement with KYUKO-SHOIN, Co.,
Ltd., Tokyo, through HonnoKizuna, Inc., Tokyo, and Shinwon Agency Co. Beijing
Representative Office, Beijing

"现实"的浮出——中国文学中的现实描写
"XIANSHI" DE FUCHU——ZHONGGUO WENXUE ZHONG DE XIANSHI MIAOXIE

[日]小松谦 著 周 瑛 译

责任编辑	姚 媛
责任校对	夏湘娣
封面设计	王妤驰
责任印制	包建辉
出版发行	浙江工商大学出版社
	（杭州市教工路198号 邮政编码310012）
	（E-mail：zjgsupress@163.com）
	（网址：http://www.zjgsupress.com）
	电话0571-88904980,88831806（传真）
排 版	杭州朝曦图文设计有限公司
印 刷	杭州高腾印务有限公司
开 本	710mm×1000mm 1/16
印 张	17
字 数	211千
版 印 次	2022年6月第1版 2022年6月第1次印刷
书 号	ISBN 978-7-5178-4730-4
定 价	59.00元

序

　　我自幼喜欢戏剧。不过,能去剧场看戏的机会并不多,只能看电视转播的演出,再有就是阅读戏剧文本了。因此,我涉猎了莎士比亚(的戏剧)和希腊悲剧等古典作品,契诃夫和莫里斯·梅特林等作家的近代戏剧,自然还有日本剧作家的作品。不仅如此,我对《史记》等中国历史书籍和《三国演义》《水浒传》等中国小说也很感兴趣,但几乎没有机会接触中国的戏剧。

　　后来进入大学,决定专攻中国文学。最初,我打算研究六朝文学,但进入专业学习以后兴趣转到了白话文学上。当时都说元曲非常难懂,所以尽管我喜欢戏剧,但并无自信。后来,我试着读了这方面的作品,意外发现自己能够理解,便将元杂剧选作毕业论文的题目。因为对《三国演义》等历史小说也感兴趣,便寻找在历史剧中可以处理的题材,结果形成了论文《关于〈赚蒯通〉杂剧的构造》(载《中国文学报》第三十四册),论述了杂剧《赚蒯通》和《前汉书平话续集》等的关系。这篇论文得到了一些好评,也使我决定日后以元杂剧为中心进行白话文学的研究。

　　恰在此时，山东省京剧团来日公演，我有幸观赏了方荣翔主演的《铡美案》。此前，在日本公演的中国古典剧目考虑到观众的语言障碍，大都搬演《大闹天宫》等武戏，几乎没有机会欣赏唱腔戏。在这种情况下，能看到大师级名角演出的包拯戏，感奋之余越发觉得还是应该去中国留学，进行实地体验。幸好，1985年我获得了中国政府奖学金，作为高级进修生来到中国留学。

　　为了有机会多看戏，我留学时选择了大城市上海，同年秋天来到了复旦大学并受教于李平教授，开始了天天进剧场看戏的生活。那时候白天宅在大学的宿舍里，晚上出门，深夜始归，在外人看来颇有些不务正业之嫌吧。每天去延安剧场（旧名"共舞台"）等剧场看京剧、昆曲，以及各种地方戏，场场不落，一年半的时间看了一百多场。再有李平老师耳提面命，给我开了各地的介绍信，于是我周游中国（除了西北和东北地区），所到之处也尽力观剧。一年后，李平老师去了神户大学，我转由江巨荣教授指导，他也是一位对人非常亲切的老师。

　　这些经历对我后来的研究工作意义重大，这使我实地体味到了中国戏剧为何物。在进一步观看各种戏剧的过程中，我看到了与我所具有的中国历史知识完全不同的舞台故事。为什么这样的故事会长演不衰？它是从哪里诞生的？这些疑问都成为我后来研究的重要课题。

留学过程中,我对明末清初的诗人吴伟业的研究也有了进展,回国后发表了论文《吴梅村研究》。开展有关吴伟业的研究,源于京都大学恩师清水茂的课程。在一个题为"清朝的诗"的讲座后,老师要求学生写研究报告,他即建议我调查吴伟业的戏曲资料(这个报告题为《关于吴伟业的戏曲——以〈秣陵春〉为中心》,载于《东方学》第七十一辑)。一着手调查吴伟业,我即为明末清初这一精彩时期所感染,当即决定写一篇长篇论文。其后发表在《中国文学报》第三十九册和第四十册上,名字为《吴梅村研究》,这是我所写的唯一有关传统诗文的论文,也是篇幅最长的一篇。后来我远离了诗文研究,但这个时期学到的知识和对明清社会的认识,对我日后的研究很有帮助。

留学回国后,我去富山大学任教,教授汉语的同时继续搞科研。我首先着手的是阐明中国戏剧中色彩纷呈的历史故事的实态,这必然涉及明代历史小说的研究,也必然涉及版本的研究。这样陆续发表了有关《全汉志传》《列国志传》等的数篇论文,之后于1992年转赴京都府立大学文学系任教。

我在京都府立大学文学系国文学中国文学专业(现改名为日本中国文学科)工作,这是日本唯一综合日本语学、日本文学、中国文学教学的特色机构。我在这里开始进行专业教学,学生的素质也很高。其间,我继续研究历史小说,幸运的是论文《关于两汉讲史小说的系统》(载于《未名》第十号)获得了芦北奖,

《词话系小说考》获东方学会奖。随后,为了阐明元杂剧诸文本的关系,我开始逐次校勘全文。结果虽未及全部书目,但已在三年时间内对七成左右的现存杂剧完成了校勘。最终,我将探索清楚的事实汇集成数篇论文发表,其中一篇《〈脉望馆钞古今杂剧〉考》(载于《日本中国学会报》第五十二集)获日本中国学会奖。恰好在这一年(2001年),出于一些原因,我把此前的论文分成小说和戏剧两大部分,并进行整理加工,将题为《中国白话文学研究》的内容作为博士论文提交给京都大学,获得了博士学位。后将小说部分命名为《中国历史小说研究》,将戏剧部分命名为《中国古典演剧研究》,交给汲古书院刊行。

写作博士论文的过程中,我对中国的白话文学从形式上被区分为小说和戏曲抱有疑问。对当时的人们来说,白话文学作品究竟是什么呢?为什么开始使用白话创作文学作品呢?为什么得以出版呢?读者又是一些怎样的人呢?我后来的研究就是为了寻求这些问题的答案。在写《"现实"的浮出——中国文学中的现实描写》(汲古书院,2007年)和《〈四大奇书〉的研究》(汲古书院,2010年)的过程中,这些问题进而引发了我更深的思考,即近代化的"读书"这一活动究竟是如何产生的?我的新书《中国白话文学研究——从演剧与小说的关联说起》(汲古书院,2016年)的创意即来自这个问题意识。此外,为搞清元杂剧的本来面目,其间,我还与赤松纪彦氏等合著出版了三册《元刊杂剧的研究》。此书从最古版本《元刊杂剧三十种》中遴选七种杂剧,校订其原文并施以详细译注和解说。其中,本人负责六种杂剧的译注及解说,且执笔成稿。

如上所述,在研究的道路上我解决一个课题,又发现一个新课题,如此反复,从不间断。学问之路,绝无止境,今后我还想不断探索新的课题,不论课题多么微小,毕生都要努力弄清历史的真相。

目

录

序

章

　　将口语体句子和现实描写作为构成近代文学的基础，这一认知并没有偏差。可以说这两项内容的确立使文学变成了近代化的事物。原本，在近现代文学中尝试否定现实描写、追求特异语言表达的例子就不少。但是，那些最多是基于口语体和现实描写的近代文学的反命题而出现的。

　　那么，口语体的句子和现实描写是如何确立的呢？原来两者就是不可分割的。在社会的各个领域中，文言文并不具有描写所有生活细节的能力。究其原因，文言文是封建时期知识分子阶层使用的"书面语言"。此外，知识分子阶层服务于统治阶级，或者说在中国，公认自宋代以后知识分子阶层自身即是形成统治阶级的集体。当然，他们所使用的词汇是迎合统治阶级趣味的"雅"文字，他们记录的皆是与统治阶层相关的内容。有关被统治阶层的记述，除统治层面所需要的内容以外，极其稀少。因此，文言文并不用来记录庶民阶层的生活，也不用来记录日常生活中产生的俗事。如果能够用各种文化中庶民的出现来定义近代,那么,口语体的句子和现实描写就理所应当地成为形成近代文学的决定性条件。

当然,到了近代成立的口语体句子并非反映口语的最初尝试。我们以日本为例来想一想。日本人采用文字表记之初,移植了中国的汉字。当然,最初的书面语言是汉文体。应当说,对日本人而言,将语言用文字置换的行为的开端,是把用日语思考的事情用中文记录下来。此时记录所采用的语言完全脱离口语,而且之后在正式场合也继续将汉文作为唯一的书面语言使用。

然而,终于还是出现了将口语文字化的动向。这个现象首先产生于韵文,现在姑且限定在散文范围内来讨论。现存最古老的假名表记事例是《教王护国寺千手观音像胎内桧扇墨书》,这本书在877年就已出现,比开始编纂《古今集》的延喜五年(905)早了二十八年(冲森卓也:《从万叶假名文向假名文的发展》,选自《日语的诞生 古代文字和表记》,吉川弘文馆,2003年)。之后,假名文学表现出急速的发展势头,像《源氏物语》等取得巨大成就的作品自不必多言。但是,这里必须注意假名文学终究是非正式文学这样的事实。正式的文章必须用完全脱离口头语言的汉文书写。假名文学的主要旗手是女性,纪贯之在书写《土佐日记》时把自己假托为女性滔滔不绝地讲述了那时的事情。另外,假名文学所使用的语言,在某种程度上忠实地反映了当时的口语。有很多论调认为《源氏物语》采用了某个人物讲述的模式。应当说,诸多主语被省略,理解依存于文脉,这样性格鲜明的文体的确接近口头语言。此外,文中确实对当时的现实进行了描写。

若与《小右记》《玉叶》《明月记》这类从平安时代至镰仓初期的日记类作品进行比较,假名文学对现实的描写立刻就会清晰起来。日记类作品也会屡屡向我们展示《源氏物语》《紫式部日记》等作品所呈现的贵族生活细节。但是,它的叙述简略,缺乏朝气。举个例子,并不是说藤原定家缺乏叙述能力,而是受汉文这种文体本身表现能力的限制。叙述相同的事情,假名文学可以生动而又入木三分,并且进行接近现实的细致描写。既然假名文学的语言是接近当时日常生活的语言,那么必须说它注定会实现贴近现实的细致描写。

之后平安假名文学的文体固定下来,形成了新的书面语言,然而它的表现领域仍旧被限定。既然平安假名文学仅以贵族沙龙这样非常小的世界为对象,那么这些作品表现出来的内容也就局限于贵族的生活和情感,贵族以外的人只是风景里的陪衬而已。此外,之后左右假名文学的文体只具有作为雅文的功能。庶民即便出现在那里,也仅仅发挥另类的、滑稽的存在作用。

进入江户时代后,随着出版业的发展,庶民逐渐出现在书面语言的世界中。终于,在滑稽本等作品里首次出现了以庶民的语言来描写庶民生活的现象。但是，必须注意，口语体的文章在原则上是以庶民说话的形式，即以口头语的形式被记录的。进入明治时代，人们面对之前的历史，又受西洋文学的影响，于是开始摸索言文一致体。其契机至少包括渴求可以进行现实描写的书面语言，像西洋文学一样。

在中国，情况又如何呢？中国不像日本突然涌入了外来文字和书面语言，因此又是另一种不同于日本的发展情况。在中国，书面语言如何成立，与口头语言又有着怎样的联系呢？在其发展的过程中现实描写是怎样实现的，抑或是没有实现？20世纪初，文学革命和鲁迅登场以后快速发展的"近代"小说到底是不是单纯受西洋冲击而产生的呢？还是说中国文学本身就存在这样的源头呢？这就是本书要解决的问题。

"文言"和"白话"

在中国，知识分子阶层所使用的书面语是一种被漠然地称为"文言"的语言。本来"文言"的特征因时代不同而大为不同，至少脱离了自宋代以后日常生活中所使用的口头用语。使用口头用语书写的书面语言被称为"白话"，被认为是不能在正式场合使用的粗俗语言。因此，其使用范围，除了一部分宗教书和哲学书，仅限于在特征上无法排除口语特性的法律和行政关系文书，以及影响了戏剧和口头技艺的一部分通俗性文本。与其说两者之间在表现能力上有着巨大的差异，还不如说它们在表现领域上有着巨大的差异。下面举一个这方面的例子。

下面是两个文本，讲述了极其相似的事件，皆描写了一个豪杰在店里与卖肉之人吵架并杀害对方的故事。小川环树的《〈新五代史〉的文体特色》〔选自《小川环树著作集》（第三卷），筑摩书房，1997年〕中有关于两者类似性的摘录：

> 威尝游于市，市有屠者，常以勇服其市
> 人。威醉，呼屠者，使进几割肉，割不如法，
> 叱之。屠者披其腹示之曰："尔勇者，能杀
> 我乎。"威即前取刀刺杀之。
>
> （欧阳修《新五代史》卷十一《周本纪·太祖》）

译：

　　且说郑屠开着两间门面，两副肉案，悬挂着三五片猪肉。郑屠正在门前柜身内坐定，看那十来个刀手卖肉。鲁达走到门前，叫声："郑屠。"郑屠看时，见是鲁提辖，慌忙出柜身来唱喏道："提辖恕罪。"便叫副手掇条凳子来："提辖请坐。"

　　后者还只是开端部分，即便如此，文字数量也已经超出前者。由于出现大量信息，如店铺的布置、案板的数量、肉的数量、事件如何发展，因此产生了这样的差别。也就是说前者简洁，后者饶舌。应该说肉铺的布置如何，在记录发生的事情方面并不重要。后者记述了大量的信息。然而正是有了这样的记述，事件的具体情节才鲜活地浮现在人们眼前。

　　是什么令两篇文章的风格完全不同了呢？最大的原因是文体之差。实际上，在《水浒传》中对细节进行的鲜明描写很难由文言来表现。

书面语言的诞生——《尚书》

　　在中国，是什么样的契机让语言以文字的形式固定下来了呢？原本就不可能让声音的文字化在所有领域一同开始。当初这个行为一定极其特殊，一定具有特定的目的。起初，文字应该是一种特殊的符号，为了记录特别的语言将其留存给后世，而且，操控文字的人被严格限定在特殊技能集团里。

　　在世界各地最初的文字表记中，有些语言像苏美尔地区的语言一样最初被商人用于做买卖，具有实用性。然而，大多数语言则是受宗教影响而形成的。在中国，与占卜这种巫术行为有关的甲骨文是最古老的例子，因此，可以推定文字的产生带有浓厚的宗教色彩。不久，中国出现了青铜器上的铭文,那些青铜器也并非具有实用价值,人们认为被雕刻在青铜器上的铭文大多也具有巫术方面的内涵。但是,铭文之中也有一些在某种程度上具有记录的意识。其实,应该说在当时那种政教合一的体制下,祭祀与政务一定是不可分割的关系。

综上所述,就现存的文物来看,中国的文字表记始于巫术性质的符号和政治性质的符号(原本两者就无法被明确地区分开来)。中国祭祀仪式的最高执行者是进行祭天仪式的天子。由于天子是政治上的统帅,所以,天子和位于其周边位置的人员的言行,就一定会成为记录的主要对象。

《汉书》卷三十《艺文志》里有一段颇有意思的内容,如下:

> 古之王者世有史官,君举必书,所以慎言行,昭法式也。左史记言,右史记事,事为《春秋》,言为《尚书》,帝王靡不同之。

鉴于上文是后世的记载,因此,我们并不清楚它传达了多少周代的实际情况。然而,至少在汉代的学者之间形成了这样的认识,这一点毫无疑问。这种认识是受自古以来的传承所影响,还是从文献的性质类推出来的结果呢?答案尚不确定。除却考古资料,被认为是最古老的记言体史书的《尚书》和最古老的编年体史书的《春秋》,其特性中确实有一些内容,会令人认为它们的形成的确基于这样的缘由。

如果能够按照《汉书》所提到的形式来记录君王的语言和行为,那么,哪个更容易转换成文字的形式呢?意欲转换成文字的形式之时,最初要做的尝试就是把口头语言的语音原模原样地置换成文字。如果书面语言体系还未形成,那么,在一开始的尝试阶段就会经常出错。若是这样,"左史"所进行的语言记录一定相对容易。在完全不存在书面语言形式的阶段,要将行为转换成语言的形式,是非常困难的。正因为如此,中国现存最古老的文献《尚书》,基本采用了记录君王或者同一等级人物语言的形式。

事实上,在《尚书》时期较早的诸篇中,我们可以看到在书面语言法则尚未形成的时候记录者为了尽可能忠实地反映口头语言而做出尝试的痕迹。《尚书》内容极其难懂,原因并不仅仅是它使用的词汇过于古老,还有书面语言体制的完善而导致的阅读不便。原本汉语里没有句读,意思上需要断开的部分就有必要添加标记,这也是被置于句末的"也""矣""焉"这种单词所具有的重要功能。另外,汉语多用对偶句,以及将一个句子写成四个字或者六个字的意志倾向亦是这种表现。没有句读,被认为是"口语文化",也被认为是书面语言的特征——它所发生的阶段特别接近不以单纯依靠口头用语而存在的文字社会(沃尔特·翁:《口语文化与书面文化》,樱井直文、林政宽、糟谷启介译,藤原书店,1991年,"口语文化的心理力学""口语文化特有的记忆形成"部分)。如果这是事实的话,那么直到后世汉语中依旧没有采用句读的做法,可能是初期反映口头用语的"句子"成立之时的传统,它在之后较长时间里被传承下来。

接下来我们来讨论《尚书》中较早时期的事例"召诰"。"召诰"这个名称本身就显示了《尚书》的特点。《尚书》中有很多带有"诰""誓"题目的篇章,它们记录了君王或者同等级别人物在公众场合起誓的情况。正是由于那些誓约的神圣性,所以有必要将它们固定成文字流传给后世。当然它们一定具有巫术的性质。但是,内容既然与政务有关,就一定伴随着记录政治的实用性意义。最初,文字就是这样被用于十分有限的场合的。

"召诰"以"惟二月既望,越六日乙未,王朝步自周,则至于丰"开始。这一部分并没有显示特定的说话人,只是以解释情况为目的而设置,以下将这种类型的内容称为"叙事"。与其对应的是特定人物所说的话,我们将这部分内容称为"对话"。

从原则上说,形成"召诰"核心的依然是"对话",即具体地分析了召公对成王所说的话,不只记录了对话内容,还将构成其框架的"叙事"置于前方。"对话"将发出的语言转换成文字(或者模仿它),与之相对,"叙事"则是书写者将某种行为、状况以文章的形式记录下来。当然,两者的文体有差异。从"召诰"的正文来看,"叙事"是极为简洁的。前面列出的"从二月十六日起经过六日到乙未日,君王清晨从周出发,到达丰"只不过记录了与时间和行为有关的最低限度的信息而已,这表明反映行为与状况的句子在当时还未完成。

自此以后,在"对话"开始之前,类似的简洁的叙述持续了下来,当然也包含了一些仅仅用"简洁"一词无法概括其所有特征的要素。在前面的引文中,已经存在一些文字,它们并不具有第一句中"惟"和第二句句首"越"这样的意思,但在这一部分内容之后"惟""越""厥"这样的文字被频繁使用。具体来说,在"对话"开始以前的三十四句中,"越""惟""厥"被分别冠在八句、三句、二句之处,这意味着什么呢?

"越""惟""厥"本身并没有什么意思。为什么需要不具有任何意思的单词呢?这些单词在"对话"部分也被频繁使用,这说明在口头用语里这些要素原本就不可或缺。这种情况就像现代日语会话中一定会伴随着"那个""唉——""啊——"一样。这种类型的词语出现在"召诰"的"叙事"里,也就是说,在这个阶段,叙述状况和行动的句子是基于将那些口头表达状况和行动的词语在某种程度上忠实地置换成文字而形成的。但需要注意的是,"越"出现的方式里面有表示时间记号的作用。同一词语被极其频繁地使用,这一点尽管颇为单调,然而,从其他角度来看,可以认为其正在迈向书面语言之路。

"叙事"部分又如何呢?它初始部分的形式是四字句连续出现:"拜手稽首,旅王若公。诰告庶殷、越自乃御事。呜呼,皇天上帝,改厥元子。兹大国殷之命。惟王受命,无疆惟休,亦无疆惟恤。"然而,之后一句,其字数明显与前文不一致:"呜呼,曷其奈何弗敬。天既遐终大邦殷之命。兹殷多先哲王在天,越厥后王后民,兹服厥命。厥终。智藏瘝在。夫知保抱携持厥妇子,以哀吁天。徂厥亡,出执。"

这是由于初始部分是极具礼仪性的、套路式的表达,如"拜手稽首,旅王若公。诰告庶殷、越自乃御事"。庄重的叙述通过四字句格式化的固定表达而稳定下来,然而,话题具体展开以后,四字句的固定表达形式就被瓦解了。只有初始部分"皇天上帝,改厥元子。兹大国殷之命。惟王受命,无疆惟休,亦无疆惟恤"由字数一致的句子组成,在变成感叹语调"呜呼,曷其奈何弗敬"以后,一个句子的长短明显出现混乱,含混不清的表达亦随之变多。之后,"天既遐终大邦殷之命"中出现了"既",这是一个引导下文提示前提条件的副词,然而,承接它的句子不一定明确。硬要说的话,可认为它是以下讨论的前提。

"天既遐终大邦殷之命"之后的句子是"兹殷多先哲王在天",承接这一句的句子是"越厥后王后民,兹服厥命。厥终。智藏瘝在"。我们要把这句话理解成"其子孙之王或民虽说服从他的命令,但是,最后,智者隐愚者即位",还是理解成"其子孙接受天命,最后智者隐愚者留"?两种说法都有,总之,由于没有明确显示主语,文意变得不够明朗。文中多用"兹""越""厥"等本身并不具有实际意思的词语,这令人联想到口语的典型特征。之后的句子"夫知保抱携持厥妇子,以哀吁天"不但没有主语,而且并未清晰地显示出与前文的联系。我们只能从文意上推知它指代民。之后的一句"徂厥亡,出执",即"逃跑,出,被抓",过于简洁,也只能从文意上推测其主语可能是民。像这样省略主语而期待从文意来推定的现象,可以说是口头语言的典型特征。此外,最后的两句分别是三字、二字,极其短小,在没有句读的状态下理解会相当困难。

　　像上面的"召诰"，每一句的字数不均衡，多用那些独立使用时不具有实际意义的单词，省略主语，这些皆具备了接近口语特征的要素。从这一点来说，《尚书》较早部分，在书面语言规则尚未确立的阶段更接近于将口头语言转化成文字的一种状态。不仅如此，其"叙事"部分，仅仅把简洁的事实用口语表达出来，且加入了一些独立使用时并不具有实际意思的文字并使之文字化，这是一种非常"幼稚"的手法。另外，它并未认同要避免反复使用同一汉字的修辞意识，除了简洁的主语、动词和宾语，只是机械地添加具有口头语言渊源的文字，这些文字是以记号功能为存在意义的，完全没有意识到书面体的洗练特征。

　　这是中国书面语言的出发点。最初的书面语言，或许是极为有限的人为了极其有限的目的将口头用语转至书面所形成的。这样的原型，当初根本不够成熟，在历经春秋和战国以后变得凝练，同时其用途和使用者也不断扩大。这种凝练的形成是知识分子阶层口语特殊用法的成熟所带来的。

"对话"的展开——《论语》

　　《论语》，众所周知是记录孔子及其门徒言语和行动的书，尤其是主要记录了他们的言语。即后世出现的被总称为"语录"的类别，具体而言相当于禅的语录及《朱子语类》等语录的祖先。因此，《论语》里的话应该尽可能准确地记录说话人，尤其是孔子所言的内容。

　　《论语》中确实有极为口语化的内容。我们来讨论开卷《学而篇》最初的一节：

　　　　子曰："学而时习之，不亦乐乎？有朋自远方来，不亦乐乎？

人不知而不愠,不亦君子乎?"

这一节由三部分组成,每一部分的后半部分皆是同一句型的反复,即"不亦说乎""不亦乐乎""不亦君子乎"。而这里被三次重复使用的"不""亦""乎"在传达语言意思功能这一点上几乎没有存在的必要。三句分别叙述了"说"(即"高兴")、"乐"(即"开心")、"君子"(即"有德行的人物"),说得极端一点,只要记录上面列出的这几个词语就足以表达意思了。那么,"不""亦""乎"这三个字为了什么而存在呢?是为了显示语气,为了传达说话人孔子的口吻。"不……乎"形成了反问的表达形式,显示了孔子感叹的语调。那么,"亦"代表什么呢?

清代学者王引之在《经传释词》卷三中有言道:"凡言不亦者,皆以亦为语助。不亦说乎,不说乎也。""语助"指自身不具有意思的辅助性的词语。也就是说,"亦"在这里不具有任何意思,其功能大概是调整语调吧。从前面两部分来看,通过添加"亦"把内容由三个字扩展到四个字。自古至今,汉语中四个汉字一组为最稳定的单位。第三部分变成了五个汉字,或许是想通过变化带来强调的微妙差别。

进一步来看,"有朋自远方来"的"有""方"、使用了两次的"而",以及提示前置动词可以接宾语的"之"等,在表达意思上并不是不可或缺的。即,《论语》这一节仅从表达意思这一点来看,包含了很多无用之词。这与前面《尚书》的例子相同,亦可看作接近于口头语言的内容。反复使用同一文字亦暗示了这一点。

当然,还可能存在不同的看法。之前提到,可以感受到这一节在有意识地形成四字句。即,这里有某种修辞意识。让我们以这种视角再来审视先前所引用的《论语》开头部分。

这一节基本由同一句型重复出现三次而组成。从字数来看,"5-4"

"6-4""6-5",虽显示出微妙的变化但几乎是同一节奏,而且各部分的后半部分如前所述基本上是同一格式的重复。换言之,这一节由语调合适、基本匹配的三组组合而成,之前乍一看仿佛无用的词语,在传达语气的同时调整了语调,成为具有营造恰当节奏这一功能的词语。为什么需要具有如此功能的词语呢?

《论语》的"语",原本是口头传承的意思,有说法称《论语》里亦有该用法的遗痕(谷口洋:《〈国语〉〈论语〉中的"语"》,选自《日本中国学会报》第五十集,1998 年 10 月)。当时没有纸,又缺乏文具用品,文字的使用亦被限定,学习之人依赖于记忆。因此,文章的创作当然需要考虑是否容易记忆。语调合适的对仗结构一定是实现这一目的的极为有效的方式。如果存在特定的格式,那么弥补忘记的部分亦变得容易。

同样的倾向在《论语》中随处可见。再举一个有名的例子。《为政篇》中有孔子的言语如下:

> 子曰:"由,诲女知之乎。知之为知之,不知为不知,是知也。"

乍一看同一词语的反复出现令人厌烦,极具口语特征。但是仔细来看,"知之为知之,不知为不知"由两个五字句组成,之前的"诲女知之乎"也是五个汉字,这是在节奏上钻研的结果。此外,考虑到"知"和"之"的发音近似,可以认为这是想办法使之易于背诵。

也就是说,《论语》的语言具有两面性。其记录的大部分内容具有记录口头语言的特征,包含了很多原本是口头语言而不具有独立性的词语,同时,修辞上也下足了功夫。然而,这些绝不矛盾。这里的"修辞",是指以不通过文字而有利于背诵为目的的手法,与后世书面语言中的修辞并不相同。

但是，在《论语》中的文体成熟以后，原来以口头背诵的便利性为目的的一系列特征亦进入书面语言之中。使用各种"助字"，以及多处使用具有汉语特征的对偶句等即其明显体现。可以说，这些都源于《论语》这种形式在中国书面语言确立时发挥的重要作用。

"对话"的确立——诸子百家之书

接下来，我们来讨论《论语》的"直系子孙"。像这种适合口头背诵的形式在之后诸子百家的文献中发展到成熟阶段。我们来看一看集大成的《荀子》开卷之《劝学篇》：

> 君子曰，学不可以已。青，取之于蓝，而青于蓝。冰，水为之，而寒于水。木直中绳，輮以为轮，其曲中规，虽有槁暴，不复挺者，輮使之然也。故木受绳则直，金就砺则利，君子博学而日参省乎己，则知明而行无过矣。故不登高山，不知天之高也。不临深溪，不知地之厚也。不闻先王之遗言，不知学问之大也。

我们注意到全篇仍旧采用"讲述"的形式。换言之，后面的内容应该是在记录口头语言的前提下展开的。

一开始，"学不可以已"提示了主题。之后是说明部分，基本上由比喻句构成，用意颇深。比喻是在口头劝导方面容易发挥效果的一种手法，而且其构造"青"和"冰"、"取之于蓝，而青于蓝"和"水为之，而寒于水"以相当精密的对偶句开始，之后出现的"木直中绳，輮以为轮，其曲中规，虽有槁暴，不复挺者，輮使之然也"，虽并非对偶句但连续出现六个四字句，最后一句的末尾放置了可能源于口头语言的词语"也",该词用于解说语调,以此显示说明部分结束。此外,在显示因果关系的"故"之后放置了总括前文的"木受绳则直",再以"金就砺则利"构成对偶句扩大讨论,以"君子博学而日参省乎己,则知明而行无过矣"直接呼应最初的主题并得出结论。接下来再次加入"故",在整齐的对偶句"不登高山,不知天之高也。不临深溪,不知地之厚也"形成的比喻之后,列出第三个对偶句"不闻先王之遗言,不知学问之大也",直指主题。第三个对偶句的字数多于之前的两个句子,是有意识地要通过这种做法实现强调的效果。

如此,《荀子·劝学篇》中多用对偶句,亦多用不具有独立性的词语(除了"也""矣",还有"以""于""而""其""者""则""乎""已"等),这些特征与《论语》具有共通性,且皆为非常复杂、精致的表达。可以推测这种进步的背景是纵横家言论所显示出的最大特征——口头辩论的成熟。

众所周知,战国时期被称为诸子百家的各学派达到成熟的阶段。可以推测其背景是,七个并存的大国拥有不同的价值观,尽管一种思想很难为一个国家的体制所认同,但会被他国承认,除此以外,只要是对各国扩张势力有益的,即使是异端邪说也一定会被疯狂索求。因此,诸子百家各学派的辩论术因游说而成熟起来也就顺理成章了。辩论的方法一个是比喻,以及在比喻基础上发展起来的寓言,还有一个是流利的辩论术。《韩非子》与《孟子》等多见寓言,即前者。在中国,宋代以后寓言的形式越发显著,但逐渐不被认可,其中的一个原因或许是哲学上的论战仅限于高级知识分子之间。

后者即辩论术方面当然可见于《孟子》等,但是从以雄辩为自身目的这一点来看,苏秦和张仪所代表的活跃于战国时代的纵横家的言论中显示出纯粹的模式。接下来以《战国策·秦策》中的《苏秦始将连横》为例进行说明:

大王之国,西有巴蜀汉中之利,北有胡貉代马之用,南有巫山黔中之限,东有崤函之固。田肥美,民殷富,战车万乘,奋击百万,沃野千里,蓄积饶多,地势形便,此所谓天府,天下之雄国也。以大王之贤,士民之众,车骑之用,兵法之教,可以并诸侯,吞天下,称帝而治。

如例所示,极为简略的叙事内容相连接,显示出苏秦的"对话"。其形式为:首先以"大王之国"显示主题,之后以几乎完美对偶的三个句子——"西有巴蜀汉中之利,北有胡貉代马之用,南有巫山黔中之限"相连,之后的结束句"东有崤函之固"稍稍打破了前面的句式(这是使用打破先前句式的一种格式,还是文章中出现了混乱情况,尚未有定论)。然后出现"田肥美,民殷富"两句对仗、"战车万乘,奋击百万,沃野千里"三句对仗、"蓄积饶多,地势形便"两句对仗,以"此"收住,得出结论"所谓天府,天下之雄国",再以表示说明的"也"结束。之后,在"以"这样一个显示其后内容为根据的词语后列出四句对仗句"大王之贤,士民之众,车骑之用,兵法之教",在表示因此以下的事情将变得可能的词语"可以"之后列出对仗句"并诸侯,吞天下",再用不同形式的句子"称帝而治"来引出最终结果并进行强调。

换言之,战国时代的雄辩方式多用对偶句罗列依据和比喻等,以此增强其主张的说服力。原本,对于听众一听到这样的话马上就能理解这件事还是存有疑问,这种滔滔不绝的论说亦有可能是一种表演艺术般的事物。实际上,后世认为这种文体产生之时,极有可能受到了当时韵文的影响。

然而,更为重要的是,在当时,因文字使用受到限制,所以多用对偶句,嵌入适当格式化的固有名词及数字等以利于这些内容的记忆。对偶句的优点除了语调和谐、易于背诵,在万一忘记对偶句中的一句时,现有的句子也是想起另一句的手段。固有名词是记忆甚至回忆的极为有效的辅助手段,比如在这部分内容以后苏秦列举了历代帝王的名字"昔者神农伐补遂,黄帝伐涿鹿而禽蚩尤,尧伐欢兜,舜伐三苗,禹伐共工,汤伐有夏,文王伐崇,武王伐纣,齐桓任战而伯天下"。这样的叙述方式虽极为常见,但仍旧可以看作一种在交代历代帝王存在的大致年代基础上采用的固定表达方式,或者就是为了记住这些年代而采用的固定表达方式。即使是后世的艺人也依然会在口诵艺术中以"自从盘古开天地"云云作为列举历代帝王的语句开始,这种现象表明该模式已被艺人继承。

如此,随着"对话"推移而展开的文字作为有利于记忆的口头语言进入成熟阶段。然而,一旦扩大文字的使用范围,应当记忆的内容就通过文字的形式被固定下来,同时,在记忆时还产生了借助视觉的倾向。这样就形成了一条中国书面语言的诞生路径。六朝以降,以四个汉字或六个汉字的对仗构成的四六骈俪文繁荣起来,显然它们起源于此。那么,"叙事"是如何展开的呢?

"叙事"的展开——《春秋左氏传》

如上所述,行为与行事以文字的形式固定,若按先前命名创作相当于"叙事"的部分,要比摘录口头语言困难很多。《尚书》较早部分的"叙事"采取将极为简洁的叙述语言与具有独立性却不具有实际意思的或许源于口头语言的词语相结合的奇妙形式。之后,情况又如何呢? 我们来讨论一下《春秋》的相关情况。前面引用《汉书》的记述中列举了《春秋》,它是记录行为的代表作品。

现存的《春秋》是春秋时代鲁国的编年史,按照鲁国君主的在位年份依次记录君主活动。我们来看一看其开头部分隐公元年(公元前722)的记录全文:

> 元年春,王正月。三月公及<u>邾仪父</u>盟于<u>蔑</u>。夏五月<u>郑伯</u>克
> <u>段</u>于<u>鄢</u>。秋七月<u>天王</u>使<u>宰咺</u>来归<u>惠公仲子</u>之赗。九月及<u>宋</u>人盟
> 于<u>宿</u>。冬十有二月<u>祭伯</u>来。<u>公子益师</u>卒。

添加下划线的部分是地名和人名(包括头衔),即固有名词及相当于固有名词(准固有名词)的词。全文明显是由固有名词、准固有名词和表示时间的词(～月)组成。在此基础上加入极为简洁地表达行为的词语,具体是动词"盟""克""使""来归""来""卒",它们由最小限度的语素构成。此外,采用了少量的"补助词":"于"用以提示其后词语为场所;"及"用以提示存在共同的主体;"之"应该是用以提示词语的中断之处。应该说这些词语亦是为了使文意不被误解而必须存在的。

综上所述,与其说此处没有一个无用之词,毋宁说这种行文不过是表达不清楚罢了。例如,"段"是郑伯之弟的名字,若读者预先没有这个知识点的储备,就几乎不可能理解这段内容的意思。后世认为孔子编辑的此书每一个文字都包含了毁誉褒贬之意,因此对《春秋》中词语的用法进行了各种解释,以至于形成了"春秋学"这样一门学问。促成这一现象的原因与其说是《春秋》中的文章过于含蓄,不如说是那些文章表达得不够清楚才为注解留下了很大的空间。

诸如此类,"叙事"初期朝着尽可能排除补助词的方向发展,结果导致发展成异常简洁的文体,该文体几乎只包含主语、动词和宾语。这完全是按照"对话"部分的展开而进行的。

由于《春秋》的句子过于简洁而形成了敷衍其内容的注释。现存的春秋三传《公羊传》《穀梁传》《左氏传》中的前两者皆采用问答体进行解释，这点颇有意思。看来要展开详细的讨论，必须依据"叙事"的文体。因此，可以认为一定是当时弟子们背诵了老师口头解释的内容。

《左氏传》（以下简称《左传》）中涉及解释的部分，采用的形式基本上接近口头解说的形式，或者借用出场人物之口进行说明的形式，说明讨论还是基于"对话"的形式。但是，《左传》不同于其他两传，它记述的《春秋》正文所记载的事件详情占比很大，且通过"叙事"来叙述。举一个例子，庄公八年（公元前686）《春秋》正文中只记录了"冬十有一月癸未，齐无知弑其君诸儿"这一个事件：

> 冬十二月，齐侯游于姑棼，遂田于贝丘。见大豕。从者曰："公子彭生也。"公怒曰："彭生敢见！"射之。豕人立而啼。公惧，坠于车。伤足。丧履。反。诛履于徒人费。弗得。鞭之见血。走出。遇贼于门。劫而束之，费曰："我奚御哉？"袒而示之背。信之。费请先入。伏公而出，斗死于门中。石之纷如死于阶下。遂入。杀孟阳于床。曰："非君也。不类。"见公之足于户下。遂弑之。

让我们来讨论如何叙述这离奇又充满血腥的事件。开头的"冬十二月，齐侯游于姑棼，遂田于贝丘"是一种关于事件的简洁记录，这在《春秋》正文其他处是没有的。文中，"见大豕"表示出现了一头大野猪。对此，侍从的反应极为异常——"公子彭生也"。齐襄公与嫁给鲁桓公的妹妹有不正当的关系，在桓公知道这个秘密以后，襄公灌醉桓公并装成照顾他的样子，借机让大力士公子彭生杀了桓公。在鲁国提出抗议以后襄公将所有责任归咎于彭生并杀了他。大野猪不知为何在侍从眼里成了彭生。听到侍从此言的襄公竟也一样看到了彭生,大喝道:"彭生敢见!"即以"敢"一个字添加"大胆地做"的语气来表达"彭生!畜生!你居然敢来!"的复杂感情,这里"对话"的文字化达到了非常高的水平。

至此,我们的讨论一直以"对话"为主,接下来将转移至以叙述行为为主的"叙事"。"射之"仅两个汉字就简洁地记录了行为,紧接其后的"豕人立而啼"表现了令世人觉得怪异的事态,最为有趣的莫过于这句表达。"人立",是一个表现汉语词类具有灵活性的好例子。这里"人"是一个副词,功能是修饰"立"这个动词。但是,并不是在所有时代的不同汉语中都能看到这样的表现方式。其实这是非常特殊的说法,这种说法的出现是由于当时文章尚处于书面语言模式尚未固定的过渡阶段。接下来的内容也颇为有趣。"公惧,坠于车。伤足。丧履。反。"按顺序翻译,其意思是:"公害怕。从车上摔下来。脚部受伤。鞋丢失。返回。"值得注意的是,每一个句子都非常短,仅由最小限度的语素构成。虽说所有动作的主语皆为"公",但是这种不显示主语而连续使用五个动词或动词的宾语的构造,在后人眼里仍为异类。

之后,"诛履于徒人费"[向徒人(指宦官)费要鞋]这句话较长,但也一定是由于出现了"徒人费"这个较长的固有名词,而最小限度地保留了其他要素。后续的表达"弗得。鞭之见血"(因为得不到,所以鞭打他,流血)亦非常简洁,主语仍然被省略。还应该注意"见血"这个奇妙而又鲜活的表达方式,顾名思义,是"看见血"的意思。之后是"走出。遇贼于门(跑出门,在门口遇到贼)",依然省略主语而不顾及动作主体已由襄公变为费,从而造成了文意的混乱。乍一看,出门遇贼的是襄公。但是,通过后文内容可以明确遇贼的并非襄公。"劫而束之"的意思是恐吓并抓住他。尽管这里主语已经变成贼,但是句中并没有明确显示。

至此，动词的罗列终于结束，"对话"出现。"费曰：'我奚御哉？'（费说：'我为什么要防备你抓住我呢？'）"句子非常简洁，使用了两个补助词"奚"（为什么）、"哉"（句末补助词，表示疑问的语气伴随着感动）表示反问，可以说这个句子是充分传达了语气的口头语句子。之后的"袒而示之背"（脱掉衣服给他看脊背）在表现复杂的动作时使用了补助词。此后的"信之"，再次毫无理由地把主语转换成贼，其后"费请先入。伏公而出，斗死于门中"（费请求先进去。他把公藏好出来以后在门内战死）是以费为主语贯彻下来的，但是由于事态急转直下，很难搞清楚到底是谁"斗死"。

"石之纷如死于阶下。遂入。杀孟阳于床"（石之纷如在台阶下死去。于是进去，将孟阳杀死在床上），事态急剧变化，"石之纷如""孟阳"二人何许人也，没有任何介绍。只能从前后的状况推测这两个词很像人名，很可能是襄公的近臣。亦未交代"石之纷如"为何而死。这也只能从文脉来推测应是"斗死"。关于"孟阳"，虽然显示"杀"之，但是并未表明为何在床上杀之，只能推测他是替身。此处需要注意唯一使用的补助词"遂"，它并不是"ついに"（到底），而是表示经历某个过程以后发生了后续之事，这里应该指经过排除万难的行为才转移到进入这个动作。"曰：'非君也。不类。'"（说："不是头目！面部不同。"）中说话之人发生了变化，但依然没有主语。对话简洁且极为真实。不仅如此，这一句与"见公之足于户下。遂弑之"（发现公的脚在门下，于是杀之）连接在了一起。

全文"叙事"部分使用表达语气的补助词"遂"仅有三次。其他的"于""而""之"皆为表达文意时不可或缺之词。如笔者再三强调此段主语几乎全被省略一样，全文由动词或个别伴随简单宾语的动词罗列而成。这样的倾向不止该段，它贯穿于整个《左传》的"叙事"。与之相对，同是《左传》内容，"对话"部分多采用补助词和副词等，与"叙事"相比呈现出完全不同的文体。

以上事实表明,在《左传》出现的时期,记录和叙述行为及状况的文章尚不盛行。文人尚不能自由运用多种多样的补助词来表达语气。由于不具有表现复杂事态发展的形式,全文以罗列动词的方式形成了"记录行为"的形式。然而,没想到的是这种形式带来了不错的表现效果。极为简洁精练的表达营造了高度的紧张感,产生意味深长之效果。比如,之前分析的内容中根本没有涉及徒人费的心理,仅通过描述其行动便勾勒出一幅内涵深厚的画面。同时,动词相连所构成的短句描述了行为,带来了速度感和扣人心弦的感染力。如果可以把这比作后世文学作品的话,它就与去除修饰和心理描写仅对行为进行描写的硬派文学中的小说具有同样的效果。

此外,必须承认《左传》中的表达格外生动。比如,之前引用的"见血"这个词,或者"发现公的脚在门下"等表述都是极佳的例子。后世知识分子撰写的文献中并没有此类尤为真实的记述,应该说它是《左传》的一个特征。极度简洁的文章中为什么会存在这样多余的部分呢?

《左传》依据的材料很可能是各国的编年史,它通过口头背诵流传下来的可能性极大。实际上,在"叙事"部分也偶尔会出现讲述的语气。比如襄公二十三年被流放的栾氏一族突然闯入晋都意欲夺其主君的场面中有如下记录:

范鞅逆魏舒,则成列既乘,将逆栾氏矣。

范鞅想要将实力派人物魏舒拉进自己的阵营,于是出门迎接,魏舒则倾心于栾氏一侧,他整理车马前往。最后一句话总结为"想去迎接栾氏啊"这种语气的句子。末尾的"矣",之前也讨论过,它用极为强烈的感情对已经发生的事情进行确认,发挥着断定事实的功能,在《左传》中通常被

"对话"部分采用。如今,出现在"叙事"部分,应看作不知不觉中运用了讲述的语调。有关栾氏之乱的内容,整体而言,说话性的语调格外显著。

整体而言,像这样讲述的语气表面化的情况属于例外,其"叙事"部分由非常简洁的文体相连而成。虽说如此,但构成其基础的口诵故事中一定讲述了逼真的细节,这是引起听众共鸣的不可或缺的方式。这种残渣间歇式喷发的结果,令《左传》中出现了不少生动的现实描写。但是,这种描写在后世的文献中逐渐消失。或许是因为随着书面语言原则的确立,那种很难表达的"雅"文字被逐渐排除出去了。反过来说,《左传》中残留这种表达方式是由于书面语言中的记述范围与表达方法一样尚未确立。

这个事实显示了中国文学在描写现实方面的个性。对生活细节的具体描写为口头文艺带来了真实感,因此不可或缺。但是在书面语言中这一描写并无用处,故而被剔除。当然前者与口头语言结合在一起带有大众特征,后者在精英层内部被鉴赏的可能性很大。

如此形成的《左传》中的文体,即使尚未完成,也为后世的文章提供了一个模板。第一,产生了文章必须简洁的观念。中国知识分子在写文章的时候,自古严守这个原则,是由于《左传》的影响力非常大——当时文章技法并不发达,故《左传》只能简洁。第二,心理描写通过叙述行为来完成。近代以前的中国文章,包括采用口语词汇在内的白话小说,皆以此为原则,在以《左传》为首的初期的文章中仅仅记述行为,其中就包含了心理表现,这种表现方式影响力很大。原本在初期的文章中,心理并不被包含在书面语言化的对象中,被书面语言所记录的只有行为与对话。

难道,除了行为与对话以外的内容,比如风景和心理的描写一点都没有被文字化吗?其实,在不同的层面上也进行了文字化——韵文。

歌谣的文字化——《诗经》

书面语言除在散文中得到发展以外，还从不同的方向把语言以文字的形式固定下来，这就是歌谣的文字化。

诗歌最早以文字形式被记录下来的是《诗经》。《诗经》把当时吟唱的诗歌固定成文字。具体来看，它由民谣之"风"、统治阶级宴席上的歌"小雅"、宫廷仪式上的歌"大雅"、祭祀时的歌"颂"所组成。它所记录的内容是否忠实尚不能确定。记录的一个目的是供宴席、仪式和祭祀之用，另一个目的是如《左传》中的例子所示，作为外交用语被使用，因此统治阶级具有必须记住这些诗歌的非常实际的理由。有论调指出，从这个层面来看，这些与"词语"具有相通的特征。

《诗经》中的语言是什么样的呢？下面我们来讨论属于相对早期的《大雅·生民》的开头部分：

> 厥初生民。时维姜嫄。生民如何。克禋克祀。以弗无子。履帝武敏歆。攸介攸止。载震载夙。载生载育。时维后稷。
>
> 诞弥厥月。先生如达。不坼不副。无菑无害。以赫厥灵。上帝不宁。不康禋祀。居然生子。
>
> 诞置之隘巷。牛羊腓字之。诞置之平林。会伐平林。诞置之寒冰。鸟覆翼之。鸟乃去矣。后稷呱矣。实覃实訏。厥声载路。

诗歌的首句是"厥初生民。时维姜嫄"。"厥""时""维"皆是没有什么意思的词，这句话仅表达了"第一个产下周代祖先的是姜嫄"。之后，"克禋克祀。以弗无子"中的"克"也多少带有强调的语气,"大肆祭祀、祛除不生孩子的厄运";"履帝武敏歆"(这个句子的意思有很多种说法,但皆表达了踩天帝足迹而受孕之意)是由实词组成的句子;"攸介攸止。载震载夙。载生载育。时维后稷"(停下来,怀孕,产下后稷)中反复使用"攸""载",三个句子将具有同样意思的词语相连接,还出现了"时维"后面配以人名的模式,这一点在开头第二句已经出现,这一部分的一半单词都不具有实际意义。

第二段内容以"诞"这个词语开始,它是叹词。"啊! 月满,虽是第一胎,孩子像小羊一样顺利出生。它在出生时没有撕扯母亲的腹部,亦没有给母亲带去任何伤害,它那不可思议的力量熠熠发光。天帝不可能不让她休息,不可能不喜欢祭祀,保其平安产下孩子。"需要注意类似于"不""无"等词语反复出现的现象。

第三段"诞置之隘巷。牛羊腓字之。诞置之平林。会伐平林。诞置之寒冰。鸟覆翼之"中感叹词"诞"被反复使用三次,固执地多次使用"之"(这里是后稷的代名词)。直译的意思是:"啊! 将那个人置于小巷,牛啊羊啊不去踩踏反而把自己的奶喂给他吃。啊! 将那个人抛至树林,他遇到了伐木之人。啊! 将他弃于寒冰之中,鸟儿将他护于翅膀之下。"

如此反复叙述奇迹之后的诗句达到全篇的顶点——"鸟乃去矣。后稷呱矣。实覃实訏。厥声载路"。这里反复使用表达极为强烈口吻的"矣"从而形成了高潮。此外,"乃"字是强烈表达曲折之意的补助词,句意为:"鸟儿终于离去。后稷呱呱地哭了起来。"接下来又反复使用了带有强烈语气的补助词"实",句意为:"那哭声持续的时间尤为长,音量尤为大。"

整体来看这段内容共同的特点是多用反复手法,多用感叹词和补助词(亦多采用反复)。还应关注文中采用了具有强烈语气的补助词"矣""乃",它们原本在口头语言中被使用。考虑到诗歌的特征,产生这样的用法就成了必然。诗歌是口头唱、耳朵听,所以必然要使用口语性词汇。诗句中的咏叹表达增多,是为了帮助听众理解而要求同一词语的反复。《诗经》是一部诗歌总集,收集了不同地域流传下来的不同风格的诗歌,既然都是诗歌,那么从《诗经》整体诗歌看出其共同特色也就并不稀奇了。下面以有名的《国风·周南·桃夭》为例来讨论:

> 桃之夭夭,灼灼其华。之子于归,宜其室家。
> 桃之夭夭,有蕡其实。之子于归,宜其家室。
> 桃之夭夭,其叶蓁蓁。之子于归,宜其家人。

"桃树美丽,桃花盛开。这位姑娘要出嫁,她在夫家也具有高尚的品德。"第二段的第二句变为"果实累累",第三段的第二句变为"枝叶繁茂",末尾的句子几乎表达了同样的意思,但是为转换韵脚而分别使用了三个词语"室家""家室""家人",亦多用反复。此外,反复使用"之""其""于"这样的补助词也是显而易见的。然而,并没有使用《生民》中可以看到的补助词"维""厥""时"。不仅是《桃夭》,整个国风在一定程度上都使用了"维",但是皆未使用"厥""时"。

这三个词在《尚书》中被频繁使用。《生民》与《桃夭》相比属于较早时期的作品,因此可以认为其使用的词汇非常古老,另外,这些是庄重的词汇,虽被用于《尚书》及宫廷仪礼所吟唱的《大雅》之中,但是很可能不会被用于国风诸篇中。传承国风的中坚力量是庶民阶层。《桃夭》中所使用的"之""其""于"是至今仍在广泛使用的补助词,或许这些词是当时普遍使用的口头语,在那个时期随着语言文字化的推进而成为中国书面语言所使用的补助词的核心。

《桃夭》中还有一个点值得注意。此歌描绘的是桃花盛开、硕果累累、枝繁叶茂的情景。这是"兴"的手法,桃与结婚这个主题并无直接关系,只是具有以某种联想引出主题的功能。关于两者的关系,近年民俗学方向的讨论增多,笔者这里想探讨的是他们所构建的风景描写。不仅是《桃夭》,很多诗歌中"兴"的部分都是对自然景物的吟唱,这本来或许带有巫术的意思,后来在诗歌中作为自然描写而成熟起来。接下来我们来看进一步成熟起来的描写风景的一个例子——《卫风·淇奥》:

　　瞻彼淇奥。绿竹猗猗。有匪君子。如切如磋。如琢如磨。瑟兮僩兮,赫兮咺兮。有匪君子,终不可谖兮。

　　译:

　　淇水弯弯之处,碧绿的竹林美丽醉人。追求上进的君子,不断锻炼打磨自己,举止庄重、胸怀宽广,风采奕奕、堂堂正正。如此出色的君子,一见难以忘记。

　　该诗歌后续部分在赞美之词出现以前进行了自然描写,分别为"瞻彼淇奥。绿竹青青""瞻彼淇奥。绿竹如箦"。《淇奥》是歌咏卫武公的诗歌,各段最初的两句皆为"兴",描写了淇河转弯之处绿色的竹林茂盛美丽。"猗猗"表现了小竹叶柔软美丽的样子,"青青"表现了绿色的状态,"如箦"表现了竹子茂密得像帘子一样的状态。尽管初始的两句与之后的赞歌关系并不明朗,但在这里一定是描写在水一方那碧绿繁茂的小竹叶所形成的美丽风景。《诗经》的"兴"中有多处这种自然描写,但这种描写很难见于散文之中。

　　《诗经》中有多处描写大规模战斗的宏大场景。如《大雅·大明》,这首诗歌在歌唱周朝建国历史的同时,描述了殷与周最后的决战场景。具体如下:

　　　　殷商之旅。其会如林。矢于牧野。维予侯兴。上帝临女。
无贰尔心。

　　　　牧野洋洋。檀车煌煌。驷骠彭彭。维师尚父。时维鹰扬。
凉彼武王。肆伐大商。会朝清明。

　　此段一开始"殷商之旅。其会如林"（商朝军队竖起的军旗如树林一般）即宏大的内容。之后"于牧野起誓"转为对话。"维予侯兴"的"维"与"侯"皆是补助词，前者在《尚书》中被频繁使用，是带有庄重韵味的词语——"在我们振兴之时，上天在监视你们（战士），不要有什么二心"。

　　最后一段描述的是战场的场景——"牧野洋洋。檀车煌煌。驷骠彭彭"（牧野宽广，前进的战车熠熠发光，四匹白肚马彪悍英勇），这适用于叙事诗的宏大景象。"维师尚父。时维鹰扬。凉彼武王。肆伐大商。会朝清明"之"维""时"亦是带有庄重韵味的补助词——"师尚父（太公望）如鹰一般翱翔高空助武王伐纣"。结尾处"会朝清明"即"会战清晨清爽明亮"，亦是从容不迫的语气。

　　尽管《左传》中记录了大量的战斗内容，但那些仅是人们的行为和语言，并没有像《诗经》这样对战斗的情况进行鲜明的刻画。即情景并不是出现在散文中，而是通过诗歌被描写出来的。换言之，散文并不具有充分描写情景的能力。

　　综上所述，《诗经》对散文中并未文字化的对象——自然、情景等进行了描写。此外，《诗经》中还包含心理描写。《国风》中有很多是恋爱方面的内容，对恋爱及相应感情、心理进行描写是理所应当的。《国风》《小雅》中对苛政之愤恨及家人离散之悲痛的有关描写中亦包含了心理活动的描写。但是，这里应该注意这种感情和心理活动是采用当事者的语言表现出来的。我们来看《卫风·氓》，这首较长的诗歌全文由六段内容构成，其第五段如下：

> 三岁为妇，靡室劳矣。夙兴夜寐，靡有朝矣。言既遂矣，至于暴矣。兄弟不知，咥其笑矣。静言思之，躬自悼矣。

初始的四句中，第二句和第四句具有共同的形式"靡……矣"。"已成为妻子多年，家务繁重不辞辛劳。起早睡晚不嫌苦，早早晚晚无空闲。"之后的"言"是补助词还是语言之意呢？对此，学界意见存在分歧。在此暂取语言之意来解释——"开始骂我啊，渐渐对我施暴啊。兄弟不知我处境，见我还是一个劲儿地哈哈笑啊"。之后的"静言"仅一个词就表现了凝神思考之意，即这里"言"是补助词，"凝神思考，只能自我唏嘘啊"。笔者翻译的一个一个"啊"（なのよ），让内容产生奇妙的感觉，原因在于原文所有的韵字后面皆有一个"矣"，笔者想要再现作者烦冗、口语式的语气。内容前半部多次反复，后半部突然跳跃，皆显示了接近口头语言的特征。这一段描绘的是有关庶民生活以及感情的细节，可以说它是对当时社会现实情况进行的描写，然而，在当时的散文中几乎看不到这样的描写。此外，这首诗歌的主人公是女性。

再举一例——有名的《郑风·子衿》。具体如下：

> 青青子衿，悠悠我心。纵我不往，子宁不嗣音？
> 青青子佩，悠悠我思。纵我不往，子宁不来？
> 挑兮达兮，在城阙兮。一日不见，如三月兮。

清代的《毛传》《郑笺》等古注中居然罕见地将该诗歌解释为是在感叹

学生不来上学，其实该诗歌原本是出于女性之口的恋爱之歌。第一段"青青的是你的衣领，悠悠的是我的心境。纵然我不曾去会你，难道你就此断音信？"。第二段前半部分出现了相同的意思，后半部分则是"纵然我不曾去会你，难道你不能主动来吗？"。这些内容精彩地描写了陷入恋爱的女性的心理，亦描写了当时男女关系的真实情况，采用了女性第一人称讲述的形式。

即《诗经》中的心理描写基本上采用了"对话"的形式。诗歌既然由人们口头吟唱，那么采用第一人称讲述的形式是理所当然的。换言之，诗歌从根本上来看并不采用"叙事"形式，而是采用"对话"形式。心理描写仅通过诗歌"对话"形式而存在，这对后世中国文学带来了深远影响。

此外，需要注意诗歌中的说话人大多是女性。这种现象正如日本假名文学的典型特征，被置于"正统性"之外的女性往往成为更加口语化的文学旗手，而有别于"正统性"文言文学。男性（贵族）亦将自身以外的人，比如女性与男性庶民作为对象，使用这些人所使用的语言而非那些仅通用于男性集体的语言。具体而言，他们采用的是女性与男性庶民口语化的词汇，因此，这种类型的男性诗歌经常对"正统性"文学中尚未描写的女性与男性庶民的生活细节进行描写。这是因为"正统性"语言构成的句子仅在"正统性"人们的范畴内流通。即将"正统性"之外的人们诉诸笔端是非"正统性"的，会被置于游戏色彩浓厚的领域。

综上所述，散文表现对象以外的自然、情景、心理的描写以诗歌，即韵文文字化的形式被固定下来，这些描写包含相当程度的现实描写。到了战国时期，更为成熟的描写依然见于韵文，但是由完全不同方向的内容所构成。

用文字进行自然描写的确立——《楚辞》

说起战国时期的韵文代表作,公认《楚辞》。但是,《楚辞》并非在《诗经》的影响下形成的。产生《楚辞》的楚文化,与产生《诗经》的基础——周及其周边文化的特色大相径庭。因此,尽管我们推测知识分子在推进文字化的阶段受到了一些《诗经》的影响,但是,从根本上说《楚辞》是与《诗经》不同的。

《楚辞》与《诗经》相比,已经介入大量的自然描写。从《楚辞》早期作品《九歌·湘夫人》中"袅袅兮秋风,洞庭波兮木叶下"(秋风轻轻地吹,洞庭湖起波澜,树叶飘落)所展示的风景亦能看出自然描写与《楚辞》本质相关。《楚辞》产生于祭拜神灵的祭祀,文中屡屡提及"香草",是不是因为现实生活的祭祀中要使用香草呢?其富于自然描写的特色应源于人们在信仰中将神灵与自然相结合的现实。然而,文中很难看到《诗经》那样的现实描写,这是宗教特色使然。

即便如此,在《楚辞》年代较久远的部分,神灵的出现以及通过聚焦神灵来体现时间推移的自然描写,也最终与宫廷文学结合起来,随着与神灵关系的丧失,从而转入《楚辞》的重要议题,其代表作是宋玉的《九辩》。宋玉在《楚辞》的作者中是具有浓烈宫廷文人色彩的人物,其对风景的相关处理是以描写为目的的。举例如下:

悲哉,秋之为气也!萧瑟兮草木摇落而变衰。憭栗兮若在远行,登山临水兮送将归。泬漻兮天高而气清,寂漻兮收潦而水清。

"悲哉"源于口头语,已经逐步定型,以这种感叹的语气开始,以"秋天之气"与"也"在后面进行说明和总结以提示议题。以下内容是围绕议题展开的联想,基本上是两句一组的形式。每一组都在中间加入仅用于调整语气而不具有实际意思的"兮",这是《楚辞》的传统手法。"大地萧瑟啊草木凋零而衰。凄凉啊!好像要出远门,登山临水啊!送别伤情。空旷啊!天宇高秋气爽,寂寥啊!积潦退秋水清。凄凉叹息啊!微寒袭人,悲怆啊!去新地离乡背井,坎坷啊!贫士失官心中不平。悲叹之中,浑浊之水静止水清澈。"这部分内容依然保持《楚辞》传统,描绘了季节的变换,但是缺少了曾经的宗教性,仅仅围绕秋季展开了诸多联想。这源于宫廷中以各种角度吟咏秋的感伤主义时多以夸示文学技巧为目的。

如此,自然描写在韵文方面达到了极为成熟的程度。此外,以"悲秋"这个当时固化的主题为背景,或许是为了在喜好感伤主义的宫廷中推进文字化,寓情于景的模式就此确立了。在汉朝之后,《楚辞》系统中被总称为长篇韵文之"辞赋"成为文学主流,被固定了下来。但是,那只是韵文领域的问题。在散文方面,如前所述,在模式"议题的提示→对偶句的例证→结论"中即使具有与《楚辞》相通的内容,自然、情景、心理方面的描写也在其"防守"范围之外,这一情况基本未发生变化。

但是,不能忘记这里存在一个值得一提的例外——《庄子》,它是诸子百家的书籍之一,其中出现了很多同时期其他书中所看不到的有关自然和情景的描写,比如初始部分中有名的《逍遥游》。具体如下:

> 北冥有鱼,其名为鲲。鲲之大,不知其几千里也;化而为鸟,其名为鹏。鹏之背,不知其几千里也;怒而飞,其翼若垂天之云。

内容荒唐无稽,碾压《左传》中的怪异谈,即使将其视作寓言,它也与

《孟子》《韩非子》中的现实性内容完全不同。此外,在其他书中看不到如"其翼若垂天之云"一般的宏大情景描写。就文体而言,其多用具有说明性语气的"也"及对偶句语法,这种"对话"模式尽管与其他诸子百家书籍相通,但是内容大相径庭。

之后的内容——"天之苍苍,其正色邪? 其远而无所至极邪? 其视下也,亦若是则已矣"[天空碧蓝,那是其原本的颜色吗? 是因为它辽阔高远而没有尽头吗?(从那里)向下俯瞰,一定是相同的]——转变为飞翔在高空之鸟的立场来俯视下方。其语气是重复"苍苍"(《诗经》中频繁使用的造句之词),分别在三个句子中使用具有疑问语气但并不太具有强烈意思的补助词"其",只是显示一种魄力。使用"也",频繁使用表示疑问的"邪",表示强烈限定的"则已",以及"矣"这种口语化的补助词,使内容接近于口语。

这里描绘的是宏大的幻想——在当时那个以现世为特征的时期,这种描写很难出现在散文中,那么它源于哪里呢?

实际上在韵文中很容易看到与《庄子》近似的内容——《楚辞》。它站在大鹏的立场上将自身置于高空,尽管这是无奈之下的幻想,而《楚辞》最为重要的作品《离骚》,描写了世人所容纳不下的英雄(人们将其与《离骚》的作者屈原视为同一人物)在天界信步的状态。具体如下:

　　驷玉虬以乘鹥兮,溘埃风余上征。朝发轫于苍梧兮,夕余至乎县圃。欲少留此灵琐兮,日忽忽其将暮。吾令羲和弭节兮,望崦嵫而勿迫。路漫漫其修远兮,吾将上下而求索。

　　译:
　　驾驭着四头玉虬啊乘着凤车,在突然袭来的风尘中飞向天空。早晨从南方的苍梧出发,傍晚就到达了昆仑山上。我本想

在灵琐稍事逗留啊，转眼间夕阳西下暮色苍茫。我命令太阳的
驭手羲和停鞭慢行啊，远望落日迫近的崦嵫山而不要靠近它。
前面的道路啊又远又长，我将上上下下追求理想。

学界认为在天界巡游探访追求之物的行为，与巫术中进入恍惚状态
令灵魂飞入天界相关。若以这种将自身置于天界的想法为前提，《庄子》
中产生的宏大幻想与其并没有差异。另外，《庄子·秋水》的特色是以秋天
为主的自然描写，而这种自然描写频频出现在《楚辞》之中，诚如我们已经
陈述过的。那么，为什么《楚辞》与《庄子》具有共同的特征呢？

《庄子》的著者庄周出生于宋，而宋是由殷商遗民所建，与周及其延伸
之秦系统的文化不同，它继承了巫术色彩浓厚的殷商文化。这在属于周
和秦文化的周边诸国看来是奇异的，这一点从《韩非子》等作品中那些嘲
笑宋人的寓言即可推知。而楚原本就盛行巫术文化，在殷商灭亡以后其
遗民有逃至南方的，他们具有继承殷商系统文化的一面。此外，宋在公元
前286年被齐、魏、楚三国攻破，其大部分领土成为楚的囊中之物。后来
项羽灭秦称"西楚霸王"设置的都城彭城（今徐州）、即帝后喜好楚地风俗
的刘邦之出生地沛，曾经皆是宋的领地。无论是否属实，庄周和屈原皆活
跃于宋灭亡的前后。《楚辞》和《庄子》若是在这一时期成年累月积攒而成，
那么宋被灭后，《楚辞》和《庄子》便形成了现在的形态。

从以上诸点来看，《庄子》具有其他散文所没有的特色，很可能是受到
《楚辞》或者其背景文化的影响。此外，在当时与《庄子》有类似特征的文
章中很难看出其有受到《庄子》以外内容直接影响的痕迹。

书面语言基本形式的形成——《史记》《汉书》

秦的统一,标志着中国进入"大一统"的政治时代。在此之前其与欧洲一样仅仅是具有近亲关系语言的诸国复合体,至此终于形成了统一体。不仅如此,其随之策划的文字统一,对本书要解决的问题亦具有重要意义。在此之前七个国家虽然具有类缘关系但是分别拥有独立的文字,即七国各自使用不同种类的书面语言,后来文字被统一即策划了书面语言的统一。上文所提及的《尚书》《左传》《诗经》《楚辞》等文献很多是书面语言统一以后出现的文本,因此,这些书在何种程度上传达了原型,依然存有疑问。

最终秦帝国瓦解,出生于楚的项羽和刘邦二人争夺霸权,结果平民出身的刘邦建立了汉帝国,即汉文化的基盘是楚系文化。因此,汉初的主导性政治思想是道家思想,上流阶层享受的文学是继承了《楚辞》的辞赋。

散文在汉代取得了很大的进步,后来作为中国主要文学遗产之一,被称为"汉文",与"唐诗、宋词、元曲"并称,即汉代被定义为散文的时代。这与其他三个领域被唐、宋、元三个时代所定义是相同的,对后世之人而言,意味着汉代是散文完成的时代。汉代的散文代表作自然是前汉司马迁的《史记》和后汉班固的《汉书》，即中国的散文形式在史书中显示出完美的形式。那么，这种形式是如何确立的呢？首先我们来分析《史记》的内容。《项羽本纪》中有名的"鸿门宴"内容如下：

> 楚〔会羽季父〕左尹项伯(者，项羽季父也。)素善(留侯)张良。(张良是时从沛公，项伯乃)夜驰(之沛公军，私)见张良，具告以事〔其实〕，欲(呼张良)与俱去，(曰)："毋从〔特〕俱死(也)。"(张)良曰："臣为韩王送沛公，(沛公今事有急，亡去不义)，不可不语〔告，亡去不义〕。"

其实，《汉书·高帝纪》也基本原封不动地沿用了《史记》中的相关内容，但是两者之间存在一些微妙的不同。"( )"内是《汉书》中没有的部分，下划线后边的"〔 〕"意思是下划线对应的内容在《汉书》中是"〔 〕"中的内容。另外，《汉书·张良传》也是相似内容，但是存在微妙差异。为了避免混乱，这里姑且仅显示《高帝纪》的片段。以下为正确显示原文语气，解释姑且采用逐字逐句翻译的方式而不拘泥于其流畅性。

之前的内容记载了项羽在攻破秦都入咸阳时被抢占了先机，他计划攻击刘邦。继该内容以后，文章突然开始介绍人物。"楚之左尹项伯，项羽的叔父"——采用了解说性的语气，显示主格的"者"和表示说明语气的"也"在战国时期逐渐定型。"原来与留侯张良关系亲密"，"留侯"是汉朝建立以后张良接受的爵位，此处出现该头衔于理不妥。"张良当时跟随沛公(刘邦)，因此项伯夜里骑马跑到沛公军营里私会张良，详细说明情况，邀张良一同逃亡。"首先我们注意到"沛公""张良"这两个词语反复出现，但并不是非出现不可。"张良跟随沛公"这个句子交代的是一个显而易见的事实，或许它在引导表示"正因为这样才……"这种强烈语气的补助词

"乃"，作为前提条件不可或缺。亦没有必要说"沛公军营"，"邀张良"也是理所应当之事。此外，现在列举的并非一定要出现的内容，在《汉书》中已经被删除。

再看一下之后的内容。"（项伯）说：'不能跟随他一起死。'张良说：'臣为韩王送沛公，沛公今事有急，亡去不义，不可不语。'"首先，请注意这部分内容是由对话构成的。"对话"中项伯的话"不要跟随他一起死"显得啰唆，张良两次提出"沛公"这种方式，皆非常口语化。张良用第一人称"臣"这个自谦方式亦是为了准确地表现这种语气。

仅此一部分内容即可看出若以后世基准来看《史记》中的文章，它就是一种特别的存在。它饶舌的表达与以简洁为志向的潮流完全相反，充满了没有必要的反复。再往下看。接下来的几处《汉书·高帝纪》中并未出现，因此笔者将其与《张良传》进行对照。具体如下：

（良）乃（入，）具告沛公。沛公大惊，曰："为之奈何？"（张）良曰："谁为大王为此计者〔沛公诚欲背项王邪〕？"〔沛公〕曰："鲰生说我（曰：）'距关，毋内诸侯，秦地可（尽）王也。'故听之。"良曰："料大王士卒足以当〔沛公自度能却〕项王乎？"沛公默然，曰："（固不如也。）且〔今〕为（之）奈何？"

"张良于是入帐，详细告知沛公。沛公非常吃惊，说道：'怎么办呢？'"需要注意相当于"叙事"的部分采用了尤为不自然的补助词"乃"。《汉书》删除了这部分内容。之后的内容中连续出现了对话。"张良说：'谁为大王为此计者？'"在他被问"为之奈何？"后如此回答显得很没有逻辑，其实作为对话的发展并不是不自然，即张良没有告诉对方事态，而是委婉地批评惊慌失措的刘邦。《汉书》重视逻辑，作"沛公诚欲背项王邪？"记作"沛公"，在其还未称王的这个阶段称呼其"大王"就显得不自然。"他说：'泛泛之辈给我说的呀。'其人说：'关闭关卡，不要让诸侯进来。让秦地皆为大王之物吧。'于是，就按他说的那么办了呀。"需要注意两点。第一，主语省略。前文反复使用"张良"，但是这里并未显示主语，令叙述失去了一贯性。《汉书》补充了主语"沛公"。第二，在刘邦的话中，用直接引语的方法引用了郦生的话，而《汉书》中改为了间接引语的方法。

"张良说：'预计大王的兵将，足以抵挡项王吗？'"《汉书》中亦是将这句话中的"大王"改为"沛公"，且在更加直接地表达"您自己认为可以击退项王吗？"之后，添加了一句鲜明的心理描写——"沛公默然，之后说：'固不如也。且今为之奈何？'"。"默然"后面冠以表示理所应当之意的补助词"固"，以表示说明性语气的"也"结句。对刘邦而言表明了不愿承认的事实，而一旦承认即刻画出刘邦坦率承认之美德。此外，"且"即"现在暂且"，采用了具有现实主义特色的说法，之后回到这句话最初的表达"为之奈何"（怎么办）。这一句话如实地反映出刘邦的过人能力，尽管他自身不具有非常杰出的才能，但是他依赖张良等人的贤能，通过利用他们所有的能力来打破僵局。但是，《汉书》中删除了"固不如也"（当然不及），通过把"且"（姑且）改为"今"而完全消除了那样的语气，同时，"为之奈何"的"之"也消失了。这个字看起来虽然无用，但是若没有"之"也不能形成完整的前文重复，趣味减半。

之后刘邦与张良的密谈继续，那番对话在《汉书》中亦被完全删除。为什么呢？试想一下，为何要将刘邦和张良的密谈公布于后世呢？无法想象两个当事人会轻率地泄露密谈。如此，则必须要创作和判断。那么是谁创作的呢？虽然笔者很想说是司马迁，但是司马迁以"述而不作"（仅祖述而不创作）为金科玉律，他会做如此大胆之事吗？此外，所有内容都是以对话形式展开的，这不禁引人深思。确实史书亦允许创作，比如以历史叙说的严格而闻名的普罗柯比亦在《战史》中多次插入了创作内容。但是,那些内容基本是人物的讲话,这是表现人物思想和性格等的一种方法(《史记》这一部分的内容也是以"对话"的形式表现复杂的思想,饶有趣味)。《史记》中这种像对话一样生动的戏剧式的交谈方式在他处不太多见。班固是不是发觉这种设置过头了呢?

之后鸿门宴场景中亦出现了非常个性的表达方式,比如开头部分。让我们再次回到《汉书·高帝纪》:

> 项王〔羽〕(即日)因留沛公(与)饮,(项王项伯东向坐。亚父南向坐。亚父者,范增也。沛公北向坐,张良西向侍。)……

翻译上文——"项王那日当即留下来到此处的沛公一起饮酒",发现内容非常啰唆。《汉书》以汉为至上主义,舍弃了对项羽的尊称"项王",并将其改为"羽"是理所当然的。删除"即日""与",则是将烦冗之文修改为简洁的措施。即便如此,且不论在以臣下身份很难对刘邦直呼姓名时以"沛公"之头衔称呼的做法,为什么在叙事部分尊称项羽为"项王"呢? 通读《史记·项羽本纪》可知,在最初叙述项羽出身时采用了其名"籍",以降用其字"羽",到这一部分的"项王",尊称突然出现,之后"项王"与"项羽"混杂在一起使用。籍是直呼姓名,字稍显礼貌,"~王"为尊称。也就是说,《史记》在叙事部分并未统一其称呼。此外,"项王"第一次出现在前文列举的刘邦与张良的对话中。《汉书》中采用"项王"的地方比《史记》中少得多,且大多是在对话中使用("叙事"中多少有所出现,但这些应该是《汉书》依据《史记》却在修改时遗漏而导致的结果)。《史记》中人物说话的部分与情况介绍的部分,即"对话"与"叙事"的区别并不鲜明。

之后,有一段很有名的文字:"项王项伯东向坐,亚父南向坐。亚父者,范增也。沛公北向坐,张良西向侍。"如此具体地对会面情况进行叙述的例子之前是没有的,之后在白话小说出现以前亦不存在,即这是早期进行现实描写的一个显著事例。但是,《汉书》完全删除了这一内容。这个事实说明了《汉书》此段记述并未参照其他事例。换言之,这种现实描写在《汉书》以后的史书中并不是必要的内容。实际上,在记述历史事实时,诸如谁坐在哪里之类的情况并不是重点,以简洁的宗旨来看当然应该删除。相反,若将其记录下来,我们则必须发问为何如此。

如此,《汉书》在陈述事实时删除了那些具有具体内容和真实感的不必要的内容,即《汉书》记载的是抽象化程度很高的内容,《史记》则突显了对现实描写的意图。这种差别在后文刘邦之侍卫樊哙闯入的场面中达到顶点。

《史记》首先录了张良转告危机的语言和樊哙的回答"此迫矣。臣请入,与之同命",这些语言富有紧张感,但是《汉书》中并没有出现。之后,具体地表现了其勇猛之处:"哙即带剑拥盾入军门。交戟之卫士欲止不内,樊哙侧其盾以撞,卫士仆地,哙遂入,披帷西向立,瞋目视项王。"后文更是加入夸张的描写"头发上指,目眦尽裂"。这完全是后世说唱艺人的讲述口吻。《汉书·樊哙传》则为"乃持盾入。初入营,营卫止哙,哙直撞入,立帐下",省略了所有细节。作为非小说的历史叙述,这已足矣。项羽的反应在《史记》中也被戏剧性地描写出来:"项王按剑而跽曰:'客何为者?'"而《汉书·樊哙传》则采用简洁的第三人称转述,显得尤为质朴:"项羽目之,问为谁?"

讲到这里问题就显而易见了,笔者之前讲过散文的形式确立于汉代,其第一步一定是由《史记》所创建,《汉书》在此基础上进行改良,形成了一个固定模式。后世以《史记》和《汉书》为散文之模板,然而作为模板,《汉书》更被重视,这或许是由于《史记》过于"奔放"。确实《史记》的这一部分在口语的强度、表达的逼真度与细腻程度方面尤为显著。那么，为什么《史记》写出了这样的文章呢？《汉书》为什么一定要对其进行修改呢？

　　这里需要注意的是宫崎市定氏早先指出的《史记》与民间表演艺术的关系（宫崎市定：《身体动作与文学》，选自《宫崎市定全集》第五卷，岩波书店，1991年）。《史记》中多处出现极具戏剧化的场面，多处采用类似"鸿门宴"一节以对话为主的戏剧形式。这些若不是司马迁的创作，那又是因何而产生的呢？当时，司马迁是一位不可思议的旅行家，他前往各地搜集资料。那些资料并不一定全是文献，应该也有很多口头流传的故事吧。其中众多内容以表演艺术的形式被呈现了出来，如《西京杂记》和《洛阳伽蓝记》中就记录了说唱艺人（自称长寿之人）讲述的过去有名人士的故事。

　　若把"鸿门宴"一节视为表演艺术形式中的一个场面，则该文章的特征较容易说明。唐突地从人物介绍开始，意味着新的内容的开始。"……者，……也"是《史记》列传各篇开篇所采用的一种格式。这或许是文章开篇所采用的一种固定模式。对张良以"留侯"称呼，在那个阶段极为不自然，但是若以后世使用众所周知的称谓这一习惯来解释则是行得通的。对汉代的人而言，"留侯张良"正如日本将大冈忠相称为大冈越前守一样，是众所周知的名称。

　　口语性强、表达逼真与细腻实际上是表里一致的体现，正是因为采用了口语化的词汇，历来书面语言中无法表达的真实且精密的内容才有可能实现。不仅如此，如果认为这种表达源于听觉中的表演艺术，那么口语性强则为必然。正因为是表演艺术所以才要求描写，乃至对细节的描写都要真实且令听众能实际感受到那种氛围。多处重复、饶舌的叙事内容也采用源于口语的词汇，对话中认可打破传统的表达方式，多采用具有微妙感觉的补助词，主要以对话形式推进事态，在对话中采用直接引述法引入他人的语言，等等。若将产生这些的理由归于口头表演艺术则很容易解释。

如此,解释《史记》中尤为具体的现实描写就变得可能。宫崎市定氏将"鸿门宴"中的座次描写与讲述之人的身体动作结合起来进行论述。即使不能理解这一说法,说唱故事中的具体描写依然不可或缺。对用耳朵来倾听的听众而言,这种描写是他们展开具体想象的线索;对讲述之人而言,则是他们不断继续说唱的补白材料。

这种奇妙的、逼真的口语性表达在《史记》的很多部分都有体现,且都具有共通之处。第一,它们皆是意味深长的内容。《史记》中脍炙人口的部分都采用了这种表达方式。反过来说,《史记》中的其他部分并不具有这种特征。第二,它们大多与蛮横无理之人有着联系,比如宫崎氏列举的《信陵君列传》与《刺客列传》中皆出现了侠客式大老板和体制外的杀手。第三,屡屡出现带有诗歌的部分。比如《刺客列传》中准备刺杀秦始皇的刺客荆轲在"风萧萧兮易水寒,壮士一去兮不复还"的歌声中话别启程的场面,《项羽本纪》中最后的宴会上项羽吟唱"力拔山兮气盖世"的场面,都可以看作其显著事例。这两者皆为特别有名的场面,名气很大,好好思考一下就会发现其内容过于戏剧化。为何司马迁熟知荆轲的启程与项羽死前的场景呢?

不仅是这里列举的几处,其他有关荆轲与项羽生涯部分的叙述也颇为生动。这两个人物在后世被尊崇,因此不难想象一定存在讲述故事的宗教人物与表演艺术人物。此外,无论是艺术活动还是宗教活动,一般都伴随着歌唱。后世艺术的旗手往往与"蛮横"之人有密切关系。这些事实显示了《史记》中诸多现实描写与艺术的关系。

与司马迁同时代的文章中出现了庶民生活的写实版。下面,我们来看大文学家司马相如年轻时与富豪之女卓文君私奔的内容:

文君夜亡奔相如，相如乃与驰归成都。家居徒四壁立。卓王孙大怒曰："女至不材，我不忍杀，不分一钱也！"人或谓王孙，王孙终不听。文君久之不乐，曰："长卿第俱如临邛，从昆弟假贷犹足为生，何至自苦如此！"相如与俱之临邛，尽卖其车骑，买一酒舍酤酒，而令文君当垆。相如身自著犊鼻裈，与保庸杂作，涤器于市中。卓王孙闻而耻之，为杜门不出。

"文君夜亡奔相如，相如乃与驰归成都"中"与驰归"之前放置了表示浓厚扭曲意义的"乃"字，表示"因此终于"之意。"家居徒四壁立"，当然不是说没有屋顶，而是说没有任何财产和家具。这段内容的表达非常卓越，但其追求的应是滑稽之味吧。不仅如此，卓文君把相如视为贵人的设定之前刚刚出现，这种说法亦极为有效地暗示了她受到了冲击。"徒"字是口语化的补助词，传达了"什么都没有"的意思。"卓王孙大怒曰：'女至不材，我不忍杀，不分一钱也！'"也是滑稽、夸张的对话。这里要注意"人或谓王孙，王孙终不听"中反复使用"王孙"却没有任何意义，没有明确显示"谓"之内容的暧昧。"文君久之不乐"，这句话真实且幽默地再现了富豪千金的状态。"长卿（司马相如的字）第俱如临邛，从昆弟假贷犹足为生，何至自苦如此"，"第"字是一个补助词，加强了强制性语气，它的使用与传达出微妙语气之"犹"的使用，以及最后一句充满千金小姐语气的内容，皆为反映口语而贴近现实生活的表达。

之后，"相如与俱之临邛，尽卖其车骑，买一酒舍酤酒，而令文君当垆。相如身自著犊鼻裈，与保庸杂作，涤器于市中。卓王孙闻而耻之，为杜门不出"中的动作"当垆"与服装"犊鼻裈"具体为何物尚有争议。由于它们是过于日常的事物因此文中没有特意说明，反而后世之人不知道其真实面目。这里所描写的当时的酒馆其实更接近于酒吧，仅见于此文，即此处对当时庶民生活的一个侧面进行了详细而生动的描写。

为什么出现了这样的现实描写呢？我们通过这段逸闻的讲述语气来找一找答案吧。幽默和夸张的用法较多，构成逸闻中心的是女性卓文君与他人的对话。如前文所见，用于女性和男性庶民的语言是口语化的词汇，有别于统治阶层和知识分子阶层的男性用语。乍一看这是一段现实描写，实际上并非如此。现实描写中文章的讲述口吻多是诙谐的，有时候是具有嘲笑性质的。事实上，在用格调高的词汇来表现政治家或将军的物语中一旦突然出现了女性或者男性庶民的口语对话以及有关庶民生活的具体描写，就很难避免被视作低俗之物的命运。

这与西洋文学中的风格分类（参考 Erich Auerbach：《模仿》，筱田一士、川村二郎译，筑摩学艺文库，1994 年）属于同一种现象。前近代时期，无法使用文字的阶层中的人们只能发挥喜剧的作用。即便对他们的生活进行了详细的描写，那也仅是为了增添喜剧般的"家具搁置架"效果而被要求的。因此，被女儿背叛了的卓王孙之悲痛、司马相如之贫困就成了喜剧的素材，而不能被描绘成悲剧。在日本也没有太大差别，比如《源氏物语》中贵族阶层以外的人物确实基本上发挥了喜剧式的作用。

《史记》的不同部分显示了文体差异。具体而言，年代较为久远的内容缺乏现实描写与口语表达，战国末期楚汉之战的相关内容多用口语化的词汇和表达方式，进行生动的戏剧化的细节描写之处颇多。到了汉代，带有喜剧性的现实描写开始增加。换言之，《史记》中亦有风格分化，这是由司马迁所依据的资料本身的特色不同所导致的。

这样便产生了新的文体。它以战国以前逐步成熟起来的"对话"与"叙事"文体为基础，通过导入民间表演艺术的讲述形式实现了前所未有的精细且真实的表达。即便如此，或者可以说正因为如此，才很难说《史记》的文体得到了完善。内容不同导致了显著的文体差别，有时候"叙事"

部分混入了"对话"的文体,口语特征大量残存产生了重复和跳跃的内容,在某种意义上显示出烦冗且令人费解的一面。要想确立书面语言的问题,就必须克服这些问题,而班固进行了这项工作。

到了后汉,班固将《史记》改头换面,创作了《汉书》。具体细节如上文所述,这里再次整理,共计五点:①辅助词的削减;②多余的修饰语的削减;③反复省略;④反复删除;⑤人称的统一。班固的目的非常明确,即从《史记》中尽可能地排除表演艺术的影响,尽可能地除去口语的特色。正如上文所展示的"介绍文"即叙事文那般,其必然在"简洁"这一理想状态下来改写《史记》中的内容。结果,删除冗长的内容,产生了简洁而又明快的文体。与此同时,之前的比较亦明确显示出班固的文章已经失去了《史记》所具有的独特生气,这一点实难否认。这种生气既然是受表演艺术及相关事物的影响所产生的,那么在索求格调高雅的知识分子风格的文章时,必然需要删除这些材料。如此,《史记》所认可的现实描写内容与知识分子阶层的价值标准——"雅"这个条件不一致的部分就消失了。

这样,就确立了中国书面语言的基本形式——文意明快而不易产生误解,又容易模仿的文体,这种文体不论是在读的方面还是写的方面都是理想的文体。之后的历史书基本上都采用《汉书》的文体。但是,那是牺牲了庶民的生气和逼真的细节描写而产生的结果。这种现象并不限于中国,可以说这是书面语言形成过程中产生的一般现象,因为书面语言是因知识分子而产生的。书面语言在作为知识分子的"雅"之物确立的过程中,"俗"的元素被删除,即从文体和词汇的水平来看口语化的内容,从内容水平来看现实描写的内容被删除。

尽管笔者说"书面语言的基本形式确立了",但是不要忘了在这个阶段最多是确立了史书的文体,而在书简和典礼等场合使用的是不同的文体。那么,为什么"汉文"会被如此重视呢? 原因可见后文——后世"汉文",即始于《史记》确立于《汉书》的文体成为诸多场面所采用的文体的基础。但是,汉朝时文体因用途而固定,而这里谈到的文体确立再怎么说也只是用于历史书及相关文献的文体,这一点不应忘记。

韵文的展开——"对话"与赋

在韵文中有什么样的发展呢? 这个时期尚不存在后世严格格律化的"诗"。"诗"这个词原本也用来表示"歌",后文将会讲到这个问题。对知识分子而言,它通常是指代《诗经》的固有名词。因此,仅存的为数不多的汉代被称为"诗"的韵文,除去后来那些不清楚作者的,只能说它们大多模仿了《诗经》。

汉代韵文的主流是辞赋。特别是司马相如所确立的赋,直至后世仍保有正统文学的地位。那么,赋为何物呢? 下文列举司马相如的代表作《上林赋》中描写河流流淌的一节(笔者此处特意不添加译文以便分析):

> 横流逆折,转腾潎冽,滂濞沆溉。穹隆云桡,宛潭胶戾。逾波趋浥,莅莅下濑。批岩冲拥,奔扬滞沛。临坻注壑,瀺灂霣坠,沈沈隐隐,砰磅訇礚,滈滈濎濎,潏潗鼎沸。驰波跳沫,汩㵰漂疾。悠远长怀,寂漻无声,肆乎永归。

此段内容主要由四字的对偶句构成,有时候加入"乎",有时候加入引文中并未出现的"兮"。乍一看,它的形式基本与《楚辞》一样,但是,与《楚辞》不同的是罗列,尤其是反复罗列诸多生僻字的用法。原因是什么呢?

赋作为宫廷文学,至汉代发展成熟。它要求文学家最大限度地发挥自身掌握的技巧。当时的文学家是操控文字和知识的技术人员,因此,需要在文字和知识领域显示自己的过人之处。但是，一旦这种模式固定下来，下一步赋就会朝着活用罗列这个方向发展。在此背景下浮出的最为合适的题材是都市，应该说后汉以后以都市为题目的赋的杰作——班固的《两都赋》、张衡的《两京赋》、左思的《三都赋》的相继出现是必然的时代潮流。

关于赋还有一点请不要忘记——早期大规模诞生的赋大部分是由对话构成的。《子虚赋》由三个人物的对话构成，《两都赋》以下的都市赋中亦是代表各个都市的人物称颂自己城市的风格。这种由很多人物进行对话和讨论的形式，后来被空海在《三教指归》，甚至被中江兆民在《三醉人经纶问答》中引用，应该说它成了议论文的一个标准。对于赋所描写的内容而言，如《子虚赋》中皇帝和诸侯的御苑以及狩猎的场景，都市赋中大都市的壮丽场景，其讨论的形式不过是手段而已。那么，为什么要采用讨论的形式呢？之前涉及的纵横家的论述与赋的近亲关系暗示了这个原因。

两者皆是以四个汉字或六个汉字为基本单位，多用对偶句，夹杂了很多固有名词和华丽辞藻。换言之，赋采用叙述的形式，是"对话"凝练到极致的表现。由此可见赋在其形成伊始就要求采用某个人物陈述语言的形式。

此外，赋中还展开了近乎执拗的情景描写。在《诗经》中可以看到情景描写的萌芽，其在《楚辞》中取得了重大发展，在继承了《楚辞》血统的赋中实现了全面展开。这样，"对话"—韵文—情景描写相结合的方式确立了。不仅如此，笔者发现在"对话"与韵文中诞生了心理描写。终于，中国文学的另一大特征——以"景"来表达"情"，即把心理描写寄于情景描写之中开始发展。

"地之文"，即叙事文，在《汉书》中得以完成；"对话"，即人物陈述，在赋中实现了极致的发展。然而，以此尚不能说中国书面语言获得了稳定的形式。两者皆用于被限定的场合、被限定的目的以及被限定的人物。事实上,在《史记》中可以看到的"叙事文"中的心理描写和情景描写的萌芽在《汉书》以降就消失了。这个现象从日本书面语言的成立过程来看也是非常清晰的。

日本书面语言始于汉字的移入,这一点不必赘述。之后,由汉字产生了片假名和平假名,正式文书皆由汉文书写成为原则,而且无论文书中的内容如何变形,结果都沿用了中国叙事文的传统。因此,该表达方式的极限亦理所应当地被继承。超越其极限的内容,即心理描写、细腻的情景描写以及生活细节等现实描写成为日本假名文学的特色。换言之,假名文学是描写汉文中不能被描写的事物的手段,因此,随着后世价值观基准的变化,它受到了颇高评价。我们还应该注意假名文学的旗手是女性。

那么,中国在没有假名文学这种其他种类表达体系的情况下,是如何突破极限的呢?

书面语言的分化——四六骈俪体

汉灭亡后，除西晋有短暂的统一外，中国持续了约四百年的分裂。在被称为六朝的这个时期，文章追求美感，人们认为四六骈俪体发展成熟。这种指摘本身没有错误。然而，当时并不是只使用这种文体，文体根据用途而被区分使用。

即使是到了这个时期，书面语言依旧是为了应对特定的目的，它是为特定阶级而存在的。因此，它的书写对象一定十分有限。《汉书》中姑且得以完成的叙述之文，即简洁的"叙事"和具有口语性的"对话"所组合起来的文体，只在史书以及等同于史书的范围内使用。那么，除此之外，书面语言有何种用途呢？

我们来讨论梁朝昭明太子萧统所编纂的诗文选《(昭明)文选》的分类情况。《(昭明)文选》网罗了史书、思想书以外的诗文，从它的分类一定可以看出当时的分类意识。

"诏、册、令、教"与"表、上书、启、弹事"存在不同，前者是皇帝对臣子，后者是臣子对皇帝，二者皆采用了书简的形式。"符命"亦等同于书简，"笺、奏记、书"也全部为书简。"檄"为对敌对势力的宣言，也属于广义上的书简。也就是说，我们可以把这一系列类型皆归纳为书简的一种。书简是指把原本要陈述给对方的语言文字化。"对问、设论"由很多出场人物的会话构成,"序"混杂了两大种类,即师之讲义内容及说明并推荐作品的内容,它们皆属于"对话"系统。"颂、赞、箴、铭、诔、哀"皆为韵文,是以合适的语气形式来陈述赞赏、训诫及哀悼等内容;"吊文、祭文"亦等同于此,即这些皆属于"对话"系统。"史论、论、碑文、墓志、行状"中的作品特性多少有所不同,其中有一些接近于史书文体的例子,既然"史论"与"论"多具有议论的特色,就应该具有"对话"的特征。"碑文、墓志"应该具有近于史书的内容,但实际上它们不一定依赖于史书的文体。这恐怕与"碑文、墓志"以歌颂故人为主要目的这种礼仪特色有关。

综上所述,史书以外以书简之类为中心的文章占了大半,它们属于具有礼仪特色的"对话"系统。即除去一部分"论",唐代以降大多数作者不会在文章中陈述自己的意见,或抒发自己的感慨,所谓的山水游记,即叙述自然之美的散文亦不存在。就像后世的笔记一样,记录各种小事以及传说一类的文章亦未被《文选》收录。

当然它们采用了与史书不同的文体。前面已经介绍,书简采用了描写讲话的形式,诏书和奏章也不例外,从它们各自的特征即能明确判断。前者从《尚书》以来便以"朕"这个第一人称开头进行讲述,后者则采取"微臣有……事禀报"的形式。同时,书简也是礼节性的事物。口头讲述的"对话"和庄重严肃的"礼节"看起来好像是矛盾的,但是出于"对话"系谱的书面语言多使用对偶句,朝着美文方向发展,从这点来考虑的话,两者同时存在亦属合理。

如此看来,史书以外的文章大部分采用了四六骈俪体这种形式,这是文章由用途而决定的必然结果,意味着六朝文人并不是只追求美文。实际上,六朝时史书用史书的文体书写,礼节性的文章后世亦持续使用四六骈俪体。

四六骈俪体原本就不适于记录事实或行为。四六骈俪体中的"四六"指这种文体以四字句和六字句为基本单位;"骈"指为马车而套的两马并驾齐驱;"俪"指两个事物形成一对,即由四字句或六字句构成对仗工整的文体。比如后文要提到的与女性相关的诗集《玉台新咏》的序之初始部分,其作者与编纂者为同一人——梁朝文人徐陵。具体如下:

　　夫凌云概日,由余之所未窥。千门万户,张衡之所曾赋。周王璧台之上,汉帝金屋之中,玉树以珊瑚作枝,珠帘以玳瑁为押,其中有丽人焉。

　　译:

　　蔽日穿云的高台上由余大开眼界,千门万户的宫殿,以前张衡为其吟赋。周王汉帝的玉台金屋中,玉树以珊瑚为枝,珠帘以玳瑁相连,一位美人在其中。

每句的字数以四字和六字为基础,除去中间的一句,包括隔句对仗在内,整段内容由对偶句构成,这一特征非常明显。如此,该结构具有对称工整之美,还镶嵌了"璧台""金屋""玉树""珊瑚""珠帘""玳瑁"这些词语以唤起读者对华丽场景的联想。此外,这些句子皆为古书中可见的典故和表达,即它们建立在典故的基础上。比如第一句"凌云概日"指蔽日之高台,与魏文帝曹丕筑高台"凌云台"有关;第二句以《史记》中由余见秦穆公的典故为基础,穆公本想以展示豪华高台来向北方少数民族使者由余炫耀,却反被批评。接下来的"千门万户"出自后汉张衡的《两京赋》;"璧台"出自周穆王为爱妃盛姬建观景台"重璧之台"的典故;而"金屋"则出自汉武帝少年时代初次与日后成为他皇后的女子相见时对她说"如果嫁给我就给你建一所金房子"的故事。之后的珊瑚与玳瑁之类则见于武帝为迎接西王母而准备的用具。熟知这些典故的人读了这些诗句,脑子里便会浮现出与西王母会面的穆王和金屋藏娇的汉武帝的画面,带给人无数想象的空间。

此处的内容由于与美女相关才成为如此形式,若要歌颂帝王,将会以各种有关圣天子的故事为基础,很容易就形成庄重之文。写出带有典故的华丽文章,想必十分困难,但实际上只要作者把自己所知的典故组合起来按模式书写即可,这种制作反倒容易。然而,正因为这种文体的华丽,反倒不适合陈述具有实质内容的事宜。上文所举之例,耗费大量篇幅所传达的内容,只不过是"有一个美人位于华美的建筑物里"。

像这样,六朝时期书面语言文字化的内容非常有限,当然现实描写未能涉足四六骈俪体的世界。与其说该文体排除现实描写,不如说该文体原本就适宜于不能涉足现实描写的内容。然而,史书本该存有现实描写的余地,但实际上由于经过了作者的过滤,其叙述内容始终围绕皇帝、贵族、将军等的朝廷活动。即便在当时,教育也仅局限于依照传统在家庭内进行学习的豪门贵族,或是专门的文字技术人员(诸如一直注释儒教经典的人员,或者聚集在贵族身边专为其创作诗文的寒门文人,等等)。庶民原本连接受教育的地方都没有,加之书写用具非常昂贵,因此,当时的文体中不会涉及有关使用口头词汇的庶民生活的现实描写。

总之,六朝时期的书面语言,由历史书及相当于历史书的书籍中的史书文体,以及书简和相当于书简的礼仪性的文章中所采用的四六骈俪体所组成。但是,我们不应该忽略另一种极为专业的文体的存在——经义文,它是对儒教经典的解说。六朝时期儒学研究停滞,始终是对汉代以前的注解书再注解。其结果是产生了大量的注疏,即解释注解的再注解。注疏使用的是"对话"的形式,它是完全有别于四六骈俪体的其他系统,是讲义和解说的形式,应当说它亦是一种被极为有限的人员用于极为有限的目的的文体。

佛典和小说——口语词汇和现实描写

但是，在这样的情况下也有例外，有文献使用口头语。首先是汉译佛典，在鸠摩罗什翻译的经典当中到处都能发现属于口头语的词汇。我们来看一下《妙法莲华经》之《譬喻品》中出现的语句：

> 尔时舍利弗，踊跃欢喜，即起合掌瞻仰尊颜，而白佛言："今从世尊闻此法音，心怀踊跃得未曾有。所以者何……"

开头的"尔时"即口头语，意思是"那个时候"，这个词在《史记》和《汉书》中一次都未被使用。前半句的意思是："那个时候，舍利弗欣喜雀跃，立即站起来，一边合掌一边仰头望着释迦牟尼佛的尊颜，向佛祖诉说。"从"白佛言"的直译"向佛诉说"来看，很明显这是一种极为啰唆的表达方式。后半句"现在从世尊这里听到这种妙法，心潮澎湃，获得了以前所没有领悟的内容。若要说其中的缘由"中，将"未曾有"当成名词用作目的语，"所以者"当作主语，"何"当作谓语。可以看出此处集中出现的几个措辞用法尤为奇妙，而且这些还是汉译佛典中得到广泛认可的固定表达。我们再往下看一下：

> 若我等待说所因成就阿耨多罗三藐三菩提者，必以大乘而得度脱。然我等不解方便随宜所说。

近二十个文字的首句是一个没有前例的句子，而且，使用了"我"的复数形式"我等",在使用表示意志的助动词时并未采用"欲"而是采用了"待",这两处皆相当于口语。给很难成为动词的"因"字冠以"所"字,将其名词化,这依然是一种破格的表达。之后,还使用了"不解""方便""随宜"等口语词,给"说"字冠以"所"将其名词化。

为什么汉译佛典会使用口语词汇呢? 我认为有三个理由。

第一,译者鸠摩罗什不是汉族人。因为其母语不是汉语,所以其很难明确区分书面语言应采用的词汇和非书面语言应采用的词汇,这个也是为什么其在语法上多次出现了破格表达。例如东晋汉族人法显,虽然他翻译的佛典多使用四字句这种整齐的文体,但是在使用口头语词汇这一点上,法显和鸠摩罗什并没有太大差别。

第二,既然佛典是讲给几乎是文盲的信徒听的,那么就要求其内容在一定程度上能让人一听就懂。可以说这在以声音为媒介的文本中是共通的,而非单指文字。

第三,以往书面语言所使用的词汇和语法的范围,很难承接梵文原著中出现的多种概念以及与中文大相径庭的表达方式。尤其是原著中问答形式颇多,这意味着原著中包含了很多梵文口语化的表达方式,将其翻译成汉语时,若采用直译,汉语破格表达出现的可能性极大。路德翻译的德文版的《圣经》,对日本言文一致体的形成产生最重要作用的二叶亭四迷翻译的屠格涅夫的《猎人日记》,都表明了在翻译与该国知识分子所掌握的语言体系大不相同的外国文献时,有必要使用口头语言,并创造出新文体。

因此,宗教文献中多用口语词汇。在这个阶段这种现象仅限于佛典范围,对其他方面影响不大。但是,到了唐代,口头语言具有更重大的意义。

其次应该被列举的六朝时期使用口头词汇的文献,是小说类。一般六朝小说被分为志怪和志人两类，但是这两者性质并不一定相同。志怪小说最多被定位为史书的支流，其文体基本上是历史书所采用的文体。然而，在性质上，它经常会写一些比一般史书要低俗的话题，那种情况下，对话部分口语化的表达方式随处可见。东晋干宝的《搜神记》就被视为志怪小说的代表作，下面从中举例：

> 南阳宋定伯，年少时，夜行逢鬼。问之，鬼言："我是鬼。"鬼问："汝复谁？"定伯诳之言："我亦鬼。"鬼问："欲至何所？"答曰："欲至宛市。"鬼言："我亦欲至宛市。"遂行。数里，鬼言："步行太迟，可共递相担，何如？"定伯曰："大善。"……行欲至宛市，定伯便担鬼，著肩上，急执之。鬼大呼，声咋咋然，索下，不复听之。径至宛市中下著地，化为一羊，便卖之，恐其变化，唾之。得钱千五百，乃去。

"南阳的宋定伯，在年轻的时候走夜路撞见了鬼"，这句话作为文章的开头很唐突。"鬼说：'我是鬼。'"这句极为愚蠢的台词巧妙地营造了幽默的效果，我们要注意它使用了现代语中频繁使用的动词"是"，它原本就是一个口语化的单词。"鬼问：'你是谁？'定伯骗他说：'我也是鬼。'鬼问：'准备去哪里？'定伯回答：'打算去宛市。'鬼说：'我也去宛市。'于是就去了。""复"字带有"你又是谁"的语气，是一个传达了微妙语感的口语化表达。在表达"去哪里"意思时却使用了"至何所"，这种说法在其他文献里完全看不到。使用"何所"作为询问地点的疑问词，恐怕是极为口语化的表达方式吧。"走了数里之后，鬼说道：'走得太慢了，我们可以轮流背，怎么样？'宋定伯说：'很好。'"果然使用了一些现代语中也使用的文体，比如将表示超过限度的副词"太""可"放于句子开头部分表示劝说语气，如"……

做可以吗",可以说不论哪一个都非常口语化。表示"互相"意思的"共递",是一个几乎找不到其他使用实例的词,它应该也是口语词吧。"何如"为几番提醒的措辞,"大善"表示赞成的用法,全都是实际对话中所用之词。

一路经历了稀奇古怪的他们终于到达了目的地。"快到宛市,宋定伯便把鬼背在肩上,紧紧地抓住它。鬼大声尖叫,恳求宋定伯把它放下来,宋定伯不再听它的话,把它一直背到宛市。他将鬼一放到地上,鬼就变成了一只羊。宋定伯便卖了它,害怕它再有变化,就朝鬼身上吐唾沫。得到一千五百文钱后,宋定伯便离开了宛市。""咋咋然"这种拟声词的存在,令读者认为这是接近口语的表达。再者,表示"恳求"之意的"索",以及"著肩上""下著地"中与现代语用法相同的"著",可以说皆非常口语化。特别是"著"字的使用,是白话文中频繁使用该词的最早的一个例子。还有表示时间的副词"便"也是这个时期其他文献中实例很少的口语词汇。

那么,为什么这里使用了这种口语化的词汇和表达方式呢?其关键在于内容。宋定伯以一个庶民的形象出现,他徒步去市场,在那里进行买卖。舞台亦是途中及市场,也就是说,这些场景与朝廷、官府、贵族宅邸、战场这类史书通常涉及的场景在性质上完全不同。此外,故事以对话为中心展开,综合考虑文中诙谐幽默的语言,会发现这个故事很可能是依据口头讲述的内容而产生的。至于它是来自知识分子的座谈会,还是来自一定程度表演艺术化以后的说唱技艺中的讲述,尚没有定论。无论如何,我们都需要关注这里对庶民生活的现实描写真实性的体现——出场人物的庶民性、故事的喜剧性,其所展现的口语化程度高的词汇、旅途的情况和市场的状况等皆为其他文献中不太涉及的。

如此,《搜神记》中只要涉及庶民生活的内容,都会有口语词汇的痕迹,但是从整体来看基本是用史书文体书写的。至于出现口语词汇这一点，志人小说则更为有趣。

志人小说的代表作是《世说新语》，这本书是宋代的临川王刘义庆招揽门下众多文人（包括诗人鲍照）一同编纂的名士逸事集。这本书是皇族和寄生在他们身边的寒门（非贵族）文人，即不能成为一流贵族的那些人聚集在一起创作的一部真正的贵族的言行集。

书中映射的即当时贵族社会的价值标准。此书一开始列出了四个类别"德行""言语""政事""文学"，它们以《论语》为基础，其中"言语"篇所占比重极大，这种现象早已说明这部书产生的文化特征。之后的诸篇中，占比较大的是各种意义上表示不拘泥于事物的态度的例子——"雅量"（度量大的态度）、"任诞"（任性的态度）、"简傲"（傲慢的态度），记录评价人物的"赏誉"（赞赏）、"品藻"（品评），记录富有智慧的讽刺性语言的"排调"（讥讽）、"轻诋"（比讥讽更直接的批判），等等。不仅如此，将姿容、智慧、不拘泥于事物的态度作为评价人物的主要标准，可以说表现了这本书的价值观的特殊性，它所重视的不是道德、政治、文学等的优越性，而是富有智慧的言行、优越的姿容，以及（即使只是装样子）脱俗的态度。

《世说新语》按照这样的标准聚集了很多具有代表性的词汇和表示态度的实例。考虑到其成立情况，这本书很可能是为模仿贵族言行而撰写的指南。此外，其中最重要的内容又是被模仿的对象。如果说既要采用精练且充满智慧的词汇，又要尽可能准确地传达其语感，那么其"对话"必然需要口语特征极为鲜明的词汇。下面从《雅量篇》中列举一例进行分析：

祖士少好财，阮遥集好屐，并恒自经营。同是一累，而未判其得失。人有诣祖，见料视财物。客至，屏当未尽，余两小簏著背后，倾身障之，意未能平。或有诣阮，见自吹火蜡屐；因叹曰："未知一生当著几量屐？"神色闲畅，于是胜负始分。

我们一边看文中的口语词汇一边来分析。"祖士少爱好财宝，阮遥集爱好鞋子，两个人都致力于打理自己的爱好。虽然皆是怪癖，但我们无法分出两人的高下。"把收集财宝和收集鞋子放在一起比较而不区分优劣，我们如何认识这种价值基准的特殊性呢？用今天的观点来看明显前者世俗，后者超俗，然而，我们不会将两者放在同一个平台上进行比较。

将目光着眼于词汇即可发现文章开头部分的叙事中已经使用了口语化的表达。首先是表达"两者都"含义的"并"，然后是"恒自"，它在《世说新语》中被多次使用，但是在《史记》和《汉书》中从未出现。这个"自"恐怕不是"自身"的意思，而是一个接在"恒"之后的接续词。在汉语的口语中，单词以单音节的形式很难成立，其呈现出一种双音节化的趋势。这是因为同音词非常多，耳朵在识别单音节单词时非常困难。"自"接在副词后形成双音节的接续词，以"各自""兀自""独自"的形式被频繁使用在后世白话文中，这个"恒自"就是一个出现非常早的例子。"经营"亦有别于《史记》中的"经营天下"，它在《世说新语》中表示"努力打理"，是口语化的用法。后文中的"同是"的用法亦没有出现在《史记》和《汉书》中，恐怕这也是口语化的词。也就是说，《世说新语》的叙事文中已经使用了非常多的口语词汇。

目光回到开头，"某人拜访祖士少，正巧碰见他在检查财物。由于怕被来客看见，祖士少想要藏却来不及藏好，他将剩下的两箱财物藏到身后，侧着身体意图遮住，言谈举止都表现出很不平静的样子"。"料视"一词表示清点、验视，但这一用法从未出现在《史记》《汉书》或其他经文书籍中。"屏当"表示藏匿，其中"当"以"觑当""问当"的形式频繁出现在后世白话文献中，它是一个补语，接在动词后起强调作用。另外"著"一词，在《搜神记》中也有出现，它是被吸收、继承至现代语的一个口语词。换言之，这一时期书面语言和口头语言之间的差异逐渐增大，而且口头语言所使用的词汇大多与元明白话，乃至现代汉语相通。不仅如此，文中对情景的具体描绘，也令人大吃一惊。"一个男人，面对突如其来的客人，把来不及藏好的财物（甚至明确标明了财物的数量）藏到身后却没有完全藏好，就侧着身子意图遮住"，能够把生活中如此细微的场景描写出来的只有口语词汇。

"某人去拜访阮遥集，看见他自己生火将蜡熔化涂在鞋子上，还一边叹息道：'一个人一辈子又能穿几双鞋呢？'神情悠闲。由此就分出二人高下。"阮孚语言中出现的"未知"一词，表示"究竟能……"，后世以"不知"的形式被用于口语化的表达中。"著"一词有"穿"的含义，这同前文提到的"著"基本上属于同一类词。另外，文中"量"一词用作鞋的计量单位，此处为该用法的唯一例子。此外，"几"作为数字疑问词沿用至今。

通过上文的分析，我们发现《世说新语》中不但人物"语言"的内容通过口语词汇表现，连"叙事"部分也采用了很多口语化词汇，描写了其他文献中所看不到的精细的日常生活。实际上，用《汉书》的文体是不可能如此细致地描绘出平凡百姓的行为的。

那么，为什么这种使用口语化词汇的句子可以作为文字材料被记录下来呢？根据《轻诋篇》中的相关记载，谢安否定了诞生于《世说新语》之前的一部名家逸闻集《裴氏语林》中所记载的他的语言，之后这本书就不再被关注了。从这个逸闻中，我们可以了解到两个事实。第一，当时的贵族社会热衷于在座谈会上讲述这样的逸闻。既然是口头讲述，那么人物对话自然不用说，连叙述文也一定会使用口语词汇。第二，他们讲述的并不是虚构的内容，全部是事实。因此，一旦被谢安否定，这个传承就立刻中断了。

这两点揭示了《世说新语》特殊的文体。该作品源于座谈会，这一事实显示了其多用口语词汇的理由。人们对其真实性提出疑问，这实际是针对孕育细致入微的现实描写的要素。当然这种真实性以增加座谈会的可信度为最大目的，听众追求的是可以实际感知到的现场讲述。

如此，《世说新语》真实地描写了某些局势中贵族阶层的日常生活及其细节。那么，书中是否有对庶民生活的描写呢？先来看《任诞篇》中的一个故事。桓温在成为英勇善战的将军以前，因为赌博而负债累累以致走投无路，遂向赌博圣手袁彦道求救。之后的镜头是赌徒的世界。连袁彦道都不认识的赌徒一到赌台上就说："汝故当不办作袁彦道邪！"（你当然不可能是袁彦道了！）然后就开始了比赛，结果袁彦道大获全胜。袁彦道大声呵斥道："汝竟识袁彦道不？"（你究竟认识袁彦道不？）这些在《世说新语》的口语化表达中亦不同寻常。

我们再从《雅量篇》中选取一例来看一看。有一个人叫褚裒，名声很大，面容却不为人知。他借住在钱塘亭（政府人员专用旅馆），县令送客正好来到这里，亭吏把褚裒赶到了牛棚里落脚。县令听闻牛棚里有人，便问道："伧父欲食饼不？姓何等？可共语。"（老头儿，要不要吃饼？姓什么啊？一块儿聊聊好吗？）当县令知道对方是个大名人之后引发了一阵骚乱，其中意味深长的是县令的一番话。北方人的蔑称"伧父"，疑问形式"……不"，疑问词"何等"，不管哪个都极具口语化色彩。

文章将赌徒和乡下县令之类有别于贵族阶层的人们的言行刻画得栩栩如生，我们有必要注意这些逸闻中那些非贵族阶层的作用。他们饰演了滑稽角色以凸显贵族凝练而超凡脱俗的言行。这里，庶民及其言行也贯彻了风格分化原则——仅作为喜剧作用而出现。

总而言之，《世说新语》中的的确确使用了口语词汇来进行现实描写，但那些内容终究是按照贵族阶层的价值标准来描写贵族的现实生活的。不得不说，它与采用非贵族阶层的语言来描写非贵族阶层的真实形象相比尚有距离。

韵文的展开——诗的诞生

这个时期，韵文又取得了什么样的发展呢？实际上六朝时期韵文史上发生了一个非常重要的事件——诗的确立。以前，诗特指《诗经》。即使是在汉代被称为诗的作品，也只能说是模仿《诗经》而创作的"四言诗"。那么，此后成为诗的原型的"五言诗"是如何确立的呢？

最早的五言诗，即所谓的《古诗十九首》，形成于后汉时期，至于其是如何产生的，众说纷纭，但无论如何，都可以确定它是以乐府为基础创作的。乐府原本是管理音乐的官署名称，后来渐渐成为作为该机构所收录的民间歌谣的统称。即，乐府指民间歌谣。乐府从单纯的民谣到艺术化以后的内容，其形式多种多样，但一定都是搭配旋律口头吟唱出来的，受众则通过耳朵来听。也就是说，乐府并不是通过文字来欣赏的。如此，其中出现许多口语词汇成为必然的趋势。欣赏者若以平民为主，那么乐府中肯定注入了平民感情。乐府是平民艺术偶然文字化的产物。后人推断古乐府相对而言保留了较多的民间歌谣形式和内容，其中很多在抒发强烈感情时都是采用口语化词汇吟唱的形式。比如乐府诗中较早时期的汉短箫铙歌《上邪》：

上邪，我欲与君相知，长命无绝衰。山无陵，江水为竭，冬雷震震，夏雨雪，天地合，乃敢与君绝。

关于"上邪"的意思众说纷纭，取呼吁上天之意最为合理。如此，"邪"就成为饱含强烈感情的句末助词。可以说，这样的助词使用是一个指标，显示此段文字带有口语特征。"上天呀！我愿与你相知，让我们的爱情永不衰绝。"笔者特意对"相知"进行直译，它应该是一个含有坠入恋情韵味的词语。再看"君"这个第二人称，它的使用反映出说话人应为女性。这里已经运用了夸张的手法，之后一连串的誓言则令该手法达到了顶峰——"除非高山变平地，滔滔江水干涸断流，凛凛寒冬雷阵阵，炎炎酷暑雪纷飞，天地合一，我才敢和你分离"。也就是说，吟唱这首歌谣的地区冬季不会打雷，当地人无法想象"江"水会枯竭。最后的"乃敢与君绝"，若要进行详细翻译，则是"只有到那种地步我才敢下定决心和你分离"。这是一句含有极为微妙语气的句子，它的实现基于具有强烈口语特征的词"乃""敢"的使用。此外，句中倾注的感情是一种被压抑的中庸，却被知识分子视作规范，这种感情是强烈的，与"雅"背道而驰，而与平民生活紧密相关。

还要注意句式的长短并不统一。短箫铙歌都是这种形式。《诗经》从原则上来说每一句由四个汉字组成，换言之，它的音乐一定是同一个调子的节奏。与之相对，短箫铙歌由长短不一的句子组成，这意味着其音乐由长短不同的带有各种复杂节奏的旋律构成。实际上这相当于后世说唱文学中诗赞系和乐曲系在音乐和歌词方面的对立。诗赞系指所谓的齐言体，即每一句歌词的文字数固定，通过改变节奏将数量非常有限的旋律不断唱下去。乐曲系指每一句的字数为对应旋律的长度且长短不同，通过大量组合拥有不同节奏的旋律而构成全篇。短箫铙歌显示诗赞系和乐曲系的这种对立在这一时期已经产生。

这种用口语词汇表达强烈感情的方式在古乐府中并不少见，短箫铙歌中亦出现了口语化补助词，比如赞颂战死者的歌谣《战城南》中，有一段说给乌鸦的话："且为客豪！野死谅不葬，腐肉安能去子逃？"（总之，为我悲鸣几声吧，战死野外尚且无人埋葬，这腐烂之肉怎么会逃出你们的手心呢?)感情如此强烈的话语应出自死者之口,通过"且""谅""安"这些口语化助词得以实现。感情更为过激的是《东门行》,男子回到家中,见家中既没有食物也没有衣物,便要拔剑去东门,妻子扯住他的衣服哭泣说:"他家但愿富贵,贱妾与君共哺糜。上用仓浪天故,下当用此黄口儿。"(别人家只希望富贵,我情愿和你吃粥。上有青天,下有年幼的孩子。)话没说完就中断了。"用……故"是非常口语化的表达。妇人的丈夫打断她说:"咄!行! 吾去为迟! 白发时下难久居!"(现在这样做不对! 你不要管,我去了,我去得太晚了! 如今,不能叫这种苦日子再过下去了!)不用说,前面三个词皆是口语化表达,"时下"也被当作口语来使用。

文中语言的口语性自不用说,其中倾注的感情到达什么程度了呢?史书亦记载了平民的穷困潦倒及盗贼的横行霸道等,但是这些说到底都只是从统治者的立场出发记录需要解决的政治问题,读者很难从其记述中领会到贫民落草为寇的悲哀。也就是说,古乐府以毫不隐讳的形式描写了历史书中无法描绘的现实。

如此,古乐府允许进行大量的现实描写,这种现实描写通过口语词汇的表达得以实现,实际上口语词汇和现实描写密不可分。其实,这些歌谣被文字记录的行为是偶然发生的,如果乐府诗最初就是用文字来创作的话,那么就会拥有完全不一样的特征。

乐府歌谣被文字记录意味着这种体裁开始引起知识分子的关注。此后知识分子不断模仿乐府创作歌谣正是这种动向产生的必然结果,这大概发生在后汉后期。知识分子选择了每句话由五个汉字所组成的齐言诗为固定形式,五言诗就这样诞生了。

从什么时候开始使用"诗"这个名称还不明确。《史记》《后汉书》里常有吟唱歌谣的场景,这些场景中出现了"作诗吟唱"的说法,鉴于此,诗也意味着歌谣。《汉书·艺文志》是一部书籍目录,收录了从西汉末期到东汉初期的书籍,其中有"歌诗"这一分类,的的确确收集了歌谣之类的内容。因此,发端于歌谣的五言诗也可能被称为诗。但是,从另一方面来看,既然用原本指代《诗经》的一个专有名词诗来称呼五言诗,可见知识分子很可能认为它具有与《诗经》相近的特征——与《诗经》一样是民间歌谣,或者是对民间歌谣的模仿。

最早的五言诗《古诗十九首》的作者的名字没有流传下来,这表明模仿民间艺术进行创作对知识分子而言并不是光彩之事。《古诗十九首》的题材被严格限制,它的主题可以说尽是别离的悲伤和对事物变迁的伤感。同样,这种情况亦出现在假托李陵和苏轼之名的五言诗中,它们与《古诗十九首》都形成于较早时期。也就是说,早期五言诗的主题被限制的程度非常高,这源于其模板本身就具有特定风格。

那么,歌谣经过文人的加工之后又发生了什么变化呢? 下面我们来探讨一个实例,先来看《古诗十九首》中的第一首:

> 行行重行行,与君生别离。相去万余里,各在天一涯。
> 道路阻且长,会面安可知? 胡马依北风,越鸟巢南枝。
> 相去日已远,衣带日已缓。浮云蔽白日,游子不顾返。
> 思君令人老,岁月忽已晚。弃捐勿复道,努力加餐饭。

译:

走啊,走啊,一直在不停地走,与你活生生分离。从此你我相隔万里,就像在天的两头。路途艰险又遥远,什么时候才能见面? 北方的马依恋北风,南方的鸟筑巢于向南的树枝。彼此分开的距离越来越远,因思念你而消瘦,衣服日渐宽松。游云遮住了太阳,他乡的游子不想归还。只因为思念你使我变老了,岁月蹉跎弹指间。丢开这些不再说,唯愿你多保重,切莫受饥寒(这句话是当时的告别用语,意译的话即"再见")。

一看就知道这段内容吟唱的是男女别离的伤感,乐府诗中亦吟唱相同的主题。但是,这种伤感的表现方式不像短箫铙歌那样激烈,而是采用类似"衣带日已缓"这样温和的比喻手法。虽然也吟唱了悲哀之情,但整体上很克制,不允许采用直抒胸臆的表达方式。在用词方面,除当时的寒暄套话"努力加餐饭"以外,可以说很少用口头词汇。此外,"浮云蔽白日"虽是情景描写,"游云遮住了太阳",但要注意这句话亦是心理描写。这是歌谣的领域中产生了寄情于景的方式。

到了东汉末期,以实际最高权力者曹操及其儿子曹丕和曹植为中心的团体(其核心成员以当时的年号命名为"建安七子")在创作的时候,诗不再是无记名的。这或许与曹操为宦官之后这一身份背景有关。东汉一直都是宦官、外戚、儒臣三股势力当政,且对抗不断。

儒臣自称"清流",蔑视宦官和外戚,并称他们为"浊流"。或许是因为身为宦官之孙,曹操等人对"俗"并不排斥。极端一点地说,鉴于曹操的性格,可以认为他们在自诩"清流"的人士面前创作"俗"形式的五言诗是一种对抗"清流",颠覆旧有权威的方式。他乐于让"清流"人士创作五言诗。这在三国时期也只是发生在曹操父子周围的特殊事件。在三国中的其他两国吴和蜀几乎没有流传下来的五言诗,这个现象亦说明了这一点。也就是说,在以曹操父子为核心的文学团体以外,五言诗很可能尚未被认为是知识分子应该参与创作的体裁。

以曹操父子为核心的建安文学集团,也不是无限制地创作五言诗。曹操的作品基本上采用了乐府的形式,并没有跳出模仿乐府作品的窠臼。"建安七子"之首王粲的作品中有一半是被限定模式的作品——继承《诗经》传统的四言诗,还有继承乐府传统的五言诗《七哀诗》,以及相对较早时期就已形成的五言风格的《咏史诗》(流传下来的据说是班固之作)。也就是说,在以曹操父子为中心的建安文学流派中,就第一代诗人而言,五言诗只不过是一种特殊的形式。五言诗的大量创作,主要是曹丕和曹植兄弟这一代人。

到了曹植这一代,他们在正式场合依然使用四言诗,这一点从曹植向其兄曹丕所献之诗,尤其是具有官方性质的诗歌作品皆采用四言形式即可确认。其中一半作品都是模仿乐府的,而且,题材也没有跳出《古诗十九首》的范围。既然五言诗作为上流阶层的社交工具得到了社会的公认,那么,宴席场景和友情作为新的主题出现就是理所应当的,原因是社交的方式基本上是与朋友一起举行宴会。此外,这样的主题还会挪用以往被限定的题材中所使用过的表达。下面是曹植送给"建安七子"之一——应场的两首诗中的第二首:

> 清时难屡得,嘉会不可常。天地无终极,人命若朝霜。
> 愿得展燕婉,我友之朔方。亲昵并集送,置酒此河阳。
> 中馈岂独薄,宾饮不尽觞。爱至望苦深,岂不愧中肠。
> 山川阻且远,别促会日长。愿为比翼鸟,施翮起高翔。

"太平的盛世百年难见,欢乐的聚会不可常逢",开头这句是以宴会为主题的诗歌中的常规模式,下一句"天地之悠悠无穷无尽,人生之寿命短如晨霜"与《古诗十九首》中的第十三首"浩浩阴阳移,年命如朝露。人生忽如寄,寿无金石固"(四时运行无停歇,命如朝露短时尽。人生匆促如寄宿,寿命怎有金石坚)表达的万物流转的悲伤模式一致。后面的"愿我的好友诸事顺利,平安抵达邺城的北方。亲密的友人聚首相送,设宴饯行在名都洛阳。难道是酒宴不够丰盛?使宾客觥筹不够欢畅"则使用了以儒教经典为依据的句子等,逼真地再现了宴会场面。它本来就与不会设想特定场景的歌谣完全不同,但是到了最后,又再次变回歌谣模式。"爱之深则情之切,怎能不使我心痛难当",这一句近乎是歌颂男女爱情的措辞。之后一句"此去山川既阻且长,离别匆匆会面更难"与前面的《古诗十九首》第一首中的"道路阻且长,会面安可知"是相通的说法。《古诗十九首》歌咏的是男女的离别,而此诗结尾处"我愿做比翼鸟,与你展翅高飞",本就是用来表现男女爱情的措辞,不必赘言。

换言之,曹植的这首诗在描写离别的宴会,诗中借用了乐府诗及以后诗歌中表现男女离别和万物流转之悲伤的固定表达方式。如此,五言诗逐渐脱离歌谣而适宜于诗的创作,发展为表现作者感情的一种方式,在其成长过程中,五言诗的语言逐渐凝练而变得理性,这即五言诗的起源。最终,魏以后的晋统一了全国,五言诗在全中国知识分子间流行开来。

但是,或许由于五言诗始于宴席这种场合,后来诗的题材除模仿乐府作品以外,都停留在宴会、送别等有限的题材范围内。当然,表达自身也难免千篇一律。同时,朝着脱离"俗"的方向发展导致了口语使用次数的减少,以及生动表达与有关庶民生活的现实描写的消失。乐府与《诗经》《楚辞》一样,存在将"俗"与"雅"进行曲解的倾向——面对恋爱与偷窃行为这类"俗"的事物,将恋爱关系比喻成君臣关系,将强盗行为看作贤者的求职行为。后来知识分子模仿创作时,实际上是带着这样的譬喻意识进行的。即使是描写恋爱本身,其中描写的"现实",说得好听点是稳健,说得不好听点是不温不火。此外,在语言的凝练、整齐等结构方面,其与乐府古辞相比水平极高。但问题是,这一时期所创作的作品大多千篇一律。

这一方向的千篇一律现象在南朝梁朝时达到了极盛,同时也出现了新的动向,即所谓的宫体诗,也就是以闺怨诗为主,歌咏女性的诗开始盛行。梁朝是南朝唯一持续了较长时间太平的时期,英主武帝带来了太平盛世，进而形成了文化极盛期。以其皇子萧纲（后来的简文帝）为中心的文人，以及以庚肩吾、庚信父子和徐摛、徐陵父子等为中心的文人创作宫体诗的热潮席卷了梁朝诗坛，还形成了诗文选集《玉台新咏》。《玉台新咏》仅收录了宫体诗及同一类型的诗。为什么会出现这样的现象呢？

这里应该想到的是，南朝流行的大量短歌与先前看到的乐府诗特征完全不同。短歌大量遗留。尽管我们尚不清楚"子夜歌"中歌谣被记录的时期，但是它们出现在文献当中的时间是东晋以后。它们的形式是五言四句的短篇，内容全部是采用女性口吻的恋歌。这里从《乐府诗集·子夜歌》四十二首中挑选出第二、第三、第四首诗歌进行说明。具体如下：

> 芳是香所为，冶容不敢当。天不夺人愿，故使侬见郎。
> 宿昔不梳头，丝发披两肩。婉伸郎膝上，何处不可怜。
> 自从别欢来，奁器了不开。头乱不敢理，粉拂生黄衣。

第二首诗歌是对此处没有列举的第一首诗歌中被男性称赞美丽的回应。大意是："芳乃香所为，用以形容我容颜，实在羞愧不敢当。天遂人愿，才让我见到你。"整体来看大量使用了口语词汇，比如"不敢当"是现在也使用的说法，还有表示女性第一人称的"侬"，以及称呼爱慕之男性的"郎"。第三首诗歌更加大胆地表现了情色。大意是："夜晚我从来不把头发梳起来，让它长长地披在肩上。那时候我把长发轻轻地伸到你的腿上，整个我都十分可爱吧。"表示"晚上"的"宿昔"，以及"何处""可怜"皆是极其口语化的词。第四首诗歌的大意是："自从与你别离以后，我的梳妆盒不再打开，头发乱了也没心思去打理，香粉的粉扑上洒下黄色的粉末。"这里亦用了极其口语化的词汇，比如指代恋人的第二人称"欢"、表示强调的副词"了"等。此外，无论从哪个词语来看，皆是充满现实生活中女性腔调的"俗"词。尤其是写到不使用香粉产生了"黄衣"，即粉扑表面被黄色粉覆盖的细节充满了生活气息。第二首诗歌开头的两句可以说鲜明地表现了女性面对赞美之词的那种微妙的害羞与风情。

这些歌谣在南朝的知识分子之间好像非常流行，梁朝武帝模仿《子夜歌》创作了好几首诗歌的事实充分说明了这一点，而且，以武帝的儿子和大臣为主的人员创作了宫体诗，其中包含了一部分与五言四句诗歌同一风格的诗，他们并没有标榜《子夜歌》。这个现象说明产生宫体诗的主要原因中至少有一个是《子夜歌》。那么，为什么文人喜欢《子夜歌》，进而模仿它进行创作呢？

正如上文所述，当时诗歌需同化的情况达到顶峰。技巧方面，追求听起来悦耳的格律，这一点取得了巨大的进步，但是内容跟不上，这些诗欠缺的是真实的感情，而《子夜歌》具有真切的感情。宫体诗的产生难道不是为了打破千篇一律的尝试吗？同一时期，模仿创作北方风格的乐府作品在梁朝朝廷中颇为流行，实在不可思议，这亦是借用北朝歌谣的形式和感情以期打破诗歌千篇一律状况的一种尝试吧。

回想一下，五言诗形成的背景中也存在同样的缘由。当时，《诗经》早已经典化，上流社会采用的文学形式也陷入公式化的局面。打破那个局面的即民间艺术中出现的诗。也就是说，此处也认可当知识分子阶层文学遇到瓶颈时采取民间艺术进行营养补给的路径。

原本知识分子内部也存在新的倾向，比如魏以后的晋盛行玄言诗。尽管歌咏道家哲学的这一流派并没有创造丰功伟绩，但是那里诞生的陶渊明的作品给予了后世深远影响。再者，山水诗以玄言诗为起点经由"游仙诗"而产生至南朝宋谢灵运时完成，此前韵文中的情景描写终于独立出来，这在文学史上具有重大意义。此外，把情景描写作为与哲学真理相关的内容来对待，使情景描写成为表现心理的方式，为中国文学特色即所谓

"情""景"合一,奠定了基础。

这些内容偏离了本书的主题,故在此不做赘述。综上所述,尽管题材领域逐渐扩大,但是到了六朝末期,诗陷入了闭塞状态,宫体诗也无法补救,文章也同样遭遇了瓶颈。为了打破这种状况,必须进行一场社会构造的变革。

现实描写的变化——《游仙窟》与《李娃传》

581 年,隋朝统一中国,像秦帝国一样,隋朝很快灭亡,唐朝统一全国并建立了安定的帝国。人们发现隋唐文化与形成六朝时期主流的南朝文化并不相连。

唐代初期即 7 世纪后半期武则天掌权前后,出现了采用很多口头语的文献——张鷟的《游仙窟》,该现象实为罕见。这部作品在中国很早就失传了,但是在日本备受重视,至今仍在流传,内容可以说十分枯燥。"我"也就是张鷟作为使者被派遣到黄河源流一带,前往神仙窟遇见美女崔十娘,一番交谈后共宿一夜而去。所谓"神仙窟"即妓院,"十娘"即妓女,撮合两个人的"五嫂"即老鸨,实际上该作品描写的是当时妓院的迎来送往。那么,其风格自然是明朗的。也就是说,张鷟的作品以轻薄闻名,他笔下有关妓院醉生梦死的内容,游戏趣味浓厚。因此,其在中国失传也不是没有理由的。但正是这种特征令张鷟的作品中记录了其他书中所没有出现的特殊词语。

在《游仙窟》的句子中,"叙事"采用华丽的四六骈俪体,"对话"则迥然不同。即使是"对话",在庄重严肃的官方发言部分依然采用骈文,而到了妓院的对话部分则采用俗话,气氛完全不同,举例如下:

　　五嫂曰："张郎门下贱客，必不肯先提，娘子径须把取。"十娘
则斜眼佯嗔曰："少府初到此间，五嫂会些频频相弄！"五嫂曰：
"娘子把酒莫嗔，新妇更亦不敢。"酒巡到下官，饮乃不尽。五嫂
曰："何为不尽？"下官答曰："性饮不多，恐为颠沛。"五嫂骂曰：
"何由巨耐！女婿是妇家狗，打杀无文。终须倾使尽，莫漫造众
诸。"十娘谓五嫂曰："向来正首风病发耶？"五嫂起谢曰："新妇错
大罪过。"

　　看见酒已倒好，两个人却都不端杯子，五嫂从中周旋即说："张郎作为
客人虽被允许进入此地，但身份低微，一定不会先端起杯子，娘子须先端
起杯来。"表示"总之须……"的"径须"，表示拿到手上之意的"把"，接在动
词后表示强调的补语"取"，皆为口语。"十娘则斜眼假装生气道：'县尉初
到此处，五嫂必然要多次戏弄。'""少府"原来表示九卿中的一个官职，这
里表示敬称。实际上，我们是通过《游仙窟》才了解到"少府"用作士人敬
称的用法。表示"这里"的"此间"，表示"戏弄"的"相弄"皆是口语。颇有
意思的词是"会些"，元明时期的白话文里并没有它的使用实例，原因恐怕
是该词在唐代被使用，之后却没有被继承下去，因此，其意尚不明确。有
一种观点认为它是"应该"之意。

　　接着五嫂说："娘子把持取酒别生气，新妇再不敢戏弄了。"通过这段
内容，我们发现"新妇"这个词在此表示女性第一人称。故意生气然后道
歉，也是妓院游戏的一种。"酒轮到我，喝不完。五嫂说：'为什么喝不完？'
我说：'生性饮酒就不多，恐怕醉倒。'五嫂骂曰：'真让人生气呀！女婿像
媳妇家的狗一般，任由打杀。酒必须一饮而尽，不要随意找借口。'"正是
因为这里是骂人的话，所以堆满了口语。"巨耐"是骂人之词，后世以"厮

耐""颇奈"等形式出现。"女婿是妇家狗,打杀无文"是当时的谚语。"无文"是一句俗语,意思是不用报告给衙门。"莫漫"(不要……)、"众诸"(许多)在宋代以后已经不再使用。面对五嫂的一番话,十娘的回复"向来正首风病发耶"中的"向来"也是口头语,"正首"(的确)在宋代以后也不再使用。之后,五嫂起身谢罪,这场游戏结束。

如此,《游仙窟》保存了大量当时的口语,这是因为该作品具有浓厚的游戏趣味,张鷟在文章中要尽可能忠实地再现妓院中的男欢女爱。当时上流阶层的人读(或者听)了这篇文章以后一定兴致盎然。但是,这样的文章仅是一次性赏玩之物,不会被传至后世。机缘巧合下,该作品传至日本,很可能是同时代访问中国的遣唐使把《游仙窟》作为当时流行的书带回了日本。不难想象《游仙窟》作为发达国家流行的书籍在当时被所有日本学者阅读并产生重要影响的盛况。于是,《游仙窟》像化石一般留在了日本,成为呈现当时口语面貌的重要文献。

《游仙窟》的确展示了当时现实生活的一面,但是,它所记录的仅仅是上流人士和妓女之间的男欢女爱,再没有其他更有价值的内容。也就是说,以上流阶层为中心的游戏风格浓郁的文章偶尔投影了现实,其性质和《世说新语》等作品没有本质区别,而且,其中并不允许出现对现实生活的多角度描写。

但是,到了中唐时期,突然出现了如实描写庶民现实生活的文献,白居易的兄弟白行简的传奇小说《李娃传》(可能创作于795年)是代表性作品。

《李娃传》的主人公(以下暂称郑生)出自北朝系统贵族门第最高的"山东四姓"之一。作为荥阳郑氏的一员,郑生为参加科举考试奔赴长安,对妓女李娃一见钟情,久居于李娃家直到所带银两挥霍一空,之后老鸨与李娃设计将其逐出家门。当时长安城中墙壁围起来形成了闭锁的空间"坊",夜晚坊门关闭,不能出入,老鸨与李娃利用这一点将郑生丢在其他坊里,之后连夜逃走,令人无从追踪。

妓女并不是自由民,她们属于被差别对待的阶层,她们的一大特色是与知识分子交流很多,因此,在文人的记载中看到关于她们的内容绝不是稀罕之事。但是,该小说又降低了一个阶层。

郑生因过于愤怒而病倒,后被凶肆即棺材铺的人所救。在中国,从事这个职业的人,与在其他国家一样,也是被歧视的对象。因此,几乎没有描写这些人生活状态的文献。从这点来看,《李娃传》是珍贵的资料。棺材铺的人们觉得郑生可怜便照顾他。郑生在身体恢复后帮助打理棺材铺期间,显示出吟唱挽歌的才能。这里需要注意,《李娃传》肯定了棺材铺里充满了人情味儿的人们,尽管当时他们是被蔑视的对象。

之后,故事以长安东西两边棺材铺之间的竞争展开。这一部分亦根据当时社会的实际状态而展开了尤为具体的描写。东边的棺材铺有很多灵柩车等物资,但是挽歌水平在西边之下,这与当时长安东边是高级住宅所在地,西边是庶民居住地的实况相吻合。它们展开竞争的地点是天门街,这个街道相当于日本平安京朱雀大街,天门街应该更宽,与其说它是道路不如说它是广场。此外,一旦约定竞争,即要缔结合同,在保证人署名以后公布合同,围观者一旦出现,"里胥"即要联系"贼曹",也就是说地保要通知警察,接着"贼曹"再报告给"京尹",即向官府汇报,这个过程极为写实。在唱挽歌的比赛环节,郑生虽为东边棺材铺赢取了胜利,但是被夹在观众中的父亲发现,于是其父在郊外曲江池畔用鞭子不停抽打他。棺材铺的人们知道后感叹伤心,前去将他接回。贵族父亲的无情和被歧视阶层的温柔形成对比。该情节之后的内容如下:

> 至,则心下微温。举之,良久,气稍通。因共荷而归,以苇筒
> 灌勺饮,经宿乃活。月余,手足不能自举,其楚挞之处皆溃烂,秽

甚。同辈患之，一夕，弃于道周。行路咸伤之，往往投其余食，得
以充肠。十旬，方杖策而起。被布裘，裘有百结，褴褛如悬鹑。
持一破瓯，巡于闾里，以乞食为事。

这里所讲的是中国书面语言中从来没有记录过的事情。"赶到那里
时，胸口尚有余温。把他扶起来，过了很久，逐渐缓过气来。他们便一同
抬着他回去，用芦苇管子灌汤水喂他，过了一晚活了过来。"对他逐渐复活
部分的刻画，以及对他救护方式的精确描写皆引人注目。"即使过了一个
多月，他的手脚也抬不起来。那些被鞭打过的地方都溃烂了，污秽不堪，
同伴们也开始讨厌他，一天晚上，把他丢在了路边。过路人可怜他，常常
丢些吃剩的食物给他，他才得以充饥。一百天后，他终于拄着拐杖站起来
了。他穿着粗糙的衣服，衣服上到处都是洞，露出很多破布。他手里拿着
一个破碗，走街串巷靠讨饭过日子。"尽管郑生最后被棺材铺的人们抛弃
了，但是人们的温情使他残存于世，这一点与他父亲的无情再次形成对
比。在中国的书面语言中，这是第一次用文字详细地描写了社会底层乞
讨之人的生活。

经过这个低谷以后郑生运势扶摇直上，这里且不讨论他日后飞黄腾
达之事。笔者要讨论的是该作品的内容、描写和言语间存在显著落差的
问题。

上文已经介绍该作品详尽地描写了当时庶民的现实生活，描写极为
具体。但是，这些描写完全使用了格调颇高的文言文，几乎没有口语。叙
述上也没有为读者带来喜剧性，这与以往通过口语化词汇以喜剧口吻讲
述庶民生活的原则相反。为什么突然出现了这样的表达方式呢？为什么
高高在上的文人会描写处于当时社会最底层的受歧视的人们的生活呢？
为什么只拥有极为有限表现能力的书面语言，能够如此详细地叙述这件

事情？为了解决这些问题,我们必须了解从初唐到中唐时期所发生的社会变动情况。

"古文"的形成——书面语言表现领域的扩大

我们先来思考第二个问题——书面语言为什么能够扩大表现面,甚至可以对庶民生活进行叙述呢？

六朝时期佛教哲学一直是在对先人的注释进行再解释,贵族是书面语言的主要旗手,传承先祖的传统是他们的使命。因此,议论方面的文章几乎被限定为史论,即使是史论亦是像刘知几《史通》一样用四六骈体文书写的,为死者所记的墓志铭对形式以外的内容不做要求,在书简上也很少看到详细的议论或者吐露作者心境的内容。换言之,六朝时期给书面语言加入复杂内容的基本上都是史书。

但是,这一时期在老庄思想和佛教方面进行了哲学性讨论。梁代范缜发起的关于灵魂灭或不灭的论争是一个典型例子,其文体基本上是四六骈体文,多是装饰性内容。魏晋时期老庄思想极为流行,相关讨论超凡脱俗,这种风雅之谈或许影响了该文体的形成。风雅之谈重视内容以外的言语之美和才思,六朝后期类似的论争皆是这种风格,因此,他们的讨论最终也没能进一步深化。

但是,进入唐代以后渐渐发生了变化,以8世纪中期发生的安史之乱为契机发生了一场变动,即士大夫阶层的出现,他们的存在依赖于知识而非家世。士大夫是通过科举考试被选拔出来的官僚及同类人物的总称。科举考试资格限制很少,所以士大夫中的大半并非贵族出身。考试内容以诗赋为主,所以他们都有杰出的文学能力。他们以从政为目标,对政治抱有热情。中国哲学基本上是政治哲学,他们希望参与政治中,以读书人自居,要求适合他们的哲学。

　　这样,他们产生了想要表现他们自身思想、抱负的想法,但是他们还没有相应的手段。当时,需要展开讨论的书简、墓志铭、序等题材,原则上需要用四六骈体文进行书写。也就是说,当时他们要叙述自己思想的文体尚不存在。于是,他们开始了对新文体的摸索:在详细叙述方面,《史记》《汉书》中的文章成为范本;在展开理论性讨论方面,《孟子》等春秋战国时期思想方面书籍中的文章成为范本。于是,产生了后世称作"古文"的文体。

　　"古文运动"在唐代并不是时常发生的,韩愈和柳宗元也不一定是自觉地扩大古文的使用。反倒是在描述内容上,不得不使用与史书和思想书相近的文体,这更接近实际情况。这样产生的文体与史书风格相近,不同之处是"叙事"部分使用了与"对话"部分相同的词汇和表达方式,有时候也会使用对偶句。换言之,古文的风格是混合了"叙事"和"对话"。

　　我们以柳宗元的《李赤传》为例。李赤自称比肩李白,被厕所女神纠缠。李赤说要在厕所中奔向极乐世界,其友人拼命阻拦,但一不留神,李赤就会往粪坑里钻。后来他们来到了一个县,县令举办了一个宴会,出席宴会的李赤举止并无可疑。具体内容如下:

　　　　酒行,友未及言。已饮而顾赤,则已去矣。走从之,赤入厕,举其床捍门,门坚不可入。其友叫且言之。众发墙以入,赤之面陷不洁者半矣。又出洗之。县之吏更召巫师善咒术者守赤。赤自若也。夜半,守者怠,皆睡。及觉,更呼而求之,见其足于厕外,赤死久矣。

　　所谓"酒行"是指主客之间推杯换盏。李赤的朋友没有说话的机会。

"喝了点酒,回看李赤,发现他已离去。"首先应该注意该文中重复使用了表示完成的副词"已",寥寥几个字鲜明地显示了事态的急剧展开。"则"承接前面的条件提示事态的发生,效果尤为突出,还要注意这一句话的前半句和后半句的字数并不一致。但是,最重要的是句末出现了补助词"矣",融入了强烈的感情表明事态已经发生。这个词和"已"相呼应,发挥了不错的效果,以往它主要用在"对话"部分。考虑到这个词具有强烈的主观性,用以感情的爆发,可以说它的使用是一种必然,故它也被运用到了"叙事"部分。

之后的内容如下:"追了出去,只见李赤进了厕所,还用椅子顶着厕所的门,门关得紧紧的,不能进入。朋友一边喊叫一边给大家说李赤的事情。大家破墙而入,只见李赤的头已有一半陷入厕所的污秽里了。"椅子代替支棍顶住厕所门而使门打不开这样复杂且低俗之事,仅通过古典词汇即得到了简洁的表达,这一点亦值得注意。而且,在描述令人震惊的事情时再次使用了"矣"。

"又把他拉出来洗干净。县令招来善于咒术的巫师守住李赤,李赤神态自若。""也"是句末补助词,表示说明性语气。

"到了半夜,守着他的人一不小心睡着了。等醒来时,再次呼叫他的名字并四处寻找,只见李赤的脚露在厕所外,已经死去多时。""亦""及""更"是与时间相关的补助词,为句子添加了微妙的语气,它们的功能是显示出被列举的几件事情之间的关系。有关"守者"的情况,用极为短小的句子进行概括,之后介绍了这令人震惊的事件,这一手法令人想到《左传》的戏剧性叙述法。另外,"脚露在外面"亦是像《左传》一样的生动描写,结尾也是以"矣"结束。

整体上需要注意的是文中多用"矣""也""及""则""其""已""亦""更"这些补助词且重复使用。这种做法增加了微妙的语感,令叙述变得细致,不仅有利于调节节奏的轻重缓急，"矣""也""之"还发挥了断句的功能性作用。四六骈体文中，一句话的字数是固定的，又多用对句，由此调整句子的外部形态和音调，除此以外，还带有确切的断句效果。但是，在柳宗元的文章中每一个句子的长度并没有统一。这是因为他要实现叙述的张弛有度，句子长度不统一是实现它不可或缺的条件。这种情况下失去了句读的易懂性。因而需要显示断句的符号，于是导入了表示叙述语气的词"矣"。

也就是说，柳宗元这篇文章中混合了叙事和讲述的语句。这与当时读书人通过座谈记录这些内容不无关联。总之，柳宗元的文章基本上只使用传统词汇，对新题材乃至细节之处进行了写实描写，这一点值得注意。

除此以外，柳宗元还留下了"永州八记"等各种山水游记。关于散文形式的自然描写，尽管有北魏郦道元的《水经注》等例子，但是以自然描写为目的而书写的独立性文章在柳宗元以前几乎没有，从这个角度来看，将柳宗元称为散文形式的自然描写之祖也不为过。

此外，我们发现这些游记文有一种倾向——使用以往在"对话"部分所使用过的词汇，比如《小石城山记》。具体如下：

其疏数偃仰，类智者所施设也。噫！吾疑造物者之有无久矣。及是愈以为诚有。

译：

（树木和竹子生长的样子）疏密有致、高低参差，如同智者的手一样。啊，我怀疑造物者的有无已很久了，这种情况又令我坚信了造物者的存在。

"也"，承接上面表示结束的说明性内容；"矣"，表示强烈地终止句子和确认;"及是"承接上面的这两个词;副词"愈"发挥了效果——巧妙地表现出确信程度的逐渐加深。只是,我们需要注意以"矣"结尾的句子之前放置了一个感叹词"噫"。"矣"源于口语,表示过于强烈的语气,每当句子中使用"矣"的时候,这一句话就需要显示感叹的语气。

韩愈也认为感叹词具体来说就是"噫"和"呜呼",其后面有以"矣"来结束句子的倾向。韩愈执笔书写了很多墓志铭,以往墓志铭是用四六骈体文书写的,它的文体像史书中的传记一般,令人想到《史记》《汉书》的文体,那些墓志铭中屡屡加入执笔者韩愈的意见。此外,在这些内容中,"呜呼"是表示执笔者意见的符号,之后使用了包含"矣"的句子,这种案例很多。比如,《南阳樊绍述墓志铭》中的"呜呼!绍述于斯术,其可谓至于斯极者矣"(啊!绍述在运用这个方法方面,真是达到了极点)即一个典型的例子,它与上面柳宗元《小石城山记》中"矣"字结句的情况一样,一个句子特别长。原因之一是感叹词和"矣"之间的一句话几乎没有产生误解的可能,所以作者可以放心地拉长句子。

也就是说,文中以加入执笔者评论的形式导入了"对话"系列的词语,《李赤传》中这样的词语仅用在"叙事"部分,由此书面语言急剧地扩大了其表现面。而且,表现面的扩大与表现者表现意欲的增长相关联。

士大夫阶层产生于庶民周围,与庶民的接触较多,他们出于政治方面的考虑对庶民的生活状态抱有兴趣,为了达成自己的政治目的,用文字来描述庶民生活(比如其窘境)。同时,他们好奇心旺盛,随心所欲地出入一些烟花之地而不被家规束缚。这虽然屡次造成其道德上的颓废,但是,也在一定程度上使其多了与妓女、艺人这些社会底层之人接触的机会。于是,士大夫阶层想要用文章来表现以往没有被书写过的事情。因此,书面语言必须扩大表现领域。但是,士大夫自诩高级知识分子,在书写底层人物时至多采用古典性语言来表现,而避开使用同一时代的口语词汇,在

《史记》《汉书》和先秦诸子使用的词汇范围内创作文章,自此古文成立了。

不仅是韩愈和柳宗元,其他同时代的人,且不论他们是不是自觉的,或达到了多么高超的水平,都在广泛运用叙述文体。以白居易和元稹为代表的士大夫,留下了许多传奇小说,我们应该将他们置于这样的发展中来理解。这既成为知识分子创作《李娃传》等作品的理由,也可以说这是该类作品中的书面语言能够活灵活现地描述庶民生活的理由之一。

但正因为这是士大夫阶层内部的事情,所以才不去寻找原因。我们结合唐代诗的展开情况来讨论这个问题的时候,又浮现出不同的侧面。

诗的变迁——新诗歌的诞生

人们往往将唐诗置于六朝诗的延长线上来认识。但是,仔细研究即会发现两者之间存在很大的差别。

首先是作者。除去庾信等南方文人的作品后,几乎没有可以看作北朝文人作品的诗,这表明六朝诗的骨干是南方人(中国史上一般以淮河为南北分界线)。但是到了唐代,情况发生了翻天覆地的变化。初唐和盛唐时期的诗人大部分是北方人,南方人屈指可数,仅有骆宾王、孟浩然等几位,还有出生于其他地方的诗人,如陈子昂与李白等。也就是说,诗人的地域在六朝时和唐代完全不同。

其次是形式。近体诗对音律有复杂的要求,它的形成基于沈约等人对声律研究成果的总结,可以把它归结为南朝诗的延伸。但是,七言诗在六朝时期只是作为乐府的一个种类被文人多多少少创作过一些,把唐代突然大量创作七言诗的现象与南朝诗相关联显得牵强。此外,那时候出现了使用七言形式创作的长篇七言歌行和七言绝句,这在六朝时期几乎是没有的。

　　最后是题材。南朝诗除去一部分乐府和宫体诗,基本上是"高雅"的,也就是以贵族社会社交为背景所产生的内容。但是到了唐代,出现了特色完全不同的内容。以长篇七言歌行来说,卢照邻《长安古意》和骆宾王《帝京篇》等作品歌颂了都市的繁华,它们的主题皆是曾经赋所吟唱的主题。到了盛唐,出现了杜甫那样的现实主义诗人,李白那样的带有庶民气息的浪漫主义诗人,其作品中积极地运用了口语词汇。这种倾向在中唐时期被白居易的新乐府等作品向前推进了一步。

　　结合这些事实和七言形式持续发展至今日依然是民间戏剧、民间说唱艺术、民谣的基本形式,我们可以发现隐藏在它背后的秘密。北方出身的,也就是北朝土壤培养起来的诗人们,为什么突然开始创作和以前形式与内容完全不同的诗歌呢? 虽说这些诗歌很少流传至今,但是并不是说北朝没有这样的诗歌。他们是不是受到了北朝民间歌谣的影响从而创作了具有新特征的唐诗? 试以一篇作品为例来进行讨论。

　　来看一下闻名遐迩的岑参《胡笳歌送颜真卿使赴河陇》〔胡笳(北方民族的笛子)之歌,颜真卿作为使者远赴河西陇右(在丝绸之路入口处)时的送别诗〕:

　　　　君不闻胡笳声最悲,紫髯绿眼胡人吹。
　　　　吹之一曲犹未了,愁杀楼兰征戍儿。
　　　　凉秋八月萧关道,北风吹断天山草。
　　　　昆仑山南月欲斜,胡人向月吹胡笳。
　　　　胡笳怨兮将送君,秦山遥望陇山云。
　　　　边城夜夜多愁梦,向月胡笳谁喜闻?

　　首先要注意《胡笳歌》这个题目,既然以"歌"著名,即是想写乐府,但是实际上它并不是乐府旧题。那么，这是不是岑参作诗时所起的题目呢？
未必。与此相同，李白和岑参创作了很多古乐府所没有的以"……歌"
"……曲""……行"为题的作品。不仅如此，杜确在岑参诗集的序中还指
出岑参的作品从创作到传世，庶民甚至外国人都很喜欢。尽管这种说法
有点夸张，但是，当时印刷术没有发展到实用阶段，庶民识字的很少，很多
外国人也缺乏中国古典文学素养，综合考虑这些因素可知杜确的话是为
了暗示岑参的诗以口头形式广泛流传并因此受到了大众的欢迎。事实
上，在岑参采用歌行体的七言作品中有很多并未采用复杂的典故，而是一
些通俗易懂的内容。可以说这里选取的《胡笳歌》是一个很好的例子。

　　"你难道没听过那最令人悲伤的胡笳乐音吗？它是由紫色胡须、绿色
眼珠的胡人吹奏的。"诗歌的初始部分即把乐府的常用句"君不见"改为
"君不闻"以期增加新鲜感，这句之后出现了充满异国情调的句子"紫髯绿
眼"。当时西域风格的音乐大为流行，这个句子一定受大众欢迎。"胡笳歌
一曲还未吹完，已令戍守楼兰一带的年轻人愁绪满怀"，这句话中多处使
用了口语化词语，如表示"结束"意义的"了"，伴随表示程度非常激烈的补
语"杀"的"愁"，等等，所有词语都极为浅显。

　　下面的句子"凉爽的秋天，八月里萧关一带的道路萧索冷落，呼啸的
北风似乎要吹断天山上的枯草。昆仑山南边的月亮快要西斜时，胡人向
着月亮吹响了胡笳"，列举了西域地名。这首诗实际上是岑参奔赴西域以
前所作的，因此地名的顺序并没有地理上的必然性，这对读者来说或许并
不是问题。总之，很有必要列举能唤起异国情调的词语。仔细思考以后
我们发现这些词与内容并没有特别的理论联系，这一点需要注意。后文
以充满送别之意的句子——"在胡笳的哀怨声中我送你远去，站在秦地的
高山上远望陇山那边的云彩。想必你在边境镇子上夜里多有思乡而哀愁
的梦，谁还会喜欢向月而吹的胡笳声呢？"结束。诗句始终简单、伤感，罗

列了能唤起人一定想象的地名,这些与日本现代感伤歌曲"演歌"的风格有相通之处。

同样的倾向亦出现在李白的诗里,比如有名的《将进酒》:"天生我材必有用,千金散尽还复来。烹羊宰牛且为乐,会须一饮三百杯。"(上天既然赋予了我才干就一定有我的用武之地,千金花完也能再次获得。烹煮羔羊或宰牛皆为快乐之事,喝起酒来也应当痛快地喝三百杯。)使用了口语化词语——表示"再次"意思的"还……""会须(必须)……",以及动词后面表示动作结果的补语"尽",把豪迈之情以浅显易懂的方式表达出来。

岑参与李白原来都创作有关传统活动的礼仪性的诗,但是那些诗里面没有使用这里所提及的词汇,也没有运用浅显的表达,诗中所融入的感情也并非庶民的情感。可以说,两位诗人根据场合选择词语,变化吟唱的方式,应该说这是一种样式分化。

同样的情况亦发生在杜甫身上,比如其《兵车行》以后的歌行体作品群中,杜甫采用了尤为浅显的词语,甚至口语化词语成为其典型特征。"道旁过者问行人,行人但云点行频。或从十五北防河,便至四十西营田。去时里正与裹头,归来头白还戍边。"(过路人询问出征士兵情况,出征士兵只是说:"经常征兵,十五岁到黄河以北去戍守,到了四十岁还要到西部边疆去屯田。第一次去戍边时村长用头巾把我的头包起来以示成年,归来时已经白头,还要去守边疆啊。")文中大量使用口语化词语——"道旁过者"是非常散文化的表述;士兵的台词"点行"是当时的法律用语,表示征兵;"或""便""还"这些词语亦用于现代语中;从这个时期到明代,"与"并不表示文言文中"和……"的意思,而用于表示"为了……";等等。我们需要注意这首诗的表达和词汇在整体上都是浅显易懂的。还需要注意这里对当时庶民生活的细节——村长给青年包头进行了写实性描写。

以上这些诗都是七言长篇的形式,进入中唐时期白居易等人顺着这个模式创作了所谓的"新乐府"。从序来看,这些作品继承了《诗经》的传统,和着"乐章歌曲"所作。继承《诗经》传统的意识彰显出他们想把"诗"定位为接近《诗经》内容的名副其实的经典作品。他们对《诗经》的理解是:诗是民众进行讽刺的工具。在这一理解的基础上他们创作了社会诗,其实是计划通过配合音乐把自己的诗传播到普通民众之间,从而实现政治目的。

综合考虑以上情况,唐诗中有很大一部分带有与民间歌谣相近的风格。其骨干人物有被称为七言长篇歌行创始人的卢照邻及骆宾王,从李白、杜甫和岑参的经历中亦能明显看出他们并不像初唐文章四友、盛唐的王维等人一样可以完全成为宫廷诗人,他们多活跃在民间。宫廷中南朝风格的诗歌盛行,技巧洗练,近体诗的各种形式逐渐完善,其间民间出现了很多七言句形式的诗歌,它们恐怕与北方吟诵的诗歌有"近亲"关系,浅显易懂而又铿锵有力。此外,士大夫采用这种形式以《诗经》后裔的立场来创作社会诗,并逐步将其确立下来。这些诗歌必然会采用口头词语来吟咏当时社会的真实状态,因此,可以说知识分子是从民间汲取了营养。

那么,是否有资料能显示这类诗歌和民间歌谣的关系呢?随着时代的推移,有很多例子表明以七言诗歌为文本的民间表演艺术在唐代发展成熟,亦显示出七言诗歌与散文的关系。

歌谣和讲述的结合体——变文

民间说唱艺术在唐代以前很少会被文字化,即使被文字化,流传后世的可能性也非常低。但是,幸运的是,唐代说唱艺术中大量的文字文本被保存至今,即敦煌变文。

所谓变文,是20世纪以来在敦煌发现的唐宋时期民间说唱艺术文本的总称。它的真实面貌应该是图画的解说文,也就是一边给观众看图画一边说唱故事。中国变文与日本解说宗教方面的绘画及德国的绘画一样,出发点也是宗教。通过佛教经典来解说,再从以歌曲进行详细说明的讲经文出发,发展为剔除经典正文仅以解说和歌唱组成狭义的变文,甚至讲述脱离佛教的世俗题材。文字作品随着演艺化的发展而世俗化是各国共通的现象,特别是中唐时期,武宗对佛教的严重迫害(会昌废佛)成为决定性的因素。许多僧侣被迫还俗,擅长讲解宗教绘画者为讨生活而为人讲解世俗化的变文,这不是不可能的。文本仅遗留在偏僻之地敦煌,当时描写说书活动的诗歌内容与变文文本一致,从这点来看,全国各地进行变文类说书活动的可能性很大。

采取世俗题材的变文与流传至今的其他唐代文献完全不同。以春秋时代的英雄"伍子胥"为主人公的《伍子胥变文》中,英雄死、再生、与女子相遇等故事情节,几乎完美地具备了全世界共通的神话特色英雄传说的框架。《前汉刘家太子传》虽然具有散文形式,但它是脱离后汉光武帝刘秀史实而讲述英雄传说的最为古老的文献,在该文献中依然可以看到英雄传说的模式,笔者另有论述(《中国历史小说研究》,汲古书院,2001年,第四章"刘秀传说考")。散文形式的《舜子变》讲述的是虐待继子的故事,与史书上的舜几乎没有关系(反复出现在年代上完全没有意义的关于舜读《论语》《孝经》《毛诗》《礼记》的句子),《舜子变》对庶民生活进行了非常具体的描写,耐人寻味。

这些表明即使在屡屡强调不存在神话与传说的中国,实际上也存在与他国一样的传说。这些传说之所以没有浮出表面,是因为文字为知识分子阶层专有,他们剔除了文字中的不合理要素,恐怕只留下了受儒教思想影响的记录。因此,原本具备的神话和传说元素都被过滤掉了。没有经过读书人之手的民间说唱艺术在偶然的机会下以变文的形式保存了原貌,其中可以鲜明地看到神话和传说元素。反过来说,神话故事的结构被保留到何种程度则成为判断那些文献接近民间水平的指针。唐代这些故事不可能以文字的形式被保留下来,只能期待以偶然的机会像敦煌变文一样流传后世。

这里以"汉将王陵变"为例,该故事中,刘邦部下将军王陵和同僚灌婴夜袭项羽,受到巨大损失而备感愤怒的项羽,为了引诱王陵而抓了他的母亲,其母为保护儿子而自杀。前半部分的夜袭并未出现在史书上,后半部分虽然可在《史记》《汉书》中看到,但其具体内容极具民间故事语调。

设定场面的对话之后,最初的歌谣出现在王陵和灌婴在刘邦面前表决心的时候。歌谣开始前写了一句话"二将辞王,便往斫营处,从此一铺,便是变初",即"两大将告别君王(刘邦)速去夜袭'处',接着'一铺',这就是'变初'"。单引号中的应该是专业术语,可以推断"处"是显示图画之前的用词。"铺"是计算图画的单位,也就是"一幅"的意思,最初的画正是"变初"。从措辞亦可推断这个文本是依据实际表演而诞生的。歌谣的开始部分如下:

　　此是高皇八九年,自从每每事王前。

　　宝剑利拔长离鞘,雕弓每每换三弦。

　　陵语大夫今夜出,楚家军号总须翻。

　　选拣诸臣去不得,将军掼甲速攀鞍。

　　译:

　　高皇帝(刘邦)即位后八九年,侍奉在皇帝左右的这一位(?),拔出锋利的宝剑常常脱落剑鞘,带有雕花的弓箭总是要换三度弦。王陵说:"大人(灌婴)今夜出征,楚国的旗帜全部都要翻倒(?)。选的人去不了,将军穿上铠甲速速骑上马吧。"

　　粗看一下即发现该内容包含不少难以理解的地方,比如第二句的“每每”意思就不通,或许碍于第四句的这个词而被误解。“利拔”“换三弦”也似乎有误解存在,第六句也有两种解释——“把楚军的旗帜全部推倒”和“楚军的口令一定完全变了”。

　　内容姑且不论,形式上是一句七言,第一句和偶数句的尾字押韵,与七言歌行(乐府形式的七言诗)有共通之处。此外,引用内容之后,七言十句出现,其中夹杂着“灌婴大夫和曰(灌婴大人附和说道)”这种舞台提示般简短的叙述,中间的韵脚发生了改变。后面每一个内容结束处韵脚皆改变,这一点亦与长篇七言歌行的形式相同。从引用部分的第五句“王陵说:‘大人今夜出征……’”开始转为人物的发言,即对话,接下来“灌婴大夫和曰”之后亦是对话,这一点需要注意。事实上这个形式是在向演剧发展,另外,其对话展开的模式和杜甫的《兵车行》几乎一致。

　　歌谣一结束,即以“二将辞王以讫,走出军门(二将告别君王后,走出阵营)”这一句回到散文。歌谣后出现“一完成……”这个表达即预示着要切换为散文的叙述,这在变文中是一种常见形式。

　　最终,二人率领的部队到达项羽的阵营前,顺利地偷听到暗号侵入其阵地之中。关于这个过程的描写也通过一一列举军队的人数,交代潜入楚国巡逻部队“第四队”后侵入阵地的情况,等等,体现出重视细节的写实效果,这样的内容是为了给听众带来真实感。接下来,终于到了进攻的段落,面对灌婴咨询夜袭方法,王陵回答如下:

　　　　乍减者御史大夫官以陵作衔官以否,陵道捉便须捉,陵道斩便须斩。凡入研营,捉得个知更官健,斩为三段,唤作厌兵之法。若捉他知更官健不得,火急出营,莫洛(落)他楚家奸便。

　　人们认为"乍"是表示希望的词语"希望别人做……"。"者"同现代语的"这"相同，即"这个"的意思。末尾接"否"作疑问句也是口语化的表达。如果直译第一句，即"削去（你的）御史大夫官衔，做我的部下可以吗？"。此句多口头语，导致细节并不确切。"我说抓就抓，我说斩就斩。一般夜袭的时候，抓住巡视的士兵并斩成三段，这被称为'厌兵之法'。若抓不到巡视的士兵，就必须赶紧离开营地，以免落入敌人的陷阱。"关于这部分的解释没有太大的问题，但是，文中使用了现在常用的数人的单位（量词）"个"，而且，像句子"捉得个知更官健"〔可以捉住巡视的士兵（知更官健，这也是一般书面语言中没有的词，应该是当时的一个军队用语）〕一样，根本没有必要在动词和宾语之间插入量词，这通常是抽象的口语化用法——使词语带有具体性功能。除此以外，今天仍然在使用的"他"亦在文中被用作第三人称，文中还使用了"火急""落奸便"等口头语，在动词后添加"得""不得"表示可能、不可能等，文中的任何一个词语都令人认为它们与当时的口头语有着密切关系。

　　更有意思的是其内容。所谓"厌兵之法"，是指交战前使对方丧失力量的一种咒术。通过把"知更官健"斩成三段而施行咒术，如果做不到即要撤退，这恐怕是当时军人之间真实存在的一种习惯。敦煌是唐朝边境上的一个据点，具有军事都城的特色。变文的听众应该多是军人，这部分用语和内容都传达了一个不为今人所知的当时军队生活的侧面。

　　如此，变文的基本形态首先是以散文形式叙述故事，以特定的关键词为标志切换到说唱形式（这里应该要展示图画），唱完以后再以特定的关键词显示曲毕，然后再次切换到散文形式的叙述。散文中出场人物的台词包含大量口头语，不仅很难理解，而且由于叙述部分口头语也占有相当大的比重，反倒增加了意思不清楚的部分。原因是抄本会有误写，文字的表记也并不固定,另外,该文本直接用于演出的特性也导致理解困难。表演的时候,演员一般不会依据完整的文本,而是以故事的大致内容为基础对其细节进行即兴表演。因此,实际表演所用的文本很容易发生叙述上的脱节,内容和表达的不连贯导致理解困难的可能性很大。文字表记不固定,指这些词汇都是口头用语,文字暂时处于被借来表示口语的阶段。

综上所述,变文中歌唱的部分与七言形式的长篇诗在形式上有着共通之处。这表明唐代七言长篇歌行与民间说唱艺术关系深厚。不仅如此,变文由散文和韵文所构成的这一事实也是中唐时期突然出现《李娃传》之类文章的一部分原因。

民间说唱艺术和唐代散文、长篇诗歌

据《长恨歌传》的作者陈鸿说,《长恨歌》是白居易的朋友王质夫劝他写的,陈鸿是"传焉",即"作传"。由此来看,陈鸿所作类似于在《春秋》的基础上添加《左氏传》,就是说以《长恨歌》为基础,为了详细说明所歌颂的事实而书写了《长恨歌传》。还有元稹在《莺莺传》中暴露了自己的恋爱经历,李绅则"遂为莺莺歌以传之"(作《莺莺歌》来演述之)。《长恨歌》是韵文,《长恨歌传》是散文,与散文相对的是韵文"传",《莺莺传》中则既有散文又有"歌"。《李娃传》正文显示该作品是白行简奉朋友李公佐之"命"所写,但实际上是元稹创作了长篇七言歌行《李娃传》,也就是说,《李娃传》原本是散文和长篇七言歌行组合而成的。

元稹在赠给白居易的诗《酬翰林白学士代书一百韵》的作者自注中写道:"又尝于新昌宅,说一枝花话,自寅至巳,犹未毕词也。"意为"又到新昌的屋子里,听人讲述《一枝花话》,从寅时说到巳时都没有说完"。《异闻录》说"一枝花"是李娃的花名,由此有论调认为这里所说的《一枝花话》是以李娃故事为题材的说唱。若这个说法准确，《李娃传》中史无前例地对庶民生活展开了详细的现实描写，与贵族相比，被歧视阶层的人们具有人性中的高尚品质的形象自然而然地鲜明起来。《李娃传》是把说唱艺术中讲述出来的内容文字化的产物吧，说唱艺术的艺人们本身也是被差别对待的对象，故他们带着好意描写那些受到差别对待的人倒是极为自然之事，同时，因为听众大多是庶民，所以对庶民生活各方面进行生动的描写也是促使其内容颇有真实感所不可或缺的因素。

那么，为什么这样的说唱艺术被文字化了？《李娃传》据说是李公佐听到这个故事后感慨而"命"白行简书写所成，换言之，白行简之类的文人关心这个问题，因此《李娃传》才得以文章化。此外，把具有同样形式和类似形成过程的《莺莺传》《长恨歌传》放在一起来看，即会发现这些作品整体上的共通要素。

这些要素全部诞生于白居易、元稹和二人的周边人物，即所谓的元白圈。几乎活跃于同一时期的韩愈圈也留下了称得上唐代传奇的作品，其陈述更加简洁，没有和诗配套的痕迹，与元白圈的作品有着本质上的不同。如前所述，白居易等人展开了新乐府运动，计划把他们自己创作的长篇七言歌行配着音乐推向民间。白居易、元稹还有《莺莺歌》的作者李绅都是这个运动的推动者。此外，当时现实生活中的确存在通过七言形式的歌谣和散文形式的讲述交互式反复来叙述故事的表演艺术。如果是这样的话，很可能在创作时，三个作品中的散文和诗并不是独立存在的，诗歌可能被分成几个部分，再同散文一起被交互式叙述。暂且不论它实际上是否得以实施，至少文人们是在关照这种意识的同时进行了创作。

如果说这个推论是正确的话，那么，唐代传奇的一部分，以及长篇七言歌行的大部分内容皆与民间说唱艺术有关。实际上，这些作品作为之后的表演题材被说唱艺人代代相传，特别是《莺莺传》，如后文所述，它孕育了最早的真正意义上的白话文学作品《董解元西厢记诸宫调》。但是，民间说唱艺术所接受的重要影响仅仅来源于文人的创作这种说法很难成立。这反映出《莺莺传》原本就拥有易于为说唱艺术的相关人员所接受的特点。

像这样的长篇七言歌行或许与民间说唱艺术有浓厚的关系。七言诗这一形式本身在唐代以前除了乐府几乎不存在，它很可能源于民间说唱艺术。事实上，有很多材料显示七言绝句曾被吟唱，七言律诗应该是被读书人吸收后经过润色和修改才显示出凝练的效果的。排律的大部分由对偶句构成，形式极为巧妙，但是它只有五言而没有七言，这个事实暗示了七言原本就是与沙龙文学毫无关系的内容。

除此以外，唐代传奇，特别是出自元白圈的作品，与民间说唱艺术关系深厚，它也很有可能是模仿民间说唱形式而形成的。我们很难直接发现韩愈和柳宗元像元白一样在古文方面与民间说唱艺术有一定关系，即便如此，在新文体形成的过程中他们也有可能受同时代文体变化的影响。此外，在内容上，在诗歌和文章两个方面，这些变化都为中国文学的世界带来了描写庶民生活这一全新要素。但是，正如《李娃传》作者的评价"妓女身上这种优秀的品行"所反映出的，作者是完全站在士大夫立场上，因政治统治的需要去关注、评价、同情庶民的，而不是站在庶民的立场上。要达到切实站在庶民立场上的阶段，还需要进一步突破。

唐宋变革带来的产物

唐朝灭亡后,经过五代十国的混乱时期,宋朝再次统一了中国的大部分地区。唐后期到北宋前期这一期间被称为唐宋变革时期,这一时期中国出现了历史上最大的社会变化。这种变化在文化方面也产生了巨大的影响。

篇幅所限,本文不能一一列举这次变革所带来的影响,以下对与本文主题相关的影响进行简要说明。

比较明显的影响是士大夫阶层几乎成为唯一的统治者,这大大加速了上章所述诗文的变化。特别是欧阳修对唐代古文运动的"发现",以及由此带来的古文运动的普及,确立了写作的基本原则。即,除礼仪性场合使用四六骈文之外,其他都使用古文写作。中国书面语言的文体就此基本固定下来,此后虽有所变动,但直至清末,即20世纪初,也没有太大的变化。也就是说,与实际使用的口头语完全不同的书面语言就此固定,此后两者背离的状态一直持续,而且这种背离逐渐严重。至此确立的书面语言(以后称之为文言文)和西欧的拉丁语一样,将在中国这一幅员辽阔且语言多样的地域作为知识分子间的通用语而发挥作用。同时,日常生活中使用的语言和知识分子使用的语言相背离导致了知识分子对前者的蔑视。因此,如后文所述,文献数量急剧增加,但除了某些特定体裁,使用日常口语词汇的文章(之后将使用口语词汇的文章称为白话文,把在白话文中使用的词语称为白话词语)并没有增加多少。

日常使用的口头语言和书面语言完全背离的现象并不罕见,在日本和西欧也有同样的情况。如果使用文字的人只限于精英知识分子,那么这在实际应用中就不会引起太大的问题,反而会满足他们特权般的自豪感。但是,精英阶层以外的人一旦开始使用文字,在实际应用中就必然产生极大的不便。当然,既然处于精英阶层主导的文化中,那么最初这个问题并没有被精英们所明确意识到。因为非精英阶层会模仿精英阶层,并试图向其靠拢。但是,随着非精英阶层读书人的增加和教育范围的扩大,书面语言中开始需要使用口头语言。至此,进入了书面语言确立的第二阶段,即,探索适用于口语的新书面语言。但是,情况与从无文字状态出发的第一阶段相比又大不相同。因为这时已经确立了作为标准的文言文,并试图排除与该标准相抵触的东西。因此,其发展必然与第一阶段有相当大的不同。

而促使文言文这一书面语言确立的要素,同时也是对适用于口语的书面语言(即白话文)产生需求的原因。文言文的旗手士大夫阶层是科举官僚及其同等人员,原则上科举的大门几乎对所有人(女性和受歧视阶层除外)敞开,这带来了阶层的流动。也就是说,不管实际情况如何,在制度上,中国从这时起便形成了士大夫体制。其结果是,希望阶层上升而立志于读书的人急速增加,识字的人越来越多,而且许多人从事学问的条件在表面上逐步完善。

印刷术在中国唐代的某个时期首次被实际应用,但其真正的应用应该是在唐朝灭亡后的五代混乱时期。当时在大政治家冯道的主导下,政府刊行了《九经》。政府进行的儒教经典印刷成为最初的正式出版活动,这具有象征意义。印刷品的最大优点就是可以大量复制,而儒家经典作为科举考试时评判的标准,强烈要求一字不差的相同文本。科举考试中一定会出与经书相关的试题,如果经书因文本不同而带来文字的差异,那么,就无法确定评分标准,会导致考试本身的可信度受到损害。

进入宋代后,印刷术迅速发展,并产生了媒体革命,进入了文本大量复制的时代。与以前相比,人们可以更容易地获得更加低廉的文本,这是促进知识传播的重要因素。再加上科举制度的发展,识字人数的增加和出版业的成熟,知识传播速度加快。这一时期迅速发展的货币经济,必然会刺激货币交易。也就是说,至此,商业出版的条件才得以完备,只是出版业发展缓慢,在北宋初期效果还未显现。然而,可以肯定的是,北宋初期形成的这些要素,不可逆转地推动了识字人数的增加和出版物的增加。

货币经济甚至深入农村,促进了农村的解体和农民的流动。吸收了大量人口的城市不断扩大,以货币为酬劳的各行各业得以展开,其中也包含了民间说唱艺术。在民间说唱艺术中占有重要地位的讲谈之类后来成为《三国演义》《水浒传》《西游记》,乃至"三言"等白话小说的源头。

在上述因素的作用下,用白话词语来讲述平民现实生活的文学作品应运而生。但是,既然掌握文字的文人对白话持歧视态度,那么这条道路就必然充满了艰辛。下面,我们来谈谈被称为诞生之难的阶段。

公认的白话文献

首先,谈谈早期出版的即知识分子公认的白话文献。第一个要列举的便是法律和行政方面的文书。自《唐律》以来,法律文书中就有使用白话词语的倾向。其原因之一是,其实施对象是包括普通民众在内的大多数人。为了使法令广为人知,就必须使用平民百姓也能理解的语言来书写。其次,处理实际业务的不是中央派遣的官员,而是地方官员胥吏。胥吏当然是识字的,但他们不是高级知识分子。因此,与法律相关的文书应该是小吏用易于理解的语言来书写的。此外,文言文的功能还不足以用来书写法律文书所需记载的烦琐且世俗的事情。

如此,尽管从白话的文字化和白话使用范围扩大的角度来看,在法律和行政文书中使用大量白话词语的现象不容小觑,但是在白话词语应用于实际工作且使其常规化之前,人们并不是有意识地去书写白话的。然而,大约在同一时期出现的另一个体裁在白话历史上却有着重要的意义。

唐代后期,出现了尽可能如实照搬口述话语的文献,这就是所谓的语录。语录是指弟子记录老师言语的资料,估计起源于禅宗。下面列举唐代后期禅僧临济义玄的语录《临济录·上堂》一节:

> 上堂云,赤肉团上,有一无位真人,常从汝等诸人面门出入。未证据者,看看。时有僧出问,如何是无位真人。师下禅床,把住云,道道。其僧拟议,师托开云,无位真人是什么干屎橛。便归方丈。

"上堂"指禅师就座;"赤肉团"指红色的肉块,表示人;"无位真人"是禅宗术语,指理想中的人物,甚至指佛;"面门"通常用来表示脸;"证据"指识别。"人群中有一无位真人,常常从你们的脸中进进出出,还没有察觉到的人啊,看一看!看一看!"表示通过点的前置词"从",放在人称代词后面表示复数的"等",以及"看""面门""证据"都是白话词语。"那时,有个僧人出来问道:'什么样的人是无位真人?'禅师(临济)从法座上下来,留住他说:'你说说看,你说说看。'""把(抓住)",以及放在动词后面表示固定对象的补语"住""道(说)"亦是白话词语。"那个僧人正想说话,但被禅师一把推开说：'无位真人……'禅师说完即返回了方丈的房间。""托"的意思不明确，后面的"开"是一个补语，表示与该动作的作用对象之间形成了空间，因此姑且翻译成"推开"，这些也还是白话词语。此后的"无位真人是什么干屎橛"自古以来就存有疑问，笔者也不知道确切的意思。"干屎橛"指又干又硬的大便，问题在于如何解释疑问词"什么"，是否将它作为修饰"干屎橛"的用语，解释为"无位真人是什么样的'干屎橛'呢"，还是解释为"无位真人是什么？'干屎橛'啊"，尚存争议。从常识上讲，从"什么"处断开，用"干屎橛"一词来回答是不自然的。笔者无法解释禅宗哲理，而本论也不以此为目的，故不在这里进一步讨论。需要注意的是，"什么"是一个具有代表性的白话词语，"干屎橛"是一个俗语名词。

换句话说，这一段话，包括文中的叙事部分，始终都是用白话词语来写的，特别是台词部分使用了大量的俗语和口语表达。毫无疑问，这让禅宗语录看起来比实际更难理解。那么，为什么在标榜为"不立文字"的禅宗中，必须记录使用了这种俗语的对话呢？

禅宗重视顿悟，因此，厌恶卖弄他人的思想，主张"不立文字"。但是，顿悟需要契机，而能成为契机的就是已经顿悟了的伟大先师的言语。由于主张"不立文字"，所以不能直接陈述顿悟的内容，而只能用关键的只言片语。因此，就要求如实传达言词，甚至是其语气。为了如实传达其口述内容，就要求尽最大可能使用接近口语的文体。结果，禅宗语录中的内容生动地传达了当时的氛围，但也不可否认，由于其作为书面语言的完成度较低，意思变得难以理解。

进入宋代以后，迅速发展的理学中也出现了语录，其情况和禅宗一样。众所周知，理学尤其是朱子学深受禅宗影响。只是在儒教中，《论语》也具有可被称为孔子语录的特性。理学家们认为自己编撰的语录，与其说是模仿禅宗，毋宁说是继承了儒教内部的传统。

理学语录中最重要的是朱熹的《朱子语类》。《朱子语类》按类别收录了朱熹的言语、与弟子的对话等,吸取了唐代以来禅宗语录和北宋时期理学语录的经验,在易读性方面有了很大的提高。接下来,让我们来看看朱熹关于学问要领所说的话:

> 近世讲学不着实,常有夸底意思。譬如有饭不将来自吃,只管铺摊在门前,要人知得我家里有饭。打叠得此意尽,方有进。
> （卷八《学二 总论为学之方》）

全文几乎都是由白话词语构成,大致说明一下意思:"最近的讲解缺乏实用性,总是想要炫耀。比如说,即使有饭也不拿来自己吃,总之要摆放在家门口,想让别人知道自己家里有饭。只有丢掉这种心理才能进步。"为了令教诲通俗易懂,此外使用了浅显的比喻。如果要叙述通俗之事,就必须使用浅显的语言,深奥的语言不具备描述通俗之事的能力。因此,当朱熹的弟子们想要忠实地传达老师的教诲时,就必须用白话词语尽可能如实地传达出老师的语言。

在此基础上再重新审视一下前面的内容。第二句"夸底意思"中的"底"相当于现代语的"的",表示前面的词修饰后面的词。为什么不写作"的"呢? 因为口头语只有发音而没有文字。在没有表音文字的中文中,在进行文字化时,需要用一些汉字来匹配发音。为了确定不同的音匹配相应的文字,必须将口语文字化的行为一般化。这一时期单词的表记尚在变动中。另外,修饰句以单音节词"夸"加上"底"的形式出现,从今天以双音节词为稳定单位的常识来看,这一现象令人感到别扭。朱熹是否真的是如此表达的尚不明确,但在文字化阶段,记录者还没有将其写成双音节词的意识吧。之后的"有饭不将来自吃"中令人费解的是插入了"将来"

一词。这个单词是"拿来"的意思,在传达"即使有饭也不吃"的信息时没有必要出现。但是,这个词的存在大幅度增加了叙述的具体性。另外,把"有"冠在"饭"前也增添了具体性,给"吃"加上"自"也实现了与后文"给别人看"这个行为进行对比的效果。最后的"打叠得此意尽"将意为"整理"的这一日常用语"打叠"用在哲学问题上,将比喻设为通俗内容,在动词后面放上表示可能的"得",添加表示动作彻底性的"尽",以此增添微妙的感觉,这是白话特有的细腻表现。被当作补语使用的"尽",脱离动词而出现在句末,这种语序在现代语中无法想象。这也说明白话的书面语言化还不够充分。

《朱子语类》中,虽然白话的文字化原则看起来尚未确立,但记录了生动形象的口语表达。如果原本记录者的意图是照搬口头语,那么即使在语法上不合常规(与其这么说,不如说是白话语法本身尚不存在,所以不会产生不合常规的意识)也不会介意吧。

此外,书中讨论的不仅是哲学上的话题,对历代诗人的评论等也颇有意思,叙述地方官员心得的部分也具有很高的史料价值。笔者特别感兴趣的是下面这一段:

用之问:"诸葛武侯不死,与司马仲达相持,终如何?"曰:"少间只管算来算去,看那个错了便输,输赢处也不在多,只是争些子。"季通云:"看诸葛亮不解输。"曰:"若诸葛亮输时,输得少。司马懿输时,便狼狈。"(卷一百三十六《历代三》)

译:

用之(朱熹的弟子刘砺)问道:"如果诸葛武侯(亮)没有死,和司马仲达对战的话,最后会怎么样呢?"朱熹说:"一段时间内只会反复较量,直到失策一方输了为止。即使能分出胜负,双方也不会有很大差距,只不过是极小的差距而已。"季通(朱熹的好友蔡元定)说:"我认为诸葛亮不会输。"朱熹说:"如果诸葛亮输,就输不到什么程度。如果司马懿输,就输得很惨。"

虽然这像是史论,但是所说内容又像是今天三国迷们所讨论的内容。如果诸葛孔明没有死在五丈原,那会变成什么样呢?《三国志》和《资治通鉴》等作品中很难产生这样的想法吧。在朱熹等人生活的时代有关于《三国志》故事方面的评书,朱熹等人是不是在听了评书之后也产生了以上相同的认识了呢?也就是说,民间说唱艺术带来的历史认识也在士大夫之间不断传播,其内容也可能成为他们日常对话的内容。实际上,其在卷一百三十二中介绍南宋名将韩世忠打败金军的逸闻等处多次添加台词,讲起来有趣又好笑,特别是"他必往报中军"(他们一定会去通知司令部吧)一句中,加上"必"来预测敌人的行动,采用了与后世小说规范表达相同的措辞等,可以说朱熹的语调完全像个说书人。

如此,白话的文字化首先是以口头话语的记录这一形式开始的。即使从上述第一次书面语言的确立过程来看,也很容易理解其发展必须如此的原因。将语言按照其内容转换成文字还算简单,但是,要用口头语描写行动和状况,就需要确立叙述方法和语法了。在白话叙述出现之前,还需要很长的时间。

知识分子阶层对佛教和儒教的语录材料有需求,换言之,语录类属于可以出版的领域,而且,它原本就是带着教育目的而创作的,所以语录类书籍很早就被出版了,成为最初被刊行的白话文献。但是,记录白话说到底只是为了忠实地传达老师的言语,而不是记录者主动尝试用白话来记述。或者说,记录者们作为高贵的知识分子,在写常规文章时一定使用文言。因此,语录类作品在白话的文字化进程中虽然占有重要地位,但在本文中不是讨论的主要对象。

那么，用白话进行现实描写是从何而来的呢？通常引人关注的是它和民间表演艺术的关系。

民间说唱艺术的文字化？

民间说唱艺术进入北宋以后取得了飞速发展。其原因如上所述，主要是因为人口向城市集中和货币经济的成熟。《东京梦华录》卷五《京瓦伎艺》中记录了北宋首都东京开封府瓦市（集市）民间表演艺术的情况。笔者讨论的是其中的几个方面：“杂剧”即戏曲的表演，我们在记录中发现了貌似女演员的名字；丰富多样的傀儡戏（木偶剧）、影子戏（皮影戏）等舞台表演；伴随着各种歌唱的评弹、说唱，特别是孔三传演唱的“耍秀才诸宫调”；“讲史”“小说”之类的评书项目。

其中，关于戏剧和诸宫调将在以后再做介绍，此处我们来讲一讲评书。“讲史”是指历史作品。当然，既然描写了漫长的时代，就不太可能一次性讲完，所以，它一定采用了连载的形式。关于“小说”众说纷纭，把它当作一次性讲完的评书较为稳妥。《东京梦华录》在列举了一系列民间表演艺术项目以后，特别说了两句话——“霍四究说三分，尹常卖五代史”。“说三分”可能是《三国志》的故事，“五代史”肯定是五代的故事。这两个在“讲史”中也特别重要。苏轼的《东坡志林》中记载了庶民阶层的孩子拿着零钱去听《三国志》的故事，这说明讲《三国志》的说书人完全参与了货币经济，在极为广泛的范围中进行着零散的经营。

此外，《都城纪胜》《梦粱录》记录了南宋首都临安（杭州）瓦舍（与瓦市相同）的演艺情况。首先，列举了“说话四家”，即“小说”、“说公案”（案件）、“说铁骑儿”（武艺较量）、“说经”（佛教作品）、“说参请”（道教作品）、

"讲史书",但关于"四家"是哪四个存在争议。其次,记录了不同种类的小说名,即"烟粉"(恋爱怪谈)、"灵怪"(怪谈)、"传奇"(恋爱故事)。这样罗列出来后,感觉现在的小说、电影、电视节目的题材在当时都已经齐备。

综上所述,我们发现当时的评书内容丰富多彩,而且,明代刊行的被统称为"三言"的短篇小说集(《古今小说》《警世通言》《醒世恒言》)中收录了以宋金为舞台的白话小说。其中,从词汇来看,十分古老且叙述上又不够清晰流畅的一系列小说中,有暗示"宋本""古本"存在的题注。根据这些事实,当然可以推测宋代时评书的文字化一直在发展,这些小说即在此基础上刊行。但是,宋代发行的白话小说文本是不存在的,即使是以前被称为元本的《京本通俗小说》,现在也被认为是以"三言"等为基础所作的仿造品,且这种看法占主导地位。

事实上,当时并没有出现像《京本通俗小说》这样的刊本,此书收录的文本正文非常完整,可以说几乎没有遗漏和意思不通的地方,但这也可以证明该书本身就是一部仿造品。毫无疑问,宋元时期刊行的小说、戏曲类作品的文本完成度都很低,关于元代刊行的文本情况,以后再做讨论,在此我们来探讨一下现存的南宋时期刊行的唯一的白话文学文本《大唐三藏取经诗话》,即《西游记》的原型。

现存的《大唐三藏取经诗话》缺少卷首,它是从"行程遇猴行者处第二"开始的。请注意章节标题以"处"字结尾,"处"在敦煌变文中是放置在歌谣前的术语。具体如下:

> 僧行六人,当日起行。法师语日,今往西天,程途百万,各人谨慎。小师应诺。

译:

一行六个人当天出发。(三藏)法师说:"现在开始要前往西天,路途百万里,大家要小心。"弟子应答。

首先,可以看出这基本上是用文言写的。其次,有一点需要注意的是,所有的句子都由四个字组成,本书整体上风格是一致的,其特点是虽不像四六骈文那样辞藻华丽,但容易背诵。

不久一行人遇到了拥有超能力的猴子。具体如下:

行经一国已来,偶于一日午时,见一白衣秀才,从正东而来,便揖和尚:"万福,万福! 和尚今往何处? 莫不是再往西天取经否?"

译:

过了一个国家后,突然有一天中午,看见一名白衣秀才从正东过来,并马上向和尚打招呼:"您好! 大师接下来要去哪里? 难道又要去西天取经吗?"

首先要注意的是"过了一个国家"这样简单的表达方式。当然如果有国名的话,也应该有些故事,但是这里什么也没讲,只用表示不确定的"一"来解决。接着是副词"偶",表示完全没有预料到,偶然地发生了以下事件。之后,出现了"一日"即"某一天"这样避免特指的词语,开始的两句没有明确地点和时间。在"见一白衣秀才"这一句中,要注意它没有明确表示"见"这个动作的主体,从常识上来看应该是三藏,但是没有文字阐明这一点。之后,又是"一",而且,三句都由六个字组成。

《大唐三藏取经诗话》的文体特征已经非常清晰,叙事部分每句话都是文言文,主要由四字或六字组成,节奏单调,没有任何修饰,解释说明被限制在最小限度以内,这大概是因为《大唐三藏取经诗话》是民间表演艺术用的文本吧。如上所述,在民间表演艺术中,表演者在故事的大致内容范围内自由地表现故事,加入即兴表演也是常见之事。因此,民间表演艺术所采用的文字文本本身就是矛盾的存在。到了后世,如日本明治时期也出现了讲谈社发行的展示民间表演艺术的笔录本之类的作品,当时也已经存在不惜花钱也要得到这样的文字文本的购买阶层,换言之,喜欢阅读娱乐书籍、拥有一定的识字能力和经济实力是其存在的前提条件。

对话部分的情况如何呢?"万福"通常被认为是女性的寒暄语,但是,近来男性也在使用。接着是"何处""莫不是""再",以及在文末添加"否"作为疑问句的句式等,使用了极具白话特征的词语和句型,每句话的长短也不统一。

之后,面对去取经的三藏,秀才讲述了三藏在前世两次取经途中丧生的故事。三藏对此的反应如下:

> 法师云,你如何得知? 秀才曰,我不是别人,我是花果山紫云洞八万四千铜头铁额猕猴王。我今来助和尚取经。

首先是法师,也就是三藏的语言。"你如何得知"(你为什么知道这件事),这里需要注意第二人称"你"。与此不同,秀才的这一句话很长,但不太通顺:"我不是别人,我是花果山紫云洞的八万四千铜头铁额猕猴王,我现在来是帮助你取经的。"这三个句子都是从"我"字开始,可以看出其欠缺对书面语言的书写;内容上的交代也不是很清楚,"八万四千"是年龄,还是统领的猴子数量呢,令人无法判断。但是,从节奏来看,没有给"八万四千"后接量词的理由也很明确。"花果山""紫云洞"三字两句,之后,"八万四千""铜头铁额"四字两句,承接前文形成了"猕猴王"的形式,所以此处无论如何都要用四个字的形式。也就是说,对话部分与叙事部分不同,它是白话形式的,每句话的长度不固定,表达不够充分,但是,在节奏优先于意思这一点上两者是共通的。此外,从白衣秀才突然出场的情况也可以发现,其几乎没有想要进行自然叙述的意思。

下面接着讲述了白衣秀才,即猴行者成为三藏弟子的故事,最后以猴行者和三藏分别吟诵一首七言绝句结束。《大唐三藏取经诗话》在每章最后放置七言诗,这种做法被认为是"诗话"名称的由来,恐怕这也说明了它原本就是伴随着诗歌的民间表演艺术吧。需要注意诗字不能被省略。

如上所述,《大唐三藏取经诗话》作为读物,还不具备像《京本通俗小说》一样的完备内容。从这一点来看,很难想象《京本通俗小说》这样具有完整文本和形式的小说在当时就已经被文字化或刊行。当然,同一时期的出版物不一定都有同样的水平,但是,从当时的社会状况来看,出版界还没有能力出版完整的白话小说。

众所周知,宋本是中国历代出版物中最精致的版本,宋本之妙,少有例外。福建刊行的"麻沙本"等被认为质量不高,但与明清的劣质版本相比,其明显更加优良。重点在于宋版之妙少有例外这一事实,当然,也有可能是出版时间久远,劣质的东西早已经被淘汰了。这一事实或许是因为宋代制作廉价刊本的技术尚不发达。要制作虽劣质但姑且可以阅读的成本低廉的书,就需要对刊刻、印刷、墨、纸等技术进行革新。宋代还没有出现这些技术。因此,出版是国家机关、宗教团体、高官、富豪等投入大量金钱和时间进行的事业,面向大众的商业化出版活动还没有完全展开。正因如此,宋代刊行的文本都是装帧精美的书籍。

出版物的内容也证实了这一点。宋本基本上是"经史子集"四类书籍,更具体地说,"经"即儒教经典;"史"即史书;"集"即著名文学家的诗文集及选集;"子"即各种思想书,宗教书(《大唐三藏取经诗话》因其宗教性而被出版),医学、占卜、农业等实用书,以及科举考试的参考书。虽说其内容都非常生硬、死板，但是从之前提到的出版主体来看，这也是理所当然的——只有被认为有出版价值的书才能被出版。

反过来说，这意味着当时人们还没有以阅读为娱乐方式的习惯。书籍的流通仅仅依赖于手写的方式，在这种背景下实际生活中不需要的书籍就不会被大量制作；花工夫抄写的书籍，是公认的在实际生活中有价值，而且是有精神价值的作品，读书就是为了学习这种有价值的东西。换言之，根本而言，读书就是为了学习，实际上，直到现代，中文里说到"读书"，也就是指学习，而"读书人"正是知识分子，甚至是士大夫的别称。在这样的环境下，即使印刷术正式开始运用，以阅读为娱乐方式也很难得到普及。对知识分子来说，读书只是一种学习，虽然渐渐出现了非知识分子的识字之人，或者应该被称为下层知识分子的人，但还没到阅读非必要书籍的阶段。

也就是说，宋代还没有出现为了娱乐放松而进行阅读的读者。当然，识字层的扩大、出版技术的进步、读者的增加是相互作用的，而不是单方面进行的。具体来说，一方面，出版技术的进步促进了廉价书籍的刊行，这为低收入者增加了购买书籍的机会。另一方面，随着读者的增加，对书籍的需求也不断增加，正因如此，出版业在努力经营的过程中，尝试制作廉价书籍。另外，识字率的提高增加了读者数量，而为了应对这一动向又会制作出更为廉价的书籍，这又有助于识字率的提高。就这样，慢慢推进的相互作用逐渐加强，一旦达到某个临界点，出版物就会爆发式地增加。不过，宋代的出版业暂时还没到达那个阶段。

那么，在宋代还有什么值得一提的吗？实际上，在以上流阶层和士大夫为中心的世界里，新的动向已经出现。

爱情方面诗歌的发展——词

进入宋代以后,诗的风格发生了变化。承袭晚唐时期流行的李商隐等人的唯美诗风气,宋初流行被称为西昆体的李商隐风格的诗。但此后梅尧臣、欧阳修等人大大改变了诗风的方向,这一转变与士大夫阶层的成立联动产生。和古文一样,诗也是士大夫表现自我的手段。恋爱是晚唐诗的重要主题,之后在诗中吟诵的情况逐渐减少。王安石,从不同层面来看他都是当时的代表性人物,据说他认为李白"只在诗中吟咏酒和女人",故认为其诗毫无价值。这种说法的真伪另当别论,但这种观点可以说十分具有代表性。在中国以外的地区,诗歌首先用以歌颂爱情,同时也用来歌颂美酒。但是,在王安时时期这些却成为批判的对象,或者说这些成为诗歌不应该涉足的对象,这意味着这个时期以后中国的诗,在诗歌方面成为具有特殊性质的事物。

诗歌不再歌颂爱情,反而将以往从来没歌咏过的题材纳入吟咏的范围,对生活的细微之处进行描写,代表性诗人梅尧臣甚至将虱子、蛆一类纳入诗歌。此外,社会问题作为诗最重要的主题而登场。以杜甫和白居易等人为开端的社会诗的潮流,自此占据了诗的中心位置。士大夫既是诗人又是政治家,其对政治的关心就需要表现在诗里。同时,他们又是哲学家,那么,在诗中吟咏哲学是必然的。就这样,通常能成为诗的题材的事物被剔除了,取而代之的是平凡的、普通的事物。这样的状况应该说是诗人兼具政治家身份而导致的,因为诗人与政治家原本是油水分离完全不相容的两个身份。

诗开始歌颂日常事物,并出现了用诗进行现实描写这一现象,可以说梅尧臣是其代表人物。我们来看看诗歌《设脍示坐客》:

汴河西引黄河枝，黄流未冻鲤鱼肥。

随钩出水卖都市，不惜百钱持与归。

译：

汴河是一条自西引黄河水的支流，黄色的河流还没有结冰，

鲤鱼肥美。随着鱼钩出水而在街上的市场售卖，我不惜花一百

文钱买回来。

请注意这首诗歌充满生活气息的开端部分，在市场购买鲤鱼之类的
事项，以往从来没在诗里被人吟诵过，而且，这里甚至出现了金额"百钱"。
在唐诗中，常把"千金"等非现实的价格用于夸张的表达。

我家少妇磨宝刀，破鳞奋鬐如欲飞。

萧萧云叶落盘面，粟粟霜卜为缕衣。

楚橙作齑香出屋，宾朋竞至排入扉。

呼儿便索沃腥酒，倒肠饫腹无相讥。

逡巡缾竭上马去，意气不说西山薇。

译：

我家年轻妻子磨宝刀，刮鱼鳞除鱼鳍，鱼儿挣脱着就要飞起

来。薄薄的生鱼片切成以后轻轻地落在大盘子里；白萝卜被唰

唰地切成细丝；柚子调味，香味飘到屋外，受邀的朋友们一下子

冲入门内。吩咐孩子马上添上清口的酒，客人们吃得很饱，肠子

像要颠倒了一样没有任何牢骚。酒瓶一空，立刻上马离去，精神

饱满得根本不知道什么西山蕨菜。

　　通过上文可知宋代中国也有吃生鱼片的习惯,把萝卜切成丝作为生鱼片配菜的做法,以及用柚子调拌的方式,等等。本不用提及全篇贯穿的幽默感,但是在思考这些幽默元素的根源时,这首诗所具有的另一个特色便浮现出来。"西山薇"是一则出自《史记》的故事,伯夷和叔齐反对殷周革命而不吃周朝的谷物,他们登上西山只吃蕨菜,最后饿死。诗中"西山薇"的表达中所蕴含的幽默和其他几处表现方式一样都来自古典词语与实际生活中通俗事物之间的差距,比如把菜刀比作"宝刀",把薄薄的生鱼片落在盘子里的景象用"萧萧"这一描述树叶飘落时的拟声词来表现。

　　这首诗毫无保留地描写了一个平凡官僚家庭如何举办宴会,如何获得鲤鱼,如何料理,如何食用,等等情形,除此以外,这首诗甚至可以成为研究古代饮食文化方面的重要资料。诗在此成为现实写照之地。但是,在语言上倒不如说它仍然倾心于古典词汇。作者选择了出自正统古典的词语,而在使用白话词语时,只使用了"呼儿便索沃腥酒"的"便"和"索"。因此,不如说诗的重点在于作者如何用格调高雅的词语来表达日常琐事。

　　就这样,诗成了精英知识分子用于描写的工具,与古文一样,他们用诗来描绘至今为止从未表现过的事物。这些事物只要出自梅尧臣这样诚恳且热情的人物之手,就拥有生动的现实描写,但是由于其本质上是精英文学,所以被描写的对象也只限于他们内部的事物,即使文中出现社会中的弱势群体,往往也是以统治者对其抱以同情的姿态收场。此外,由于知识分子对古典知识烂熟于心,又不自觉地偏重使用古典知识,所以他们的诗被推向了受限制更多的局面。才华横溢的王安石和苏轼磨砺出古典语言运用法则,他们的弟子黄庭坚将这些法则用于严肃刻板的说理上,不久这些法则又被以黄庭坚为宗的江西诗派规范化。与唐代相比,宋代诗人人数大为增加,他们在此找到了自己创作诗歌的指南。如此,产生了大量的标准化诗歌,这里早已看不到唐诗的激越,也看不到梅尧臣提出的叙人情、状物态等诸多诚实地描绘现实生活的视点。

那么,爱情是否已经不再被吟唱? 这当然是不会发生的。在中国,恋爱一直是诗歌的重要主题。只是,恋爱仅仅是实际被演唱的歌曲的主题,当它转移到了文字的领域,就成为精英知识分子的专有物,即,诗文中已经找不到其鲜活的状态了。宋代,词承担了书写恋爱之歌的任务。不过,诗和词原本是同一事物。如上所述,唐代的很多诗都被用来歌唱。或许其中包含了词的始祖。换言之,唐代的"诗"在宋代被分为"诗"和"词"。在题材和词汇方面,两者朝着明显不同的方向发展。

所谓词,是根据"词牌"的固定旋律,填入歌词制成的歌曲。它要求随着音乐歌唱,用耳朵去欣赏,而不是用眼睛去看、去读。其歌词一般由长度不统一的长短句组成,即,按照之前在乐府部分介绍过的分类,它属于乐曲系列。它对每句的字数、押韵的方法、各个文字的声调都有严格的规定,这表明它具有被旋律左右的特性。与单调的齐言体诗赞系列相比,一般面向上流社会的乐曲系列的构造更加复杂与精致。其中一个原因是乐曲系列使用了丰富多样的乐器。欣赏、玩味词的主要场所应该是妓院,而妓院是知识分子和妓女同在的地方,又提供了可以使用多种乐器的环境。也就是说,词具有青楼文学的一面,用以专门歌唱妓女的情愫也是理所当然的。

词,自晚唐温庭筠时期真正地出现在文字世界中。其内容都属于闺怨类型。以下尝试分析词牌《菩萨蛮》中的一个作品:

> 夜来皓月才当午,重帘悄悄无人语。深处麝烟长。卧时留薄妆。

> 当年还自惜,往事那堪忆。花露月明残,锦衾知晓寒。

　　这首词没有标题(《菩萨蛮》只是词牌名,不是题名)。也就是说,在这首词中,不交代何时、何地、为何而作等问题,这源于歌曲的本质。与在某种机缘下、抱有某种目的而创作的诗不同,歌曲是所有人对"恋爱"与"离别"等人类普遍性感情产生一定程度的共鸣以后歌唱出来的事物,与其说不需要具体的题目,不如说是没有才好。回想起来,《诗经》与乐府中的大多数作品也具有这样的特征。初期的词,除词牌以外没有其他的标题,这证明它是鲜活的歌曲。

　　上文的词以下面的内容开始:"夜幕降临,月亮初升,清澈皎洁,终于爬到高空,厚厚的帘幕里,居然没有悄悄说话的人。"自《玉台新咏》以来,"月""重帘"成为闺怨诗中大家熟悉的意象,但是要注意其中使用了"才""当午""悄悄"等白语词语。"深处飘荡着长长的麝香烟气,躺下时也会留下淡淡的妆痕"是上阕(词的形式是同一旋律重复两次,前半部分称为上阕,后半部分称为下阕)。

　　下阕的表达变得更加白话。前面两句"当年,何等珍惜之物,如今,无论如何也不敢回忆",除了使用"当年""还自""那堪"这样的白话词语,"惜"的用法也可以说极具白话特色。特别是"还自",完全是为了双音节化而使用了附着在副词上的"自",这一点很有意思。"花瓣上的露水在月光下渐渐消失,在锦被中(因是独卧之身)感受到清晨的寒意袭来。"

　　这是自《玉台新咏》以来典型的闺怨之作,虽然没有明确表示女主人公的身份,但从温庭筠"品行不端"的履历来看,女主人公并非深闺千金,而应该是妓女。毫不夸张地说,温庭筠的词基本上都是这种模式,说得不好听一点就是千篇一律,反复使用"月""花""帘""烟""衾"(棉被)等词,而且,总是用在类似的模式中。换言之,他的词由固定了的表达组合而成。

　　同时,要注意白话词语被广泛使用。其中的一个原因即词是用来歌唱、用耳朵来享受的事物。为了能听明白,当然需要使用接近于口语的词语。但是,不止如此。闺怨歌曲一般采用女性独白的形式。其原因之一是文言表达女性微妙心理的能力十分有限,不使用白话词语,是不可能再现那种再三劝说的语气的。闺怨诗总是带着某种口语性,更不用提南朝的《子夜歌》了。另外一个原因,正如已经提到的,知识分子只对他们自己以外的人物使用文言以外的语言,即白话只限于描写女性或平民。这与日本的假名文学,乃至西欧的世俗文学相通。

如此,最初的词,完全舍去了何时、何地、为何创作等信息,作者的人物形象也没有浮现出来。也就是说,词拥有非常浓厚的歌曲性质。实际上,如果把个人用词喜好等要素撇开,作者是温庭筠还是另有其人根本就不重要,因为作者的品性几乎没有投射到作品中。

这种情况到了五代和北宋前期也没有发生太大的改变。当然,也存在着像五代南唐后主李煜那样的诗人。作为亡国之君,他将丧失祖国和被幽禁的感情寄托于词。但是,其中一个原因是他的身份过于特殊,另一个原因是后世的读者会结合作者的特殊立场来解读。下面以闻名遐迩的《浪淘沙》为例来进行探讨:

　　帘外雨潺潺,春意阑珊。罗衾不耐五更寒。梦里不知身是客,一晌贪欢。
　　独自莫凭栏,无限江山,别时容易见时难。流水落花春去也,天上人间。

上阕"帘外小雨淅淅沥沥地下着,春天即将离去。薄薄的丝绸被无法抵御黎明的寒意。梦中忘记了自己已远离故乡,只贪图片刻的欢乐",表达了李煜在故国南唐灭亡后,作为囚禁之身被幽禁在宋代首都开封的悲哀之情,但,这正是由于知道作者是李煜才会产生这样的解释。"帘""春""衾""五更""梦""欢"等都是闺怨作品中经常罗列的意象,在黎明的寒意中醒来这样的表达也和前面温庭筠的词相同。即,与其说这首词的主人公是女性,毋宁说从形式上看主人公就应该是女性。如果没有关于作者的背景知识,读者一定会这样认为。

下阕情况也是如此。"不要一个人靠在栏杆上。一望无际的江山。别时容易,相遇难。水自长流,花自飘落,春天自要归去,天上繁华,人间地狱?"倚在栏杆上,一边为春天的逝去而惋惜,一边为离别而流泪,这是闺怨作品中典型的女性形象。换言之,李煜以闺怨的形式抒发自己的感情。在初期的五言诗中也有这种倾向,比如曹植的作品。此外,与诗的情况相同,可以预想到下面的动向,即,很快就会出现不通过闺怨形式,而是直接表达自己想吟诵事物的词。

话虽如此,在北宋前期之前的词中很难感受到作者的存在。一部作品的作者被认为是五代的冯延巳或欧阳修等多人的事例很多,这可以说是其佐证。但是,闺怨以外的词开始逐渐增加,这一点备受瞩目。例如,在民众间非常受欢迎的柳永,其代表作《雨霖铃》的上阕后半部分,"执手相看泪眼,竟无语凝噎"(携手看着含泪的眼睛,结果竟一言不发,只是默默地哽咽),运用了典型的闺怨诗的表达方式。但是,与闺怨诗描写男女离别不同,柳永的这首词描述的主题是朋友之间的离别。换言之,柳永用闺怨诗的构思和词汇来吟唱诗的世界中自古就有的题材——送别和惜别(远行之人赠送别者的诗)。但是,没有明确表示时间、地点、主体,这表明这首词依然停留在歌曲的领域。

就这样,作为闺怨歌曲而发展起来的词,开始侵入原本属于诗的领域。此外,以使用伤感性词语为特性的词深入诗的范畴,给作者们提供了充分抒发伤感情绪的空间,同时,也加速了排除诗中伤感性的进程。特别是,被认为低俗的词以伤感性为根本特性,这进一步加深了伤感性是低级事物的认识。

像这样,词的领域逐渐扩大也与过去诗的情况相同。闺怨类的词语和语气发挥了重要作用这一点也是共通的,这大概是因为歌曲和恋爱有着不可割舍的关系吧。更为有趣的是,在词中,根据主题的不同,作者会使用不同的词语和表达方式。

柳永对词过于迷恋,被仁宗皇帝讨厌而出仕无门,据说他曾为了求职而去宰相晏殊家活动,却被晏殊讽刺:"你仍然在作词吗?"柳永回道:"和您一样也在作词。"晏殊听完说道:"虽然我也写词,但我从来没有写过'彩线慵拈伴伊坐'(无意拿起针线,只想与你相依)之类的词。"柳永没有任何回应就离开了。(张舜民《画墁录》)这个故事表明词也有不同的等级。"彩线慵拈伴伊坐"是柳永《定风波》中的一句(但是现行文本中,"慵"改为了"闲"字)。晏殊认为这句词有什么问题呢?

第一个问题出在内容上。这首词吟唱了一个妓女收不到恋人来信的叹息,是典型的闺怨之作。但是,下阕中的"早知恁么,悔当初,不把雕鞍锁"(如果早知道是这样的话,先把马鞍收起来就好了),表达了女子想要监禁和独占恋人的愿望。从这一点来看,它跳出了传统的闺怨词向前迈进了一步,不能否认女子的品性有可能被视为低劣。第二个问题是用词的低俗。句子中使用了极为口语化的第三人称"伊"以及用来表示捏着东西的"拈"等具有白话特色的词语,除此以外的句子中,也使用了"恁么"等大量白话词语。

不仅如此,内容和词语也不无关系。由于采用了从妓女口中说出的话语这一内容,所以用词是符合人物身份的通俗语言,正因如此,才表现出了微妙的女性心理。也就是说,这首词以女性语言的形式表现了以往没有被描写过的心理起伏,在某种意义上实现了新的现实描写,但是也因此被普通知识分子认为低俗。

但并不是说只有像柳永这样被知识分子社会疏远的人才会创作这样的作品。欧阳修和黄庭坚被认为是该时代知识分子的代表，他们也有完全一样的作品。以欧阳修的《醉蓬莱》为例，其下阕部分如下：

> 更问假如，事还成后，乱了云鬟，被娘猜破。我且归家，你而今休呵。更为娘行，有些针线，诮未曾收啰。却待更阑，庭花影下，重来则个。

上阕中唱到女子问幽会对象："没有被发现吧？"接下去的内容是："再来的话，小心一点，发髻乱了的话会被妈妈发现的。"表假设的"假如"，表假设的"还"，表示条件的"后"，表示完成的"了"，表示母亲的"娘"，加强动词意思的补语"破"，都是极其白话性的词语。"我先回去了，你现在先不要生气了。妈妈那里还有针线活儿，她还在骂我是不是还没做完呢。夜深了，你再来院子里的花影处。"第二人称"你"之后，用了很多白话词语，不胜枚举。特别是，使用了中文中具有特殊格助词功能的"行"，这一点非常有趣。此外，用句末表示拜托语气的助词"则个"来连接全体，巧妙地描绘出为情所迷的少女的诌媚语气。

这种香艳不是以往的闺怨词可比的。自古以来的论调是欧阳修那样的君子不可能写出这样的词，应该是混入了别人的词。但是，作品视不同场景而产生。即使是同一作者，也一定会根据不同情况而呈现自身不同的侧面。实际上，比起欧阳修，黄庭坚给人的印象更加刻板。他也留下了一些香艳的作品，如在描写性感的床戏场景后，以"奴奴睡、奴奴睡也奴奴睡"（人家睡了，人家睡了人家睡了）这种女人的语言作为《千秋岁》的结尾。

像这样，词存在两个不同的等级。被视为低俗的这组作品，经常假借女性口吻，多使用非知识分子一听就能理解的白话词语，进行香艳的描写。这些特征表明，这种类型的作品以妓院为舞台，即，它们是青楼文学——词的继承者。即使是欧阳修那种被视为君子的人物，也应该与妓院和妓女有关联。此外，在以妓女为对象的场合，为了让青楼中那些未必有学识的人也能够理解，风流人士应该是用简单易懂的语言来创作香艳的词的吧。具有白话特色的语言，不单令在场的欣赏者一听就能理解，同时它还是描绘女性心理和日常生活细节不可或缺的工具。

在此又出现了向前迈出一大步的现实描写。但不要忘记其对象是女性，而且是极为有限的女性对象——妓女。她们往往对对方一往情深，多少也有耍性子的时候，但大多温顺。这种描写涉及的日常生活以青楼为舞台，但是，妓院这种豪华场所是一个不能立足于现实的虚拟空间。换言之，在嬉戏场上这种现实描写从头到尾都是男性视角的产物。

与之相对，在另一组作品中，很少使用白话性词语，即使是属于闺怨类型的词也要使用保守且具有古典特色的表达方式，而且很多词已经不再以闺怨为主题，而是渐渐地涉及离别与孤独等诗的题材，只是这些题材在诗的领域中已经很难用伤感的方式来描述，要注意这些主题可以在闺怨的延长线上得以表现。这意味着词在内容上在向诗靠拢，或者说，为了表达在诗的领域中不允许表达的感情，词正在成为诗的替代品。这是以诗为本职的文人开始参与词的创作的必然结果。先前所引用的晏殊的话，已经显示了将文人的词视为更高级事物的意识。不久，又出现了无视词本质上所具有的歌曲性质的作品。

其起源于张先。欧阳修也十分尊敬这个人物。张先在把词作为文人专属物方面发挥了很大的作用——他给词起了题目，比如张先的代表作《天仙子》中有这样一句话："时为嘉禾小倅，以病眠，不赴府会。"（那时我是秀洲的判官。因病卧床，未能参加府内的宴会。）也就是说，文中明确表示了"何时、何地、谁、为何"。这与歌曲的本质相反，可以说它与完全成为知识分子专属物的诗显示出相近的性质。这首词的上阕"临晚镜，伤流景，往事后期空记省"（傍晚对着镜子，感伤时间的流逝，徒劳地想着过去与将来），若只看这句话，镜子这个意象也好，感伤时间流逝的语气也好，看起来像是美女在对着镜子感伤时间无法停止。但是，根据题目，这里正在伤感的是因病不能出席宴会的作者。也就是说，虽然同样描写了照着镜子悲伤老去的情景，但是其构思与李白"白发三千丈"的诗的世界相通。

下阕开头的"沙上并禽池上暝，云破月来花弄影"（沙滩上鸟儿并排，日暮池边，月光穿过云缝，花儿摆弄着影子）这一名句中，成对的鸟儿是鸳鸯，象征着幸福的情侣，云、月、花都是带有香艳想象的词语，是与闺怨之词共通的词汇，之后又出现了"重重帘幕密遮灯"（一层层的帘幕遮蔽着油灯，不让洒进一点点灯光），出现了闺怨诗词的经典意象"帘幕"和"灯"，但是，题目已经表明帘幕后不是美女，而是一个名为张先的渐入老年的男人。也就是说，此处用词这个领域的词语和形式描写了知识分子张先的感情。

词的这种手法，特别是在诗正朝着严肃死板方向发展的当时，显得非常新鲜。不久之后，同样的作品大量产生，最终词开始走向与原本完全不同的方向，苏轼是其中的代表。苏轼著名的《念奴娇·赤壁怀古》虽然采用了词的体裁，但内容与诗领域中的咏史与怀古相同，词语也多少采用了一些白话，但整体上由诗中所使用的古典词语构成。苏轼被认为"以诗为词"也不无道理，这是与北宋"以文为诗"联动所产生的结果。

苏轼等人创作出的作品，突破了原本的词的题材范围，与此同时，周邦彦等专业词人几乎没有涉足诗作。他们是音乐方面的专家，凭借音乐和词的才华受到皇帝和显贵的青睐，他们近似于以前的宫廷文人。周邦彦等人的作品与音乐的贴合度很高，通过将具有某种意象的语言进行拼接组合,在整体上形成一种氛围,但没有特别具体的逻辑意义。这与今天的流行歌曲相一致,遵循了歌曲的本质。只是,需要注意其受众面以社会上层为主。与深得大众喜爱的柳永相比,其受众方面开始发生变化。这种类型的词中势必会引入古典词语,其中很难找到像柳永或欧阳修那样展现出的与诗的世界不同面貌的香艳作品。

北宋衰亡后,统治了中国北方的金国,在词的创作方面陷入了低潮。一方面,在拥有南方领土的南宋,词的创作依旧旺盛。于是,上述文人和专业词人的两极分化更加明显。对陆游这样的文人而言,词是表达诗中无法描绘的强烈感情的工具,其作品《钗头凤》是证明这一点的一个极佳例子,文中陆游因思念与自己分别的妻子而发出"错错错"的感叹。

另一方面,出现了很多像姜夔、吴文英这样的专业词人。虽说他们是专业词人,但其作品已经完全没有大众性了。正如姜夔受到一流诗人兼高官范成大的庇护一样,他们中的许多人作为高等游民出入显贵门下,过着所谓帮闲文人的生活。因此,他们的词主要以高级知识分子为受众面,其作品中当然也不怎么使用白话词语,多用的是基于典故、文人所接受的词语和表达方式。姜夔亲自为范成大作曲的两首词《暗香》《疏影》,是由北宋初期隐逸诗人林逋的名句引申而来,这一点十分具有象征性。姜夔的很多作品都有题目,这也表明其是在文人交游中产生的。他们的作品充满了拼接色彩,将带有某种意象的词汇组合在一起而形成一定的意境,但是大多情况下很难具体说明其意思所在。换言之,说其像歌曲,确实像歌曲,但是,正如前文所述,其已经不再具有大众性,而且,用白话词语进行现实描写的特色已经从大众化的词中销声匿迹。

换言之,到了南宋,文人和专职写作之人都朝着知识分子的方向发展。这是自北宋时期开始词的雅化,也是其必然归宿。也就是说,词也遵循着与诗相同的发展路径。但是,与作诗不同的是,作词还不能成为知识分子的本业。毋庸置疑,这是因为诗已经确立了它的地位。元代以后,词的创作一直在继续,但是那些词已经与音乐绝缘,它们失去了歌唱的特色,只不过是徒有形式。

如此,在词的领域亦显示出这种走向——知识分子从民间汲取营养而产生新的体裁,但是,它一旦完全成为知识分子的专属物就会丧失其生命力。而在这时,北方却出现了新的动向——曲开始出现。

曲的出现

　　如前所述，尽管南宋时期词的创作已蔚然成风，但同一时期在统治北方的金国境内，词作却难以流行，原因何在？

　　主要是语言方面的原因。词的音韵体系中存在入声，但这一时期入声已经在北方语言体系中消失，这对于用耳来听的歌曲而言是致命的问题。因此，当音韵体系与实际发音不一致时，就会产生十分严重的问题——若采用方言发音，吟唱出的歌曲便会失去韵味；若添加入声，则听众难以听懂。

　　五代时期，统治江南地区的南唐为词创作的一大中心，宋代的词人也大多为南方人。具体数据可参考唐圭璋《两宋词人占籍考》。以浙江出身的二百一十六人为首，依次为江西一百五十三人，福建一百一十人，再加上其他南方地区的诗人，总计八百六十七人中，北方人不过一百五十六人（四川的六十人被划分为南方人；而北方的词人中包括了河北的二十三人，他们被归为户籍不明的宗室）。此外，北方词人中也少有当时的知名词人，从作品数量的占比来看，南方词人的作品占比要远远高于北方，也就是说创作词的主力军基本上是南方人。尤其是在音乐方面做出重要贡献的柳永，就是福建人，而福建属南方，在语言方面与北方有着天壤之别，这一点尤其能够说明问题。既然词与音乐有着密切关系,我们就难以否认作者出生地的语言与词的特点之间存在着关联。这正是金国统治地区鲜有词作产生的主要原因。

既然不能创作词,其替代品就应运而生。曲,这一新的艺术形式由此出现。不过,我们不能简单地认为曲就是由词变化而来的。曲作为民间艺术的一种形式,很早之前就已经存在了,只不过它在与知识分子产生交集之前,其文辞没有用文字形式记录下来。但是,到了金代,人们不得不寻找词的替代品,由于北曲与北方方言的音韵体系一致,因此北曲自此登上了历史舞台,这一过程与曾经词的出现如出一辙。即使进入元朝,词的作者仍以南方人,即南宋子民为主。同一时期,以元朝宰相刘秉忠为主的大批高级知识分子开始创作散曲,他们的作品尽管在形式上为曲,但曲辞本身与词别无二致,这也进一步说明曲就是被人们用来代替词的艺术形式。

曲和词有什么不同呢?正如词有词牌,曲也有曲牌,曲配合曲牌固定的曲调进行创作,这一点与词完全相同。但是,曲在以下几个方面与词完全不同。第一,音乐当然不一样。虽然我对词和曲的旋律都不太清楚,但也能推断出两者在特征上存在着很大差异,以下所列举的词和曲的不同之处就与这些音乐的特征关系密切。第二,两者押韵的方式不同。如上文所述,词具有平、上、去、入四声,但北曲中并没有入声,本该是入声的词被替换成其余三声中的某一个。第三,多用白话词语。词虽然也会使用白话词语,但曲对白话词语的接受度显然更高。曲的创作中可以使用包括粗话、俗语在内的几乎所有词语。此外,曲可加衬字——出现在曲牌规定格式之外的字,这一点也与词相差很大。各句的字数既然要与节拍对应,那么字数就要由曲牌的格律规定,但同时允许在句首或句中加上节拍之外的文字,这就是所谓的衬字。衬字多以三个音节为一个单位,也有十字以上的情况。

曲所具备的这些特征究竟意味着什么呢？不包含入声这一点是为了让北方人听得懂，这表明曲是在以各个阶层为对象的民间艺术表演场所中成长起来的。元代，曲被用作戏剧"杂剧"的唱词；从宋朝和金朝流行的戏剧"杂剧"和"院本"作品名字来看，有很多使用了曲，这些可做旁证。既然曲亦被运用在戏剧中，那么人们自然会要求它能够表现世相百态。为了讲述包括老百姓生活在内的多种内容，又为了让老百姓一听就能明白，白话词语的使用就极为必要，再加上有时在格律范畴内正字道不尽语意，于是产生了衬字。最终，曲与词相比具有了表现更加广泛事物的能力。

曲的这些特征与生俱来，在作为词的替代品登上知识分子的"大雅之堂"以后，它又有哪些变化呢？身份相对较高的人大多接受了用曲的形式来吟唱与词内容相同的作品。曲的特点甚至影响了读书人——在读书人手中诞生了全新的文字表现形式。

早在曲诞生初期，便产生了在规模和质量上前无古人的白话文学巨作——《董解元西厢记诸宫调》（以下简称《董西厢》）。在中国白话运用和现实描写的历史上，它的存在如同金字塔一般〔以下表述与赤松纪彦、井上泰山、金文京、小松谦、高桥繁树、高桥文治合著的《〈董解元西厢记诸宫调〉研究》（汲古书院，1998年）中的解说多有重复，其中的部分解说以其他学者的观点为基础〕。

第一部真正意义上的白话文学作品——《董解元西厢记诸宫调》

《董西厢》采取了诸宫调的形式。所谓宫调，相当于中国音乐中的调性，故诸宫调就意味着"各种各样的调性"。北曲通常以同一宫调贯穿始终为原则，曲中不会变调，与之相对，诸宫调可以自由组合不同的宫调，以说白和歌唱交互式反复的形式讲故事。《东京梦华录》中可见诸宫调的名字，《梦粱录》等南宋都市志中也有记载，它的实际情况却无从得知。既然是民间表演艺术，想必也无人会认真记录其中的词句，那些艺术的表演者也未考虑过将这些唱词付诸文字。

但是到了金代的某一时期，一部巨大的诸宫调作品突然被发行，它的作者就是被叫作"董解元"的人。这并非他的本名，"解元"原来指在科举考试中的地方考试——乡试中拔得头筹的人，后逐渐变为一般名词，成了对读书人的尊称。因此，董解元其实相当于"董老师""董先生"之类的意思，而不一定是真正获得乡试第一名的人，也就是说，董解元或许只是一名连真名都无人知晓的下等读书人。这一点也正说明了真正从事白话文学创作的人绝不可能是社会的上流人士，但是在民间表演艺术领域，董解元还是人们崇拜的对象。元代钟嗣成所著元曲作者名册《录鬼簿》的卷头就列着董解元的名字，并附有注释："大金章宗时人。以其创始，故列诸首云。"可见，董解元已被视作曲的创始者。

事实上，应该说《董西厢》的形式是介于词与曲之间的。《董西厢》的曲文和词一样由前阕和后阕组成。在元代的曲中，有时会以"幺篇"为名而连续两次使用同一曲牌，但是，一般不会重复使用同一曲调。从这一点来看，《董西厢》和词的体裁相同。此外，《董西厢》所使用的曲牌中尽管有些来自词，但大多不曾出现在元曲中，宫调也是如此。这恐怕是由于在曲文字化之时，词已早早地在文字的世界中落地生根，所以曲必须通过词的过滤。换言之，《董西厢》应该是在对应词的样式，吸取一部分词牌之后才获得了文字的形式。如果这个推断是正确的，那么，曲的文字化的创始者即董解元。

《董西厢》以唐代元稹的传奇小说《莺莺传》为题材，但是两者的结局安排不同。小说的结尾男主人公张生抛弃了女主人公崔莺莺,并强行为自己开脱,人们还为其称赞——这一结局令人心生不快。《董西厢》将其改成了大团圆结尾,不过这可能并非董解元个人所为。《莺莺传》原本就采用了韵文与散文相结合的形式,接近唐代民间表演艺术,之后这个故事又被多种艺术形式重现,久盛不衰,代代相传。想必就是在传承的过程中,《莺莺传》中不符合大众喜好的结局被改成了两人战胜各种困难终成眷属的大团圆结尾。因此,就故事的趣味性而言,董解元并没有做出多大贡献,但在曲辞表现上,董解元则最大限度地展现出他作为作者的不俗实力。

《董西厢》最令人瞩目的便是它宏大的规模——由四百五十四个曲牌构成。宋词作者中最高产的词人辛弃疾终生也只留下六百多篇作品,相比之下就不难理解《董西厢》作为一部文字化的词曲作品,着实拥有着空前的规模。其时而高雅,时而通俗,恋爱情节自不必说,战斗场面、喜剧情节,甚至是色情描写都能够不疾不徐,娓娓展开,这样的叙述者绝非等闲之辈。除去与词相似的描绘恋爱的情节,其他内容都是文字领域中不曾出现过的。那么,为什么这么多丰富多彩的情节出现在文字世界中了呢?

为了解释清楚这一点,有必要分析一下这部作品的内容和表现形式。以下以第一卷张生对莺莺一见钟情后愁苦烦闷的场面为例,该部分由【虞美人缠】、【应天长】、【万金台】、【尾】四部曲组成。

开头的【虞美人缠】中有一句"怕到黄昏",这里采用了词中很具代表性的表达。"花月""憔悴"了,人也消瘦得"罗衣"渐宽,掩了"重门",于"寂寥"的卧房内卷"珠帘","双目"送"行云",可以看出这一段是将非常典型的闺怨词措辞与构思结合在一起而生成的。不过,这里愁闷的不是美人,而是张生这名男子。"穿过层层大门后到达庭院深处,关上卧房之门"的"掩重门",与借住在寺院居室的张生的情况完全不符,而男性将"罗衣"这种薄薄的丝织衣物套在身上更是滑稽荒诞。接下来的【应天长】中仍旧延

续了闺怨词式的表现方法,用到了"旧愁新恨"这一词的固定表达方式。但是,到了【万金台】,情况就大为不同了。举例如下:

> 比及相逢奈何时下窨!你寻思闷那不闷?这些病何时可?待医来却又无个方本。饮食每日餐三顿,不曾饱吃了一顿。一日十二个时辰,没一刻暂离方寸。

"比及……"原意为"等到……",这里引申为"即使……"。"时下""寻思""……那不……"都是非常白话的表达。"你"就是白话中表示第二人称的词。下面的内容几乎全由白话词语构成,这里不再一一列举。我们可以清晰地看出,行文至此,作品的表达方式迅速转变为白话,而作品内容似乎是为了与这种变化相呼应,也突然发生了改变。虽然首句"纵使有一天会相逢,而当下的苦又为何"依然可以说是闺怨调,但从"这个病什么时候能好呢?想要医治却没有处方"开始,内容迅速世俗化,到"每日三顿饭,不曾饱吃一顿"完全成为喜剧般的口吻。尽管最后以严肃正经的表达"一日十二个时辰,没一刻离开"收尾也为时已晚。

综上所述,张生经过了喜剧化处理,如果我们带着这样的观点重读【虞美人缠】的话就能够发现作者的真实意图了。将闺怨词中形容美女楚楚可怜的词语用在大丈夫身上,能够产生讽刺与谐谑的效果。事实上,在明显保留某部经典作品风貌的基础上以讽刺与滑稽的笔法将其改编为不同作品的做法,就是曲明显的特征之一。

像上面分析的这种词的元素与喜剧性的元素共存也是《董西厢》整部作品的特点。也就是说,在《董西厢》中,显示出"词"的特色的部分和"喜剧"式的部分交杂缠绕,既有一些围绕着张生和莺莺恋情的部分,语言凝练,用语考究,从词汇和表现两个方面来看与词别无二致,又有一部分完

全是喜剧性质的内容。我们来看看后者的例子——张生为情所困卧床不起时,莺莺的侍女红娘送来约定幽会时间的诗(卷五):

> 【河传令缠】不须乱猜。这诗中意思,略听我款款地开解。
> 谁指望是他,劣相的心肠先改。想咱家,不枉了,为他害。
> ○红娘姐姐且宁耐。是俺当初坚意。这好事终在。一句句
> 唱了,须管教伊喝彩。那红娘道:"张先生,快道来。"

"不须乱猜。这诗中意思,略听我款款地开解。"开头并无特殊之处,从"谁指望是他,劣相的心肠先改。想咱家,不枉了,为他害"起,开始对着心上人骂出"劣相的心肠"这一白话词语,第一人称也改成了"咱家"这一白话词语。自后阕开始,内容越发超出常规。"红娘姐姐且宁耐。是俺当初坚意。这好事终在。一句句唱了,须管教伊喝彩"的语句完全采用了白话的形式,并且因为接下来要唱莺莺的诗,还说出了"须管教伊喝彩"这样的话。"那红娘道:'张先生,快道来。'"于是从【乔合笙】部分开始,张生每唱一句莺莺的诗,红娘便和上一句:"哩哩!哩哩啰!哩哩来也!"到了【尾】部,"那红娘言:'休怪!我曾见风魔九伯,不曾见这般个神狗乾郎在。'"(那红娘道:"莫怪!疯子傻子却曾见,这般癫狂的郎君没见过。")张生被红娘嘲弄了一番。此处斥骂类语句集中出现,值得我们注意。斥骂语本应是口头常用词汇,读书人在写作时绝不会原封不动地采用,一般做法是用"骂不绝口"这种固定表达对付,也常用文言文词语置换。但此处未加修饰地使用原词,而且用于一个奴婢身份的女性对一个读书人身份的男性的语境中。

而后,张生对红娘说:"我饿了。"又将红娘带来的食物一口气吃完,红娘见状讥讽道:"原来是肚子饿了不能与我一战!"张生还换了件时兴的衣

裳,"身体扭来扭去地摆出一些奇妙的姿势",问红娘"衣服漂不漂亮? 我穿着美不美?",甚至"不停地吹口哨",俨然一副丑角般癫狂的做派。这一部分完全是以白话记述的。

这些场面与近似于词的部分相差之大,简直令人无法相信两者出现在同一作品之中。张生出现在这两种风格迥异的文字之中,无论从何种角度来看,他的性格都像是分裂的。那么,为何会出现这种情况呢? 上文笔者虽写了"丑角一般",其实不然——不是"丑角一般"而是"丑角其人"。金代古墓中发现了一些描绘戏剧和演出场面的雕刻,其中吹口哨的丑角形象多次出现,可见张生吹口哨的情节也一定是为了表现他丑角的身份。另外,张生在与莺莺互诉爱慕之情以及分别之悲伤时,怎么看都是词领域中的美男子。

为什么张生的性格会因场面不同而不同呢? 我们来仔细观察一下不同场面中张生的对手戏。当对方是莺莺时,原则上张生就是一名词作中常出现的稍显软弱的美男子,相应的语言大多是与古文典故相关的文言文,其间穿插的若干白话也不过是词中惯用的典型表达,牵扯的内容亦多与恋爱相关,而民间大众的话题和词语几乎不会出现。但是,当张生的对手是红娘时,他就摇身一变成为丑角人物,相应的语言就基本上只使用白话,比如使用了很多骂人的词、拟态词和拟声词;同时,内容也变得极为日常化和世俗化。同样的情况也发生在法本和尚、法聪和尚、郎中成为张生对手的场面中。例如卷二尽管不是曲,但是在法本和尚请求张生援助时,张生搬出一套诸如"悟道之僧不应惧死"的歪理故意刁难他;又如卷五郎中给张生看病的一节中【黄莺儿】以打诨结尾,"张生低道:'我心头横着这莺莺!'医人曰:'我与服泻药。'"。【黄莺儿】等曲部皆具有如此插科打诨的内容,堪称喜剧。

更有趣的是几乎从未展示过喜剧性一面的莺莺在与红娘演对手戏

时,也表现出不同的态度,比如卷四张生作了一首诗替代情书,并拜托红娘将其置于莺莺的妆台边,莺莺读后的态度与其在其他场面中的态度反差之大,判若两人——【尾】部道:"觑着红娘道:'怎敢如此! 打脊风魔虔妮子。'这妮子合死,脸儿上与一照台儿。"(看着红娘道:'真是胆大妄为! 你这该死的混蛋丫头! 这丫头该死!'对着她的脸便将镜台扔去。)从其他部分对莺莺知书达理形象的刻画中,我们根本不会想到她会如此蛮横与粗鄙。后文亦连续出现骂语闲话,大量使用其他场景中莺莺几乎不曾使用过的白话词语。

从宋杂剧和金院本的题名到元杂剧中所插入的喜剧性内容来看,当时的僧侣和郎中常被认为是喜剧中嘲弄的主要对象。此外,言语刻薄的年轻女子与扮丑的年轻男子组合,以粗俗对话等互动方式达到喜剧效果,这种表演方式与后世统称为"一丑一旦"(滑稽的男子和年轻女子的二人组合)的表演艺术类似。该组合在由农耕歌曲发展而成的民间表演艺术"秧歌"中也很常见,原来是一种从预祝丰收的仪式中演变出来的古老艺术形式。红娘背后所存在的即这个世界。换言之,当张生与这些角色一同出场时,他就直接被吸收进了对方所承载的表演艺术之中。此外,当一同出场的是属于词的世界中的莺莺时,他便成了词里出现的人物。张生宛如一张白纸,联合出演的人是什么颜色,他就能被染成什么颜色。而红娘所承载的艺术表演形式有时甚至可以同化莺莺。张生发挥了许多喜剧性的作用,单独出场时虽然常会狂放不羁,与信守中庸思想的读书人应有的形象相距甚远,但这种表现并非无凭无据,在一些曲名包含"酸"(古时穷苦读书人因为贫寒吃的都是腌制的咸菜、酸菜,由此引申出的蔑称)的院本中往往会以读书人作为喜剧的主人公。

另外,《董西厢》中还有张生和莺莺均未出现的唯一场面——卷二交战的部分。此处已经出现了以《杨家将》中杨五郎和《水浒传》中鲁智深为原型的法聪和尚,他们都是武斗戏剧中颇具人气的恶僧形象的典型代表。法聪出来迎战的一节以生动的白话语句展开,其间夹杂着不少骂语和令人捧腹的表达。

综上所述,《董西厢》这部作品由风格迥异的部分组成。将不同风格的要素集中到同一作品中——这种莎士比亚作品中显著的风格混合特征,很明显在《董西厢》中也有体现。究其原因,大约是作者董解元选取了多种既存的要素。这一点也和莎士比亚相同。也就是说,董解元很早就开始在以这个故事为题材写就的词的形式的恋爱故事(莺莺与张生)中融入了以下多种形式的民间表演艺术——民间流行的滑稽男女唱和(红娘与张生)、僧侣与郎中演绎的喜剧(法本、法聪、郎中)、"酸"类喜剧(张生)、恶僧的武斗戏剧(法聪)。这样的混合又产生了何种结果?

民间艺术使用的语言自然是白话,《董西厢》既然以这种艺术形式创作,就必然会积极地采用白话。此外,《董西厢》用近似于口语的词汇来刻画红娘等属于平民阶层的人物,以及女性。作品为了与并不严肃的语言相匹配,其内容也明显趋于喜剧。对统治阶级而言,被统治阶级不在他们关心的范围之内,所以当被统治阶级出现在文字的世界中时必然会带有喜剧性的特色。不过,能够在文字中刻画被统治阶级就已经具有了重大意义。

至此,以往无法被记录的语言终于被文字记录了下来。事实上,《董西厢》所使用的词语中,大多数俗语在此之前并没有被使用的先例。此外,奴婢身份的红娘嘲弄读书人张生这种内容,也不可能在以往读书人所掌控的文学领域中被描写。如此,鲜活的庶民形象终于被文字化,再加上引入"词"式的"雅"的表达,有时两者融为一体,这样便诞生了崭新的表现方式。

不过,这里还有一些地方我们不得不注意。第一,能使用这种表现方式的范围是相当有限的,它限定在男女应和、打斗交战这类属于大众戏曲的范围中,并没有涉及生活中的所有场景。第二,这种表现方式只出现在对话形式中,不会涉及叙事。《董西厢》采用了说与唱相结合的交互说唱形式,曲使用了白话,即白话仅限于唱的部分,讲述部分则全部使用文言。原本在实际表演诸宫调的时候,讲述部分也不可能是文言,一定是说唱艺人在此基础上将其转化成了白话。这一点或许是因为虽然当时白话已成体系,但是用它来记录叙事还不普遍。在曲中我们也发现了情景描写,但是那些只见于词的部分以及交战的场面,而且主要用于出场人物的台词和内心独白的表现。在将口语转化为文字的过程中,文字工作的参与者遵循了这样一种原则——优先转换台词,特别是韵文形式的内容。

《董西厢》完成不久就被雕版印刷,作品最后"蓬莱刘汭"所作的七言绝句可以说明:"蒲东佳遇古无多,镂板将令镜不磨。"(将自古鲜有的蒲东佳遇故事付梓,永世流传。)这意味着目前所见的《董西厢》正文在完成之初就被雕版印刷了。近几年,新疆且末县出土了推测为元朝至元二十年(1283)的文献,其中就记录有《董西厢》卷五中的【赏花时】、【尾】部曲词。这一事实充分说明元代时该作品的传播甚至已经延拓到了边境地区,且该文献中记录的曲辞与明代流传至今的版本之间仅有微小差异,连明代发行的几种版本之间也只有一些细小的差别。戏曲、小说等白话文学作品的不同版本之间往往差异很大,有时甚至让人怀疑是否为同一作品,从这一点来看,《西厢记》的情况非常特殊,也说明了其规范的刊本很早就已经存在。

那么,为何这样一部作品会被雕版印刷呢?如今我们根据残存的文献对这一问题进行考察,往往认为该故事在被文字化的阶段出现了白话形式,但是,正如上文所说,诸宫调这种形式历史悠久,绝不会是这一时期才出现的事物。那么,真正的问题是:为什么文字领域会将以往未被视作对象的事物文字化,甚至出版呢?

可以推测,第一个原因是金这一时代的特点。金是由女真人建立起来的,而女真人又是公认的喜好乐曲与歌舞。统治阶级爱好表演艺术,就意味着表演艺术已经渗透到上流阶层中了,不过这与表演艺术的文本能够出版发行之间还没有太大联系。第二个原因前文也已提过——在金代,曲成了词的替代品。上流社会爱曲,读书人创作曲的可能性就很大,这就是曲得以刊行的重要原因。第三个原因是《西厢记》故事本身历来为读书人所喜爱,著名诗人元稹笔下张生与莺莺的故事自诞生之日起就在读书人中广受好评,宋代赵令畤的《商调蝶恋花鼓子词》等多部作品尝试过以词的形式吟唱这个故事。《西厢记》的故事恐怕是最容易被读书人接受的白话文学作品了吧。

还有一点不得不提——金代刊行的《刘知远诸宫调》出土于黑水城。这本书中的内容和语言表达都比《西厢记》要"俗"得多,也就是说,金代可以出版极度平民化的内容。虽然在出版文化更为发达的南宋,读书人之间通过结社来发行诗刊的现象空前繁荣,但是,平民性的出版物鲜有发行,可能是由于南方读书人的"雅"意识更为强烈,所以,新的刊行动向就出现在了北方。在这一背景下,进入元代,白话文学才开始真正地发展壮大,且自由自在地描绘起中国社会的方方面面。

真正意义上的白话文学的形成——元曲之散曲的发展

1234 年,忽必烈灭金,1271 年定国号为元,1276 年攻陷南宋都城临安,1279 年统一全中国。此后,1368 年顺帝北逃。严格来说,1271 年以后才是元朝,这里为了便于说明,将 1234—1368 年间统称为元。

这一时期代表性的文学形式即元曲。虽然常常被误解为戏曲,但正如前文所述,曲属于歌唱艺术的一种形式,"元曲"这个词语本身指的就是元代的曲。事实上,曲被用作杂剧的唱词,而元杂剧又颇受后世重视,故"元曲=元杂剧"的印象就出现了。因此,元代的曲有两层含义,它既是歌谣层面上的散曲,又是戏剧唱词层面上的杂剧。

关于元曲作者的传记资料,除了上文提到的钟嗣成所著的《录鬼簿》,流传至今的也只有相传为明初贾仲明所作的《录鬼簿续编》。《录鬼簿》将曲作者分为创作"乐府"的散曲作者和创作"传奇"的杂剧作者两大类,将前者称为"名公",后者称为"名公才人",即所谓"前辈已死名公有乐府行于世者"(上一代已经去世且有乐府诗在世间流传的名人)、"前辈已死名公才人有所编传奇行于世者"(上一代已经去世且编著传奇并在世间流传的名人、才子)。这两者之间的差别何在?下面就以两类曲作者的代表人物为例进行探究。散曲作者以董解元为首,其后列举的多为以刘秉忠为代表的一流政治家和以杜仁杰为代表的著名知识分子。而与之相对,杂剧作者都是一些来历不明的人物,身份明确的也只是一些低级官员差吏,稍尊贵的不过是一些人数较少的高级军人,连被社会歧视的戏子都位列其中。也就是说,杂剧作者基本是身份低微的人。

那么散曲作家创作的都是一些什么曲呢?来看看当时名气很大的维吾尔族作家贯酸斋(小云石海涯)的作品。其命名为《闺怨》的《点绛唇》中组曲的第一曲如下:

花落黄昏,暮云将尽,专盼青鸾信。宝兽香焚,又到愁时分。

从用语到构思都与词如出一辙,可以说这一曲是延续词的形式创作而成的。不仅是贯酸斋,其他散曲作家的作品中这类文字也常常出现,这也可以进一步说明曲当时就是词的替代品。

不过也有一些完全不同风格的作品存在,例如王和卿的《胖妓》:

> 夜深交颈效鸳鸯,锦被翻红浪。雨歇云收那情况,难当,一
> 翻翻在人身上。偌长偌大,偌粗偌胖,压扁沈东阳。

首句是闺怨词中司空见惯的套路,"夜深交颈效鸳鸯,锦被翻红浪",至此为止的描写是词中套路化的男欢女爱场景,随后笔锋一转——"雨歇云收那情况,难当",这里运用了床第之欢的套路化表达"云雨"一词,令读者预想之后男女之间的闺房私话,但后句打破了这种预期——"一翻翻在人身上。偌长偌大,偌粗偌胖,压扁沈东阳",即同床的胖妓一翻身翻到了对方身上,压得瘦弱的情郎喘不过气来。这里虽然出现了一个带有读书人色彩的名字"沈东阳"(他原本是南朝齐梁间诗人沈约的名字,因其多病体弱,故借指瘦弱好色的读书人),但又出现了"偌"这样的白话词,使作品一下子变得极为通俗。或者说"沈东阳"之类的词语让曲在整体上效仿闺怨词并使其在戏谑化方面发挥了有效的功能。

如此低俗且充满谐谑性的作品从未出现在词这一文学形式之中,这是由于曲和词两者特征的差别。正如《董西厢》所见,曲的特点之一就是充满幽默和戏谑精神,原因是曲本身就是平民化的艺术形式。在要求不断吸引听众的大众艺术中,惹人发笑是一个重要的"武器",如今的一些例子也可以反映这个问题,大众表演形式多以逗乐为主要内容,连一些悲剧性作品也会包含一定比例的喜剧因素。不过,观众的社会阶层越高,逗乐的要素就会越少,即便是喜剧性作品,也主要以充满智慧的幽默为中心。例如,拥有广泛受众的莎士比亚作品,其悲剧中也会不断插入喜剧性要素。与之不同的是,以上流阶层为主要观众的拉辛等人的法国古典悲剧中诙谐的要素极为少见,莫里哀等人的喜剧作品尽管包含一些例外,但同

样缺乏喜剧性因素。曲诞生于大众艺术,常常带有逗乐的要素,当它的作者是读书人,而欣赏它的地点是妓院时,出现类似于王和卿作品中具有浓厚游戏色彩,即低俗趣味的内容也是顺理成章的。毕竟在妓院中通常需要当场获得好的评价。

正如前文反复提到的,逗乐与日常性的、平民性的事物密不可分。如此,那些过去从未被文字化的琐碎的生活片段终于被以文字书写。金末元初的杜仁杰虽然没有做官却是一名德高望重的读书人,他的散曲《庄家不识构阑》(乡下人看戏)即一个典型的例子。

这部散曲由【耍孩儿】、六只【煞】和【尾】等总计八支曲牌组成,以第一人称的口吻,生动有趣地描写了一个连戏剧都不知为何物的庄稼汉秋收后进城看戏的情景。乡下人进了城,在拥挤得水泄不通的人群中看到了一张悬挂在街头的花里胡哨的告示,一旁的门扇由木条钉成,还有一名男子手撑着把手大声吆喝。具体如下:

> 道迟来的满了无处停坐。说道:前截儿院本《调风月》,背后么末敷演《刘耍和》。高声叫:赶散易得,难得的妆哈。
>
> 译:
>
> 男子喊的是:"来迟的话,客满了,可就坐不进喽!"又说:"一场两段杂剧,《调风月》先演,《刘耍和》排后。"高声叫道:"赶场的散班子哪里不见?包场子的正班可是绝无仅有!"

这是唯一描写剧场招揽顾客场面的文献资料,两场演出的剧目之中,"敷演《刘耍和》"是与作家高文秀作品同名的杂剧。"刘耍和"是金代著名艺人的名字,通过这个名字我们可以发现该段文字忠实地反映了同一时代的情况。最后两句很显然就是揽客的套话,此处的注释正确与否还有待斟酌，因为这里出现了当时的戏剧专业术语，故难以判定其真实意思。换言之，这一部分忠实地传达了当时戏院揽客的情形。忠实地描绘当时的社会状态，也许就是作者杜仁杰的创作意图。

乡下人进了戏院后看到的景象如下：

要了二百钱放过咱，入得门上个木坡，见层层叠叠团圞坐。抬头觑是个钟楼模样，往下觑却是人旋窝。见几个妇女向台儿上坐，又不是迎神赛社，不住的擂鼓筛锣。

译：

收了我二百钱放进了门，入门走过木制的坡，座席一层又一层，聚在一起呈环状，坐满了人。抬头看有个钟楼模样的物体，朝下看只见黑压压的人群像旋涡。戏台上坐着几个女人，又不是庙会，却见她们敲锣打鼓忙个不停。

这也是唯一描写金元时期剧场内部情形的文献了。入场费是二百钱（大约是二百文，虽然看上去很贵，但若用的是元代的纸币"宝钞"的话，价值实质上比面额低得多），内部是一个很小的圆形剧场，中间有钟楼状的建筑物，类似于能剧的舞台。在戏曲开始之前，女性们在舞台上演奏着乐器。这里也真实地表现出生活的细节。

白话词汇的妙用使这种描写成为可能。正如刚才引用的两处文字所示，不仅是口头语直接显示对话内容，剧场描写的部分也是用完全不含文言词汇的全白话来记录，正因如此，作品才能生动刻画出剧场的真实样态。而此前有关剧场的描写难以出现在读书人一本正经书写的文章中，即使想要书写也很难用文言词汇来表达。

但是，也因如此，作者必须采用乡下人的语言。也就是说，和《董西

厢》一样,白话词汇还无法在"叙事"部分进行描写。正如以前写文章时,
开头处作者一定会采用"对话"形式。不仅如此,对话采用了乡下人的语
言这一点也值得注意。正是透过不识戏院的乡下人的目光,戏院的形式
和外观才能够被真实地描绘出来。那么,借乡下人之口的形式是从何而
来的呢?

关于这一点,我们必须关注的是曲与当时表演艺术的关系。《都城纪
胜》为南宋笔记,主要记录南宋都城临安的繁盛景象,其中"瓦舍众伎"部
分记载了北宋和南宋时期存在的"杂扮",又名"杂旺""纽元子""技和"等,
其内容大多为模仿山东和河北的乡下人进了都城开封之后的荒唐举动,
以此来娱乐大众。追述北宋都城开封风俗人情的作品《东京梦华录》中
《京瓦伎艺》所记录的"杂班"也是如此。都市人嘲笑乡下人是让人最不愉
快的一种逗乐方式,它含有能体现都市表演艺术本质的要素,不仅是中
国,任何拥有都市文化的国家或地区都存在这一形式。《庄家不识构阑》显
然就是基于这种表演艺术形式而创作的。这首散曲的结局明确体现了这
一点。

这首曲一开始以乡下人的口吻有趣且详细地呈现了揽客的说辞和戏
曲的内容,后来迎来了如下结局:

> 则被一胞尿,爆的我没奈何。刚揝刚忍更待看些儿个,枉被
> 这驴颓笑杀我。
>
> 译:
>
> 尿积满了膀胱,怎么也忍不住了。我本想再憋着看下去,却
> 被这草包弄得笑翻过去。

这一结尾明显地将乡下人视作嘲弄的对象。

　　作者杜仁杰尝试以乡下人的口吻如实描绘出剧场的情景，甚至把对话也写进了曲中。恐怕他是在妓院或宴席等有妓女或伶人（元代妓女兼职演员是常事，剧团多由妓女和其家族成员构成）一起出现的场合，采用乡下人的口吻列出活生生的俗语，以曲的形式展现妓女们生活的世界。也就是说，这首曲很可能具有玩笑的性质。知识分子阶层将平民性质的内容转换成文字时，很难采取一本正经的记述形式，但是，我们不能否认那种记述形式孕育了新语言的可能性。这部作品生动地描绘了连《董西厢》都没有展现出的平民生活的侧面，通过曲的形式开辟了描写现实生活的道路。

　　同时，这部作品所认可的带有幽默意味的模仿特色为中国文学开辟了新的天地。无论世界何处，都市表演艺术都具有浓厚的讽刺意味和幽默精神。正如《庄家不识构阑》所采用的手法——在乡下人眼中所有事物都很新鲜，只要稍稍对该手法进行调整，该内容就可成为体现尖锐讽刺精神的材料。

　　代表性的例子就是睢景臣的《高祖还乡》。该作品的叙述人是被派去迎接汉高祖刘邦回乡的农民，读者从他对许多仪仗的奇特感想中，发现那些一直被理所当然地接受的器具实际上拥有着各种奇妙的特点。一看到高祖威风凛凛地登场，农民便知道对方是谁——"你身须姓刘，您妻须姓吕"（你本来姓刘，你妻子姓吕），不仅揭露了刘邦的出身，还列举出他当年做泼皮无赖时犯过的坏事，最后以"只道刘三谁肯把你揪扯住，白甚么改了姓、更了名、唤作汉高祖"（我琢磨着：刘三谁上来把你拉扯住，平白地改了姓、换了名，叫汉高祖也于事无补）。

　　正因为是无知的乡下人，才能毫无顾忌地揭露权力的欺骗性，而白话就成为强有力的武器。此处，嘲笑乡下人无知这种令人不快的娱乐形式摇身一变，乡下人扮演起了揭露权威和伪善的恶作剧角色。

这种情况进一步发展,就出现了脱离表演艺术的影响、以自由的形式表现日常生活百态的事例。比如著名杂剧作家马致远的《借马》,其描绘了一名马主人在被借马时喋喋不休地埋怨的场景,其间又掺杂了很多有关马的知识,没完没了地提出养马的要求,末了以"没道理,没道理;忒下的,忒下的。恰才说来的话君专记:一口气不违借与了你"(真是没道理啊,没道理;真是太过分了,太过分。刚才说的话你一定要用心记住:你没有任何怨言我才借给你)这个笑点作为结尾。作品几乎只使用白话词汇,将日常琐事滔滔不绝地说下去,这是前所未有的内容。作品完全由一个男人的话语构成,这一点也值得关注。为什么马致远会写这样的散曲呢?原因仍然与场景相关。尽管作品的创作契机无从知晓,但如果我们将它的表演场所设定为妓院或宴席的话,那么可以认为这是为了取笑一名爱马如命的男子而创作的助兴节目,即使不是这种情况,我们也不难想象人们一定会认为这首表现爱马之人牢骚的曲非常有趣。

曲在性质上与追求简洁凝练的文言文和诗之间形成了极度鲜明的反差,这主要是因为它本身就是平民化的表演形式,同时又是作为一种极具玩味性的体裁为知识分子所接受的。它的这种性质是采用了曲的形式的戏剧发展得尤为成熟的主要原因。

真正意义上的白话文学的形成——元曲之杂剧的发展

元杂剧被称为中国最早的正式的戏剧。但是,在此之前戏剧并不是不存在,事实上,宋代上演的戏剧被称为杂剧,金代的则被称为院本,只是那些戏剧的剧本没有一册留存下来。原因何在?

可以说即使在今天,戏剧、电影、电视节目将剧本文字化的情况也非常少见。既然以上的表演形式原则上都是用眼睛看、用耳朵听的转瞬即逝的事物,那么不将剧本文字化也是理所当然的。在印刷出版极度发达的今天尚且如此,何况是在商业出版并不十分成熟的宋元时期。也就是说,剧本不出版才是正常现象,那么,我们不得不好奇为什么元杂剧就能被出版了呢?

这个问题的关键在于元代刊行的流传至今为数不多的杂剧的形式。现存杂剧文本有二百多种,即使将范围限定为元代,它也远远超过一百种。不过,其中大部分是明代抄录或发行的,延续了元代版本的作品不过三十种而已。比较那些保留有元刻本和明刻本(或明抄本)的文本,就会发现两者之间大多存在惊人的差异。这可以说是杂剧作为戏剧的"宿命"——戏剧每次上演都会根据演出场所和观众进行改变。我们推测现存戏剧的明代版本大多源于明代宫廷上演的脚本,那种特殊场合实际使用的演出脚本与原作相距甚远也无可厚非。

那么,三十种元刻本的形态如何呢?以下试以杂剧《单刀会》的开篇为例进行分析:

古杭新刊的本关大王单刀会

(驾一行上,开住)(外末上,奏住)(驾云)(外末云住)(正末
扮乔国老上住)(外末云)(寻思云)今日三分已定……

第一行自然就是题目,值得注意的是"关大王单刀会"前加了短句"古杭新刊的本"。现存三十种元刊杂剧并不都属于同一系列,版式也分为几个种类,不过,除《赵氏孤儿》之外,其他的所有作品都会在标题前冠以"古杭新刊的本""大都新编""新刊关目"等短句。"古杭"是当时的文化中心南宋旧都杭州,"的本"指没有差错的版本,因此"古杭新刊的本"指杭州新发行的精良版本;"大都新编"指在大都(今北京)最新制作的版本;"新刊关

目"指新刊的内容完备的版本。以上都是一些新书的宣传语。元代刊行的杂剧虽然程度不一但基本都是非常粗糙的文本,到处都是错字、漏字、假借字。因此,所谓"的本"只能说是夸张的广告,如果确实是精良版本的话,那么也不会特意打上"的本"的标签吧。这些事实都说明元刻本是以营利为目的的出版物,为了降低成本,制作商的制作也是粗枝大叶,从而导致书籍的内容粗劣。也就是说,商人们在将杂剧剧本制作成书籍时预想了一些买家。那么,他们又是如何判断出杂剧剧本会畅销的呢? 让我们接着往下看《单刀会》:

> 驾(皇帝,这里指孙权)一行登场,"开住"(关于这个戏剧术
> 语的含义说法不一,"开"指叙述开场白或是吟唱诗歌,"住"意义
> 不明)。外末(配角,这里指孙权的重臣鲁肃)登场,上奏言"住"。
> 驾念白。外末念白"住"。正末(主角)扮作乔国老登场。"住"。
> 外末念白。正末思索后念白:"今日天下三分已定……"①

这是一个相当奇特的剧本,只有主角正末有台词,其余的都用表演提示语"云"来表示,之后直接进入了第一曲【点绛唇】,后面的内容只包含少量正末的台词和舞台提示,其他大部分由曲辞组成。此外,杂剧中唱曲的只有一人,即主角(男性为"正末",女性为"正旦")。也就是说,台词和曲只对正末进行了描写,其他的登场人物的行为仅通过舞台表演提示来描述。

---

① "住",杂剧中的提示词,用来表示完结或者停止,强调对方已结束宾白,从而提示正角,继续进行接下来的唱词或说白。"开",杂剧中的提示词,提示唱词以及正角的宾白。参见许巧云:《〈元刊杂剧三十种〉的表演提示及脚色词探析》,《西南民族大学学报(人文社会科学版)》2014年第35卷第11期,第176—179页。(译者注)

　　所有元代刊行的杂剧基本都有这种倾向。虽然正末、正旦以外的角色也并非完全没有台词，但都是一些例外，他们的台词量很少。更有甚者如《西蜀梦》《赵氏孤儿》等作品，没有任何表演提示词和台词，只记录了曲文，如此，连故事情节的理解都难以进行。那么，究竟为何要发行这样不完整的文本呢？

　　理解这一问题的关键是厘清曲在明末戏剧出版盛行之前所采用的出版形式。元代发行了《太平乐府》和《阳春白雪》两本散曲选集，它们有着精致的版面和准确的文本，这一点元代刊行的杂剧无法与之相比，可以推测这两本选集是面向上流阶层的高级出版物。明代中期至后期发行了《盛世新声》《词林摘艳》《雍熙乐府》等散曲选集，从它们都收录了杂剧曲文这一点来看，其特色与《太平乐府》等作品完全不同。有趣的是，上述三本书都将杂剧的曲文视为散曲。也就是说，完全没有台词和表演提示语，从构成杂剧的四个套数中选出一个，只记录曲文。在这些明代选集中，杂剧并不是戏剧，而仅仅是曲。

　　考虑到元代的选集中只收录了散曲，元代刊行的杂剧被出版的主要原因也就不言自明了。散曲作为词的替代品为知识阶层所接受，因此，和词的选集一样，发行散曲的选集也没有什么不可思议的。只是因为杂剧的表演艺术性很强，所以才没有被知识阶层充分地理解。但是，既然存在马致远之类既是一流散曲作家又是杂剧作家的人物，读书人当然就会对他们在杂剧方面的成果产生兴趣。因此，虽然出版的是元刻本杂剧，但如果人们对杂剧作为戏剧的一面几乎没有兴趣的话，那么舞台表演提示和台词记录的不完整也很好理解了。

　　为什么要留下这些不完整的台词和表演提示呢？正如金文京（金文京：《元刊杂剧三十种叙说》，《未名》三，1983 年 1 月）所说，散曲中被记录下来的几乎都是主角的台词，这便是症结所在。前近代的戏剧中，演员拿到的剧本上一般只写了自己所饰演角色的台词。但是,由于台词出现的时机很重要,所以至少必须以表演提示语的形式将其他演员的动作记录在元刊本中。若是如此,那么元刻本杂剧原则上是将正旦、正末用的剧本作为底本刊出的推测则可以成立。那么,为什么必须选择这样不完整的底本呢?

事实上即使想要采用有完整台词的文本,在那个时期也是不可能的。关于元杂剧,明代有一种说法是作者只创作曲文,台词由演员来补充。近代的研究对此持否定态度,但是戏剧在实际演出中可以自由地进行改编,特别是除正末、正旦外扮演着最重要角色的丑角净,观众一般都期待丑角加入很多即兴表演。此外,考虑到明初被称为附台词的文本中也只有简单的台词,就很难想象演员在实际表演中会使用包含完整台词的剧本了。

如考察书面语形成的部分所示,将口头语原封不动地拿来以文字的形式呈现出来,让其成为人们可以理解的文字这一点几乎是不可能的。因此,将口语文字化本身就不容易,即使变成了文字,对于不了解语境的人而言,想要理解它们也并非易事。戏曲的台词以便于观众理解为目的,虽然比起日常会话要好些,但是也难以摆脱口头语的这一不利条件。也就是说,白话不仅还未具备旁白的功能,甚至在记录人物台词方面都还存在局限,只不过在曲这一形式下能够自由地表现。因此,即使有人想要将台词文字化,一旦超过了特定的范围,这种转换也就无法进行。

那么,为什么不是把所有的台词排除在外呢?上文也提到了元刊杂剧的原文中到处都是错字、漏字、假借字,不过漏字和假借字的说法可能不太妥当,彼时大多数白话词汇还没有固定的表记方式,当这些一直只在口语中出现的词语被文字记录下来时,自然会出现关于它们究竟对应着哪些字的不同见解。元刊杂剧是历史上最初出现的戏曲出版物,所谓最初,意味着不存在经验和指导。既然不知道怎样做才能成为易于读者阅读的文本，出版界的人士就不得不进行一些试验性的尝试，因此先将正末、正旦用的剧本原封不动地刊刻、印发出来（从一些表演提示语逐渐减少的后期文本来看，出于降低成本的考虑，最终版本可能是完全删去表演提示的）。不久以后，出版商意识到无用的表演提示会妨碍鉴赏，而且占用了不必要的空间，最终，他们删除了表演提示语。既然是以欣赏曲文为目的，失去戏剧方面的特征也不是什么问题。

如此，元杂剧便被出版发行并流传于后世。在后世，元曲更多是指元杂剧，被认为是中国文学史上最重要的作品群之一。曲只有在杂剧中才能最大限度地发挥其威力，词无法表达的东西曲可以表现，具体、幽默、讽刺，这些都是戏剧有力的武器。平民的破口大骂可以原封不动地拿来，生活的细枝末节可以具体真实地描绘，这些都是戏剧最佳的条件。曲的这些特点反过来也决定了杂剧的特性。

杂剧中也会出现各种阶层的人物，《董西厢》中红娘这一奴隶阶层的女性亦作为主角登场。即使只看主角正末和正旦，元杂剧中人物的多样性也令人吃惊。侠客、妓女在以前的作品中也曾露面，在元杂剧中，乞丐、流民等社会最底层的人，以及由于缺乏特殊性而比最底层人物更难获得出现机会的平民，如市井商人、手艺人、吏胥等也会登场。此外，对他们的描写并不是通过知识分子，而是让这些人自身所处的立场来讲述，来采取行动。

一个典型的例子就是著名的元杂剧作家关汉卿所作的《救风尘》。很遗憾《救风尘》没有元刻本，能找到的只有明代后期发行的古民家本和元曲选本。元曲选本经过了编者臧懋循的大改，因此这里以古名家本为基础进行介绍。这部杂剧由四套（组）曲构成，一套又称一折，因此也说杂剧由四折组成，通常认为一折对应戏剧中的一幕。

《救风尘》的主人公是一名妓女，名为赵盼儿。在第一折中，妹妹宋引

章的恋人安秀实前来控诉宋引章要抛弃自己嫁给官宦子弟周舍。听到这
一消息的赵盼儿叹道:"我们身为妓女要找个好夫婿是极难的。"以下是这
首曲的内容:

> 【油葫芦】姻缘簿全凭我共你。谁不待拣一个聪俊的。他每
> 都拣来拣去转一回。待嫁一个老实的。又怕尽世儿难相配。待
> 嫁一个聪俊的。又怕半路里相抛弃。遮莫向狗溺处藏。遮莫向
> 牛屎里堆。忽地便吃了一个合扑地。那时节睁着眼怨他谁。

"姻缘簿",指月老保管的写着男女姻缘的名册;"拣",指选择。"姻缘
簿全凭我共你。谁不待拣一个聪俊的。他每都拣来拣去转一回。待嫁一
个老实的。又怕尽世儿难相配。待嫁一个聪俊的。又怕半路里相抛弃"
的大意为"如果是个老实的男人,最终会嫌弃她妓女的身份而半路抛弃她
(或者是自己无法忍受对方的无趣和顽固);如果是个潇洒的男人,又终究
免不了游手好闲,一旦厌倦也会将其抛弃"。这种赤裸裸地描写妓女现实
生活的内容本身,可以说是史无前例的,而之后的比喻更加惊人——"遮
莫向狗溺处藏。遮莫向牛屎里堆。忽地便吃了一个合扑地"。其大意为
"沦落在狗和牛的大小便中"。这种极具冲击力的表现是什么? 在美丽的
妓女看来,这就是她们的下场。曲以谐谑为特征,却又在谐谑中融入了真
实的悲伤。末句"睁着眼"有急得慌、眼睁睁的意思;"那时节睁着眼怨他
谁"则意为"只能自嘲一句,一切都是咎由自取"。

宋引章被眼前的利益冲昏了头脑,对赵盼儿的好言相劝也不理会,赵
盼儿留下了一句"以后莫要求我帮你"后便离开了。第二折,婚后周舍果
不其然虐待了宋引章。对前来求救的宋引章之母,赵盼儿质问道为何相
信那般背信弃义之人,听到其母回答"周舍说誓来"后又唱道【醋葫芦】:

　　　　则你这亚仙子母老实头。普天下爱女娘的子弟口。（云）奶

　　奶。不则周舍说谎也。（唱）那一个不捺麻各般说咒。恰似秋风

　　过耳休休。

　　"亚仙子母"，指之前提到过的唐代传奇《李娃传》中的主人公李娃及
其母，后世的戏曲将李娃称作"李亚仙"。这对同为妓女的母女是哄骗男
人的好手，"则你这亚仙子母老实头"一句责备了这对与李娃母女相距甚
远的窝囊废母女，也因为她们的心软而感到同情，又因为当下的世道这种
心软只能成为缺点而愤怒。"子弟"是游手好闲之人。承认"普天下爱女娘
的子弟口"，又说道："奶奶。不则周舍说谎也。"后唱道："那一个不捺麻各
般说咒（'捺麻'语意不明）。恰似秋风过耳休休。"最后的"休休"，既指风
声，又指结束。多次出现语言游戏也是元曲的特点。

　　《李娃传》是士大夫白行简赞美李娃氏最终改过自新、帮助男子通过
科举考试的故事，关汉卿在此反用典故。杂剧的曲文延续了中国韵文的
惯例，化了许多典故，不过其中使用的历史故事多为《蒙求》，诗则多为
《千家诗》等初等教育书籍中常见的作品，以及柳永等民间普遍了解的词
人的作品，还有如《李娃传》《莺莺传》《三国志》及"五代史"等通过戏曲被
民间广泛知晓的故事，古典中频繁出现的只有《论语》一类的作品（但一些
原本就是面向知识分子的作品则情况有所不同）。这一点表明了杂剧的
受众人群所属的阶层。李娃在欺骗男人时仅仅是个恶女，无人知晓，只有
到了最后全心全意地为男子付出时才得到好评。但是，现实中男人践踏、
欺骗妓女的现象反而更普遍，那么，妓女也有欺骗男人的权利吧。

　　第三折是戏剧的高潮部分。赵盼儿决心营救宋引章，盛装打扮后带
上随从一人，装满一车羊、酒、大红罗等定亲用的物件出发了。周舍见赵

盼儿来,想起她曾经百般阻挠自己的好事而大怒,赵盼儿解释说当初是自己看上了周舍,可是周舍却要娶宋引章,自己是嫉妒才如此,今日备好物件专程来嫁他,周舍大喜。赵盼儿要周舍先休了宋引章,周舍写下休书后赵盼儿骗了休书与宋引章二人一同离去。

第四折周舍发觉上当后追上二人,骗了宋引章夺来休书咬碎,还说赵盼儿也是自己的妻子,赵盼儿以酒、羊和红罗都是自己的为由脱身,周舍又咬定赵盼儿已立了誓。赵盼儿唱道:

【庆东原】俺须是卖空虚。凭着那说来了言咒誓为活路。怕你不信呵。走遍花街请妓女。道死了全家誓。说道无重数。论报应全无。若依着咒盟言。死的来灭门户。

"俺"是第一人称单数(明代以后变成第一人称单数),"门户"指生意。"我就是以卖弄虚言空话为生的,许过的誓言数不胜数。你要是不信就去花街柳巷走一遭,把妓女们都叫来,全家灭门的赌咒下了无数次,因果报应却一次都没有。要是真应了起誓赌咒,妓女这行当早就灭绝了。"联想到之前周舍为了欺骗宋引章而立下的誓言,不难看出这是一种极其辛辣的回击。就他背信弃义能被原谅?面对在社会阶层上处于强者地位的周舍,赵盼儿将打破誓言的行为正当化,这是她应有的权利,这种赤裸裸的表达让人感到痛快,同时,也暗含了不得不以谎言处世的花柳行业的悲哀。

尽管如此,对高喊着"休书已毁了"的周舍,赵盼儿道:"他咬碎的是假休书。我特故抄写你个休书题目,我跟前现放着这亲模。"见周舍要抢,又唱道:"便有九头牛也拽不出去。"之后,依照中国戏剧的惯例,周舍拉着两人去见官,想要衙门下个决断却没承想反受杖刑责罚,戏剧最终圆满落幕。

　　从以上的故事梗概和简短的引用也能看出，《救风尘》无论是在内容上还是在语言表现上和之前的文学作品都完全不同。作者关汉卿既是知识分子，又站在女性，甚至是受到歧视的社会弱势群体妓女的一边，支持她们的立场，揭发、控诉男性，特别是士大夫阶层。在此之前，女性创作的作品也难以超越对于男性作家的模仿，有时甚至会反过来代表男性的立场，文字世界可以说到处都贯彻着男性伦理。那么，究竟为何会产生《救风尘》这样的作品呢？

　　主要原因之一就是元杂剧产生的时代——元代的特异性。在当时政权的支配下，科举制被废除，尽管之后也出现了恢复期，但其规模与宋金时期无法相提并论。丧失了科举目标的读书人开始参与杂剧的创作，元杂剧因此兴盛。不过读书人虽然精通辞藻，但由于缺乏戏剧方面的实际经验，很难相信他们能够具备创作顶尖戏剧的能力，在戏剧效果方面读书人恐怕远远不及演员等戏曲相关人员。

　　另外一个原因是当时的朝廷采用了以职能区分人的制度。在按职业编户籍时，读书人是使用文字的技术人员，戏曲表演者是音乐或戏剧方面的技术人员，前者为儒户，后者为乐户，两者之间本质上并无阶层上的高低之分。众所周知，当时的读书人时常感叹"八娼九儒十丐"，知识分子的社会阶层位于"娼"与"丐"之间。"娼"即伶人、妓女，"丐"即乞丐。这种说法原本只是夸张，知识分子无疑是属于社会上层的，只不过在元代他们历来突出的特权没有得到认可，其地位等同于乐户，这确实让读书人有了一些被迫害的感慨。相反，从乐户的角度来看这意味着自己的地位获得了前所未有的提升。

　　戏剧开始变得不再低贱，戏曲相关从业者的地位提升，读书人的地位相对降低。同时，读书人安身立命的选择由于科举的废止而减少，一直横亘在两者之间的身份壁垒被打破,读书人和戏曲人合作的时机已然成熟。这一点在如今残存下来的作品和相关记述中仍有迹可循且极为明显,如《录鬼簿》中"李时中"部分这样写道:

> 元贞书会李时中、马致远、花李郎、红字公。四高贤合捻黄
> 梁梦。
>
> 译:
>
> 元贞年间(1295—1297)的书会中,李时中、马致远、花李郎、
> 红字公四位贤能者合作了一曲《黄粱梦》。

合作手法,指每人各创作一套曲(相当于折),再将四套曲组合成一部杂剧,四人处于完全平等的地位进行合作。这四人之中,就经历而论,马致远、李时中为士大夫,花李郎和红字公(即红字李二)是前文提过的金代著名戏曲表演家刘耍和的女婿。当时乐户之间通婚的现象很普遍,所以这二人当然也是乐户。因此,《黄粱梦》是士大夫和伶人两种阶层在地位平等的基础上合作的产物。《录鬼簿》的字里行间也能印证这一点:将"红字李二"尊称为"红字公",将四人统称为"四高贤",从这种态度中很难看到歧视观念。

因此,元代具备了读书人和戏曲从业者能够共同协作的稀有条件,这在其他时代是绝对不可能出现的。也正因如此,元杂剧在曲辞的文学性层面以及戏剧的情节构成上都极为优秀,最为可贵的是还能够突破知识分子的局限,描绘出所有阶层的人类共同的真实人生。到了明代,乐户即戏曲从业者成为被歧视的对象,彼时幸福的合作关系再难重现,曲也呈现出了两极分化的趋势:读书人创作的诗文拥有华丽曲辞,但是戏剧方面的情节构成存在缺陷,而不为人知的作者(多为戏曲从业者)创作的戏剧却

收效良好,然而其曲辞平白朴素。

元杂剧所具备的这种特性在明刊本和为数不多的元刊本之中都十分明了。明代刊行的各版本都经过了大幅度的改编,特别是其中多数都源于明代宫廷表演用的剧本,宫廷表演用的版本势必中规中矩,与明刊本相比,元刊本中所体现的感情和使用的表达都更为生动,以下试举《看钱奴》一例进行说明。

《看钱奴》的作者郑廷玉,出生于彰德,除此之外没有任何信息,这也从侧面说明他并非一个地位显赫的人物,而且这部杂剧的特点就是情节构成巧妙,平民感十足。

主人公正末在第一折中为福神,反驳一个名为贾弘义的男子的控诉,他声称自己不应如此贫穷,最后福神许诺贾弘义做二十年的富人。到了第二折,正末又成为流民周荣祖,带着妻子和年幼的孩子在雪地中走投无路。唱词虽以"四野冻云垂,万里冰花盖"如此诗词式的语句起头,但后面的部分白话表达逐渐增多,转为咏唱贫民疾苦。下面来看【倘秀才】:

> 饿的我肚里饥少魂失魄,冻的我身上冷无颜落色。这雪飘
> 在俺穷汉身边冷的分外,雪深遮脚面,风紧透人怀,忙将手揣。

"饿的我肚里饥少魂失魄,冻的我身上冷无颜落色"一句写实描写之后,下一句"这雪飘在俺穷汉身边冷的分外"暗含讽刺。瑞雪兆丰年,大雪常被认为是丰收的预兆,也被认为是"国家祥瑞"的象征,有钱人赏雪的旧例也不少见。这一句却以贫民的视角,尖锐地批判了历来诗文中咏雪的闲适态度。后句"雪深遮脚面,风紧透人怀,忙将手揣"更是将贫民受冻的现实展现得淋漓尽致,正是白话语句的使用才使得这种现实描写成为可能。表达脚背的"脚面"一词在医书之外的文言文献中几乎没有用例,表

示"用力塞进怀里"的"揣"在文言中也几乎没有出现过。如果缺少了这些充满生活感的词语,想要真实描绘出平民生活也是不可能的。

酒铺老板陈德甫为人施酒躲避风雪的一节中,"酒斟着磁盏台,香浓红琥珀"一句刚有些诗词般的高雅格调,下句又马上接上通俗的表达"哥哥末不见现钱多卖"。此处将承袭了传统诗文的表达和反映日常现实的语句组合在一起,明显产生了喜剧性的效果。正如我们反复看到的,文字世界的原则之一就是平民和白话都只出现在喜剧语境中。对冻得瑟瑟发抖的流民进行喜剧化处理,其中暗含着前所未有的内涵,随着剧情展开,这一内涵逐渐清晰。

随后,周荣祖夫妇将孩子卖给了贾弘义。周荣祖唱的"典与一个有儿女官员是孩儿命乖,卖与个无子嗣的人家是孩儿大采"表现了人物在卖儿时的盘算,这可以说是从未有过的描写。到了真要将孩子送出去的片段,对周荣祖绝望的刻画也是前所未有的:

> 三口儿生扢插两处分开。做娘的剜心似痛杀杀刀攒腹,做爷的滴血似扑簌簌泪满腮。苦痛伤怀!

"生"是用于修饰悲惨的副词,"扢插"为拟声词,相当于"咔嚓",拟声词的使用也是元曲的特征之一。多用拟声词在文章表现上可能稍显幼稚,但这种表达能直接作用于五官感受,现代的连环画和漫画一类就是典型的例子。"三口之家被'咔嚓'分成两半。"后两句在规定的七字基础上加了大量的衬字,其中最引人注目的就是"痛杀杀""扑簌簌"两个,它们采用了独特形态。这种一般被称作ABB形式的词语在元曲中出现的频率非常高,首字为"痛",后两字就以"杀杀"形容。只用一个字难以将情感表达彻底,加上后两个字则是希望能带给读者耳边倾诉的实感。此外,用词语

"似"表示"好像……一样",在语法上属于不完整的表达,但元曲中经常使用该词。作为一种表达方式,"似"是一种极其直接的比喻。尽管有时为了比喻而采用根本行不通的表达,但这也是曲本身所具有的特性之一。包含这种词语的两句话也因此能够给听众一种强烈的印象。"做娘的剜心似痛杀杀刀攒腹,做爷的滴血似扑簌簌泪满腮"后,以叹息似的短句"苦痛伤怀"结束。

说它通俗也确实是通俗,使用拟声词和直接比喻,频繁出现白话语句使得作品在文学层面上有失风雅,不过也正因如此,贫民被迫卖子的悲哀才带来了震慑人心的真实效果。这在中国文学史上是史无前例的,作者想要赚取观众眼泪的意图造就了作品催人泪下的力量。这一时期之后,文学作品开始面向大众。当然这带有商业因素,作品努力的目标是以完全不同于过去宫廷文学的水平获得时下观众的好评。当观众是一般民众时,其表达和内容将带有浓厚的大众化的粗俗,亦带有能令民众理解的感情。

因此,另一方面也出现了符合大众趣味的内容。《看钱奴》在此之后的内容如实地表现了这一点。周荣祖夫妇答应卖掉一直在哭的孩子,贾弘义却拿出空凭证不想付钱。震怒的周荣祖开始骂他,谩骂的言辞延续了九部曲牌,特别是最后的【收尾煞】,连续不断地骂,足足有三百二十五个字,且内容极为具体,展现了当时富人,尤其是当铺如何榨取贫民的实际情况,这样的资料十分少见,可见《看钱奴》记录了一个十分珍贵的事例。还有【滚绣球】一节:

> 典玉器有色泽你写没色泽,解金子赤颜色写着淡颜色。你常安排着九分厮赖,把雪花银写做杂白。解时节将烂钞掷,赎时节将料钞抬。

译：

典当玉器,有色泽的写没色泽;典当金子,深色的写淡色。
说话只说一分藏九分,把雪花白银写作杂银,典钱时给人破烂
钱,人来赎物时只收新银票。

这一段生动具体地描写了当铺骗人的手段,还明确交代了"烂钞"比
"料钞"价值低得多,银和金是抵押时的贵金属,民间使用的通货始终是宝
钞即纸币等当时的一系列真实情况。这些对于当时的观众而言是大为解
气的场面吧。同时,我们不能忘记的是,将这种描写变为可能的表达也是
白话语句。事实上,用文言来记录这些日常琐事是不可能的,与行政、司
法相关的大多数文书都是用白话来记录的,想必也是出于这个原因吧。
正因如此,刘致这一人物在向高官高监司控诉政治矛盾的时候采取了散
曲的形式。他留下的长散曲《上高监司》和《看钱奴》的这一段内容极为相
似,在不能使用白话表现读书人的生活细节时,曲便成了有效的手段。

不过,这里的周荣祖绝不是悲剧形象。他被多次赶出,又多次返回不
断恶语怒骂的样子,在观众看来可能非常滑稽。即使他是在控诉富人,观
众也很有可能是在产生共鸣的同时笑着听曲。之后的第三、四折中,周荣
祖也一直是滑稽形象,也就是说,《看钱奴》是一部描写平民的纯粹的喜
剧,但是这部喜剧实际上描绘了一部真正的悲剧。

如此,新的内容就开始用新的语言来描绘了。不过,既然曲,特别是
杂剧,是以听觉享受为前提的,那么,我们就不能说书面语言发生了变化。
曲始终是以声音、歌曲的形式被人们所接受,但是,它得到了固定成文字
的机会。这无疑为新的书面语言产生奠定了重要基础。

那么,在元代纯正的书面语言中,白话真的没有被使用吗?

元代书面语言中的白话

宋代以前,白话已经被使用在法律和行政方面的文书、语录、讲义录等领域,元代也延续了这种情况。更准确地说,到了元代,白话的使用量急剧增加。主要原因还是统治阶层并非汉族。

当时的政府会在诏书以下级别的文件和法令中采用蒙古语。为了让汉族民众看懂这些文件,统治者有必要将它们翻译成汉语。不过将蒙古语置换成汉语文言文并不容易,语言不同,词汇的语意范围就有差异,词汇的意义就会不同。汉语文言只具备表达特定目的的能力,因此要求它连蒙古语的细微语感都要准确表达出来是非常困难的。诏书采用的是大汗说话的形式。中国的诏书原本是采用大王或皇帝说话的形式,但其在经历了《尚书》以来的漫长传统后完全定型,与口头语言彻底脱离。蒙古大汗的语言背景与此完全不同,想要统一两者就要尝试改变已经定型的礼仪表达,这无疑非常困难。既然是神圣的皇帝的语言,翻译就要尽量准确,就算无视汉语的语法规则也必须尽可能地逐字翻译。因此,元代建立的许多刻有皇帝诏敕(圣旨)的白话碑上记录的白话文都被称为"蒙文直译体",它的语序往往非常奇特。把蒙古语直接置换成中文词语的结果是动词和宾语的位置颠倒,变成了和日语相同的语序,甚至出现了助词。

既然执笔法律和行政相关文件的重要官吏大多是蒙古人和色目人(除蒙古人外的非汉族人员),那么情况也是一样的。《元典章》是元代法令、判例的集大成之作,大部分由一般白话和蒙文直译体的白话组成。不难想象,正是由于参与行政的人员大多是汉文功底并不深厚的蒙古人和色目人,在这种惯用白话体裁中,文字的白话化才得以进一步发展。他们中的很多人即使理解汉语,在阅读文言时也会感到困难,所以除了蒙文直译体白话,一般白话自然也会被频繁使用。《元典章》中记录了许多刑事、民事案件,其中体现了很多与日常生活相关的特点。如【刑部】卷四"杀亲属"中的"杀死妻"一节:

> 妻蔡佛姑不容同宿,疑与晚爹蔡林私通,遂于房前摸得木柄铁斧进入房内,用斧脑于妻蔡佛姑左额角打讫一下,用斧刃于面上连砍数下,气绝身死。
>
> 译:
>
> 因妻子蔡佛姑不肯一同上床睡卧,便怀疑其与继父蔡琳私通,于是在房前摸黑找到一把木柄的斧头进入房内,用斧背猛敲了一下妻子蔡佛姑的左额后对着脸连砍数下,妻子气绝身亡。

出于法律上的需要,作案过程的描写非常细致,详细说明了凶手如何找到凶器、如何施与暴行。在其记录的另一个杀妻案件中也重现了妻子叱骂丈夫的语言:

> 你吃人打骂,做不得男子汉,我每日做别人饭食,被人欺负。
>
> 译:
>
> 你被人骂得狗血淋头,还是个男人吗?我每天为别人做饭,还被别人欺负。

这一段可以说是口头语言极为真实的写照。

这些文字原本称不上文学作品,但是如此用白话来表现日常生活的行为,无疑是书面白话的源流之一。事实上这样的法律文件正是明代快速发展的公案小说(审判、案件)的鼻祖之一。

另外,同样诞生于元代且值得关注的白话文作品还有以贯酸斋创作的《孝经直解》为代表的经典解说文,这些文献的出现皆是因为蒙古人变成了统治阶级。正如维吾尔族人贯酸斋本人所示,蒙古人和色目人中也有很多人对中国文化感到钦佩并且具备娴熟的汉文运用能力。但是,不可能所有的蒙古人和色目人都如此,只要他们继续保持蒙古人的身份,自然不用了解汉文。为了让汉文素养不足的人也能理解一些作品,就需要带有大量插画和白话的解说书。这种需求并不局限于蒙古人和色目人,实际上,明朝也有面向皇帝的这类书籍。总之,只要不是完全掌握了中国传统文化的人,谁都需要。因此,这类解说性书籍若作为出版物来看水平尤为低下,但作为面向一般人的启蒙性解说书,它们在明代以后的中国,甚至是汉字文化圈的其他地区都被广泛制作出版。例如,江户时代日本人会制作附有日语解说的同类书籍。此外,中国明代用"通俗"来称呼白话书籍这一事实就足以说明,日本用假名、朝鲜用谚文来解说,与中国用白话加以解说一定是同类行为。

这些发展都对白话小说的成熟产生了重要影响,最初的白话小说或许就是随着这一系列白话文献的产生而最终被出版的。

小说的诞生——《全相平话》

元代至治年间(1321—1323)发行了一部统称为《全相平话》(又名《全相平话五种》)的书。虽然存在更早的白话小说出版物,但由于准确的出版年代难以确定,这里暂且将《全相平话》作为年代可考的中国现存最早的白话小说刊本。世界范围内俗语小说在此之前也无先例,因此将这个系列的小说集称为现存年代可考的世界范围内最早的俗语小说出版物也并不夸张。

在五种之中,最为人们乐道的就是《全相平话三国志》,它是著名小说《三国演义》的母体。不过这部作品非常奇特,以下引用全篇的高潮——赤壁之战的场面进行说明:

> 当日,周瑜数十个官人,引水军都奔夏口城外。黄盖船至夏口,人告曹操黄盖将粮草以赴其寨。曹操笑而迎。后说军师度量众军到夏口,诸葛上台,望见西北火起。却说诸葛披着黄衣,披头跣足,左手提剑,叩牙作法,其风大发。
>
> 诗曰:
>
> 赤壁鏖兵自古雄,时人皆恁畏周公;
>
> 天知鼎足三分后,尽在区区黄盖忠。
>
> 却说武侯过江,到夏口。曹操船上高叫:"吾死矣!"

此处黄盖奉周瑜之命诈降以突破曹军大营,诸葛亮为助他而作法借东风,之后巧妙地从周瑜手中逃走,基本情节与《三国演义》并无二致。

来讨论一下平话的内容。开头"当日,周瑜数十个官人,引水军都奔夏口城外"中"周瑜数十个官人"一句缺少连接词而不易理解,"官人"指官员,是极为通俗的表达,除这两处以外没有什么大问题。"黄盖船至夏口,人告曹操黄盖将粮草以赴其寨。曹操笑而迎"中,虽有表述过于草率之嫌,但也不是大问题。问题在于后段。

粗略一看便能发现其中的蹊跷之处:首先,在黄盖所带领的船抵达以后,作品中虽是"后说"即"说到后事",但所说的内容是这一时间点之前的事;其次,之后虽然连续用了"军师""诸葛"这些主语,但指的都是诸葛亮。在旁白的文字中对同一人物使用不同的称呼本就容易造成混乱,如此频繁地加入主语更会为读者的理解带来困难。

接着,后面插入了一首诗。"诗曰:赤壁鏖兵"一句在原文中是印刷露白的地方。虽然用露白来显示"诗曰"这种专业用语是平话固定形式的一种趣味所在,但用露白仅显示第一句诗句的四个文字令人感到奇怪。这在《全相平话》中是表示精彩场面的记号,从"赤壁鏖兵"几乎成语化的情况亦能看出,它作为评书的一个题名固定了下来。不过仅将诗中的一句,且只把一句中的一部分挪用为评书的题名,不得不说这是一种杜撰的做法。诗的内容也同样诡谲,明明是写诸葛亮借东风却又咏起了黄盖,实在是奇怪。

之后出现了诸葛亮横渡长江的情节,我们从《三国演义》的内容来看,可以将这一部分解释为诸葛亮为了逃脱周瑜的魔爪而采取的行动,但是仅从这段文字我们并不能了解诸葛亮一定要渡江的原因。这里出现的"武侯"是代表诸葛亮的第三个称呼,是他死后被追封的谥号,因此,当然不适合在这个场面出现,这就等同于在《史记》鸿门宴的片段中将张良称作他很久之后才获得的爵位"留侯"。不过,本段最大的问题在于最后的部分,究竟发生何事只字未提,曹操便突然高呼一声"吾死矣"。虽然已经有了火烧连环船的知识储备,但是只看这段文字还是不能理解其中的意思。为何偏偏最精彩的场面是用如此不完整的语句呈现出来的呢? 这个问题的答案,要从《全相平话》的诞生找起。

《全相平话》各篇①的标题如下所示:

新刊全相平话武王伐纣书

新刊全相平话乐毅图齐七国春秋后集

新刊全相秦并六国平话

---

① 为方便叙述,以下简称为《武王伐纣书》《七国春秋后集》《秦并六国平话》《前汉书续集》《全相平话三国志》。(译者注)

新刊全相平话前汉书续集

新刊全向平话三国志（标题页还写着"至治新刊"）

这些标题给我们提供了很多信息。首先，从大体相同的形式来看，可以猜想这五篇属于同一系列。它们每页的行数、字数及插画的画风都如出一辙（严格来说仅有《七国春秋后集》一篇稍有不同），除缺少标题页的《七国春秋后集》外，所有的篇目都有发行者"建安虞氏"的署名，这些皆可以证明我们的猜想。因此，也可以推断这些作品的出版年代很可能都是至治年间。

其次，我们可以看出这个系列原本不应该局限于这五种。既然是"后集""续集"，那一定存在"前集""正集"（也有可能前后分开的）。也就是说，应该还有两三篇是确实存在的。此外，还有人认为与"前汉书"相对，可能存在"后汉书"。

最后需要注意的是，所有标题都冠以"新刊"二字。正如元杂剧部分所述，"新刊"二字可以证明这些书是商业出版物。还有表示全页附图的"全相"一词也同样带有商业性。此外，所有页面的顶部四分之一都是插画，也表明该刊物是面向包括文盲在内的文化水平不高的阶层发行的。出版者署名"建安虞氏"本身也为商业性出版的猜想提供了证据。虽然完全不了解出版者是个什么样的人（宋代有一个出版了《东坡纪年录》的书局，名为"建安虞平斋务本堂"，两者至少为同族的可能性很大，但具体关系不明确），但是"建安"属于福建的建阳地区，而建阳正是商业出版的圣地。同属于该地区的麻沙在宋代发行过"麻沙本"，其为原始粗劣文本的代名词，这暗示了在商业出版尚未发达的当时，该地区就已经开始进行以营利为目的的出版工作了。也就是说，这部《全相平话》的标题、形式、出版地全部都与营利相关。

那么，为什么之前从无先例的白话小说能够出版发行呢？既然是营利性质的出版,如果没有足够多的预期利润恐怕是不会被发行的,《全相平话三国志》中残存着粗劣的再版书《三分事略》,可以说是利润提高的旁证。重刊本的出现意味着原版的版木已经磨损,但仍有出版需求。重刊从一开始就预计再版书能够大卖,为了降低成本偷工减料的部分很多。

至此,我们就不得不问:为什么这些书能够被预测为畅销书,并且确实大卖了呢? 如前所述,当时的"读书"是指学习,人们还没有养成出于娱乐目的的阅读习惯,书局也只出版一些晦涩难懂的书籍。在这种情况下,为什么会发行白话小说呢?

宋代以后,民间识字率确实在不断提高,特别是随着货币经济的发展,社会上产生了与以前读书人不同性质的识字阶层。他们既不以通过科举考试为目标,也不以探究学问为目的,而是因为工作上的需要而读写文字。借用江户时代以来日本描述这一现象时广泛使用的表达就是"读写加算盘"。可以说中国宋代城市里出现了要掌握文字的新兴人群,他们的学习行为可视作江户时期"读写加算盘"中的一环。这些人虽然非常富裕,但是并不具备古典修养,即使他们在经济上买得起士大夫所阅读的历史书籍,也缺乏阅读此类作品的能力。当然,他们也对知识充满好奇,特别是处于上流阶层的人,为了在工作上和不可或缺的伙伴——官僚即士大夫交往,多少需要一些教养。武士阶层也同样如此。再从元代的情况来看,蒙古人和色目人在社会上流阶层中占有相当大的比重,他们具有购买力,为了理解汉族社会,他们感到需要增加历史知识方面的素养。另外,在汉族士大夫之间肯定也出现了比起枯燥无味的史书,更愿意索求充满趣味的作品来读的倾向。

我们可以推断,正是从这一时期开始,由于商业出版和货币经济的发展(毋庸置疑,两者是联系在一起的),产生了对通俗性文化修养类书籍的需求。随后,明代发行的一些作品,继承了《全相平话》的传统,大多以"通俗演义",即"以有趣的方式令文化素养不足之人也能轻松理解的方式来说明内容"为标题。从《全相平话》一系列作品的风格也可以看出,这部作品是作为通俗性文化素养类书籍而出版的。从殷周革命开始,略过春秋时代,战国两篇,战国末至秦朝一篇,前汉成立后二至三篇,跳过后汉,之后三国一篇,《全相平话》与其说记录了三国以前中国史的要点,倒不如说是网罗了其中读起来有趣的部分。再加上每一页都配有图画,即使是文盲也能阅读这本书。前近代一般没有默读的习惯,一般是出声朗读。所以只要有一人识字,其他人即可以通过听,自己下回再接着看画的方式享受阅读。《全相平话》这一系列因此也被称为"漫画中国史"。

为了让文化水平不高的人也能有趣地阅读历史,这套书避免使用晦涩的词语而多用白话,又加上大量情节精彩、趣味性强的故事内容和插画。但是,书局不是创作者,或许说当时根本不存在以历史为主题进行小说"创作"的想法。另外,和元刻本杂剧相同,作为一种史无前例的全新尝试,书局没有什么经验和技巧可借鉴,只得选择一种将既有材料组合起来的方式。

一个典型的例子就是《秦并六国平话》。开头部分是一首七言律诗,歌咏直至秦亡的恢宏历史,接着用文白混合的语言叙述了春秋时代之前的历史,随着文章的推进,白话词语逐渐增多。到了正文的战国时代,完全以白话"且说那战国七雄是兀谁?"来发问,又以"诗曰"歌唱了一首七绝,之后用"那七国者,秦韩魏楚燕齐赵也"作答,紧接着用"秦姓嬴氏,周武王时封。秦至武公、惠公时分始僭称王。此秦国也"依次对七国进行分条说明。文中将国名都做了露白处理,是有意强调吧。下文叙述秦以外的六国灭亡时引用了杜牧《阿房宫赋》中的名句,"唐贤杜牧做那'阿房赋',末后说得最好,说个甚的? 杜牧《阿房赋》后一段道是:呜呼,灭六国者,六国也,非秦也……"。接着用一句说书的惯用语"话说"来另起话题,文白交杂地（果然随着文章的展开，白话出现的概率提高）简述秦朝历史，最后"有胡曾诗为证"，引胡曾《咏史诗》《枳道》简单介绍汉朝建国的历史后，以"这头回且说个大略，详细根源，后回便见"结束。

以上这一部分的特征是：既引用史书的记述，又基本上采用白话叙述，白话没有出现很大的破绽，叙述中也没有明显的缺陷，内容相当忠实详细地再现了史实。这种特征源于什么呢？

关键在于胡曾的《咏史诗》。胡曾是晚唐诗人，因文风通俗闻名，其作品在高级知识分子之间评价很低。但是，由一百五十首诗组成的《咏史诗》，甚至包括为其题材——历史史实进行的注释（包括了相当怪异的内容），都堪称初等教育书，在中国甚至日本都被广泛使用。也就是说，这部诗集和《蒙求》等一样都是私塾的教科书，在平民中也广为人知。以上事实说明《全相平话》与启蒙式教育可能存在关联。细想一下，将国名全部标白，这和如今备考用书标记重点的做法可谓是一脉相承的。

如果这个设想正确的话，《秦并六国平话》的这个部分就和拥有一连串白话的注释书是同一系列，只不过它由更大众化的解说或讲解构成的可能性更大。问话的方式也让人不得不想到它源于说书。白话表达没有太大的破绽也是因为使用了这种表达吧。不过最明显的就是"话说"以及最后的"这头回且说个大略……"这些与说书形式直接相关的表达。以上内容正暗示了这一部分源于说书。

如果确实存在将讲解融入说书的传统，那么这个问题就可以解决了。《东京梦华录》中，就曾出现过讲述三国志的艺人"说三分"，文中的艺人叫"霍四究"。"四究"大概是研究了四种书的意思，所以这个人一定是一个摆着读书人架子的民间艺人。以历史故事为内容的说书艺术很有可能与面向平民的私塾讲义存在关联。上文出现的向读者提问互动，列举诗歌，尤其是《咏史诗》，再说上一句"有诗为证"的做法，在明代小说中逐渐普及，将其来源推测为讲解也并不牵强。

在《秦并六国平话》开篇以后的部分,以"话说秦六年,始皇帝登殿"这句话展开以后,尽管中间夹杂着吕不韦的故事和荆轲的故事两个不同的要素,但是一直到下卷的开头部分,都是这部小说的核心。此处内容为秦与六国的战争,最初六国联合攻击秦国的内容史实上看不到,之后秦国逐个消灭六国的情节与史实接近,虽然内容与史实没有太大差别,但也没有表现出要与历史书的记述保持一致的意愿。叙述单调得惊人,举一个最极端的例子——下卷秦燕之战的片段。

一开始,一位名叫颜符序的将军与秦将作战,被箭射中,之后引用了"金冠倒卓,两脚登空"和"金风未动蝉先觉,暗送无常总不知"的诗。接着,名为巩毕的将军与秦将作战,被诈败的对手斩杀,"只见巩毕踢空"后又引用了一首诗。接着,名为卫安的将军与秦将战斗,同样被诈败的对手斩杀,于是又引诗一首。

所有交战都是用十个左右的文字总结而成,战斗描写也非常简洁且模式化,一对一交战一定是一边输一边逃跑,或是"翻身连射三只连珠箭",或是"一刀斩落"追来的敌将,如此模式被反复使用。每次有大将阵亡,便插入七言二句或五言二句,明显是拼凑诗,诗句后面都附带有"……已死""……已没""……身死"等画蛇添足的句子。另外,尽管战斗描写极其简洁,但大将们所持有的武器有几斤重,详细描写所乘之马为何种颜色等非常清晰。也就是说,极其单调且过于简单枯燥的战斗描写使得文章更显乏味,完全模式化的诗句加上之后不必要的固定短句也令文字变得冗长,然而对武器和武装的描写十分详尽。为什么要采用这种奇妙的叙述口吻呢?

这源于说书艺术的蓝本,若从这个角度来看,就不难解释这些问题了。说书人在进行说书活动时,细节部分是口头推敲的结果,这是他们展示功底的地方。因此,他们的蓝本中应该只记录了内容要点。再说得极端一点,只要知道是谁和谁打斗,就能用他们自己的嘴巴将之后的战斗描绘得绘声绘色。除此之外,还有其他必需的东西——中国的说书艺术中,必须适当地插入诗句,但是,人们一般认为说书人不会作诗或者说他们不写诗。因此,只有诗要求是成品。另外,如果事先准备好武器和马匹的详细信息,就会让说书人更为轻松。综上所述,《秦并六国平话》这一部分记录的内容是说书人必需的信息,不多也不少。

如此看来,"……已死"之类的意义就一目了然了。从诗转为解说的时候,必须要有表示进入解说的标志。比如敦煌变文《伍子胥变文》中,唱段结束后会加上"悲歌已了""哭已了""作此语了"等句子。这类语句的存在非常必要,它们能够表明接下来的内容,不是突然进入新的话题,而是再次回到原先的话题之上。它们都会用"已"字,这在传统戏曲表演中是一种固定形式。

《秦并六国平话》的第二部分来源于说书蓝本,那么第三部分呢？这一部分包括第二部分中所插入的吕不韦和荆轲的故事,以及下卷剩下的部分,也就是秦统一天下后的一段。该部分文体发生了彻底的改变,看起来像是格调高雅的古文。然而,事实上这些只是被略微删改后的《史记》。不过,直接引用《史记》文字的可能性很低,我们很难想象当时像《史记》这样的巨著能够得到普及。南宋以后,朱熹将《资治通鉴》简化整理为《通鉴纲目》,后者又被制作成小巧紧凑的考试参考书并被大量出版发行。或许书肆就是以这些畅销书来做说书用的蓝本的吧。

因此,可以认为《秦并六国平话》是由启蒙性讲解、说书蓝本、通俗性史书这三种性质不同的文献组合而成的。当然,每个部分在文体上都有着显著的差异,在内容上存在着不一致的地方,有的地方源于说书,偏离史实,有的地方源于史书,与史实密切相关。那么,为什么会出版这么不完整的文本呢？了解书局的出版意图是解决这个问题的关键所在。

如果把这些书作为通俗性文化修养书籍出版的话，自然就需要确保内容的趣味性，因此才会考虑利用说书蓝本。至少在明代以后，"平话"一词是说书的意思。如果元代也是一样的话，那么在题目上写上"平话"就能够成为卖点，暗示着和说书内容相同。但是，当时以文字形式存在的说书蓝本只有极为不完整的种类，它与元刊杂剧的情况一样，作为一种全新的尝试，书局没有经验可以借鉴，也不会为了便于读者理解而去修改，几乎是原封不动地刊刻出版。这或许就是《全相平话》中故事性较强的部分叙述极其不完整的原因。说书人自然熟悉赤壁之战的高潮展开，因此，没有必要在文稿中写上任何细节。

既然标榜此书具有文化修养，就有必要将书整理成具有那方面特色的样子。说书只讲有趣的部分，所以秦统一后的历史就被排除在外了，但是，作为基本的史书，就必须加上秦灭亡之前的内容。因此，通俗史书中的文章就直接被"拿来"了。将讲解般的内容记录在开头也是为了标榜此书具有文化修养吧。

一般认为《秦并六国平话》是当时小说制作模式的典型代表，但并不是说现存的五种都是如此。尤其是《武王伐纣书》和《七国春秋后集》两篇，基本由说书蓝本组成。例如《七国春秋后集》取材于历史上著名的乐毅攻齐，中间的内容接近史实，尤其是王孙贾召集市民打倒侵略者淖齿的小故事直接使用了史书中的文章，但之后燕齐两军主将——乐毅和孙膑二人各自的师父黄伯阳和鬼谷先生也上场展开妖术大战，这部分完全脱离了史实。最后，"众仙归山"，仙人们不问敌我，都从齐襄王处得到了封号回山，之后，以"群臣将士，各归旧职，辅佐朝廷。四边无事，诸国不乱，天下太平。怎见得？有诗为证……"结尾。这当然不符合战国时代的实情，完全是按照戏曲的惯例，以对朝廷的祝贺之句结束文段。大众戏曲本就如此。此处的说书蓝本尤为冗长，因此不需要为了迎合史书体裁而再做努力。

　　虽然这是一种利己主义的态度，但无论如何《全相平话》还是融合了说书蓝本和史书内容，可以看出其意图是制作一本让没有文化素养的人也能愉快学习历史的书。但是，由于各部分来源不同，其性质也会存在差异，文体方面存在不同，内容方面也一定存在不同之处。换言之，有些地方使用白话来表达，这是过去所不曾有的，当然这些地方也显现出不同于以往的全新思想。

　　《三国志》故事开头"张飞鞭打督邮"的内容广为人知。在《三国演义》中，张飞听说监察官打算弹劾拒绝行贿的刘备后，将监察官绑起来用柳枝鞭打。事实上，史书中刘备成了犯人。

　　平话则与史书完全不同。刘备去拜见上司定州太守元峤时受到侮辱，得知此事的张飞便前往太守宅邸。原文如下：

　　　至天晚二更向后，手提尖刀，即时出尉司衙，至州衙后，越墙而过。至后花园，见一妇人。张飞问妇人："太守那里宿睡？你若不道，我便杀你！"妇人战战兢兢怕怖，言："太守在后堂内宿睡。""你是太守甚人？""我是太守拂床之人。"张飞道："你引我后堂中去来。"妇人引张飞至后堂。张飞把妇人杀了，又把太守元峤杀了。有灯下夫人忙叫道："杀人贼！"又把夫人杀讫。以此惊起衙内上宿兵卒，约迭三十余人，向前来拿张飞。飞独杀弓手二十余人，越后墙而出，却归本衙。

　　到"至天晚二更向后，手提尖刀，即时出尉司衙，至州衙后，越墙而过"，文章大体是文言，可见记述动作的部分主要还是使用文言。"至后花园,见一妇人。张飞问妇人:'太守那里宿睡? 你若不道,我便杀你!'妇人战战兢兢怕怖,言:'太守在后堂内宿睡。''你是太守甚人?''我是太守拂床之人。'张飞道:'你引我后堂中去来。'"到了会话这部分,白话语句激增。此外,对话部分没有一一写明说话者,原文不仅没有引号,连标点符号也没有,所以一定难以读懂。从此段也能看出,文章开始出现通过紧密对话推进故事发展的倾向。

"妇人引张飞至后堂。张飞把妇人杀了,又把太守元峤杀了。有灯下夫人忙叫道:'杀人贼!'又把夫人杀讫。以此惊起衙内上宿兵卒,约迭三十余人,向前来拿张飞。飞独杀弓手二十余人,越后墙而出,却归本衙。"映入眼帘的是叙述的单调性。"把……杀了""又把……杀了""又把……杀讫"等几乎相同的表达连续出现了三次,虽然这样的叙述也具有其独特的张力,但不能否认这些语句缺少斟酌。不过,这里也出现了全新的表达方式。在此之前,中国文学的世界里从未如实描写过"一个凶贼入侵大官家且杀了大官全家"的事件,也没有刻画过如张飞一般先恐吓,"你若不道,我便杀你",利用以后就轻易将人杀掉的形象。这里记载的是从前中国文学所拒绝描绘的现实,那究竟是什么现实呢?

在回答这个问题之前我们接着往下看。太守被杀的消息传到朝廷,灵帝身边掌握着巨大权力的宦官集团十常侍认为刘备很可疑,便任崔廉为督邮前去调查。崔廉下令逮捕与关羽和张飞一同前来的刘备。具体如下:

> 傍有关、张大怒,各带刀走上厅来,唬众官各皆奔走,将使命拿住,剥了衣服。被张飞扶刘备交椅上坐,于厅前系马桩上将使命绑缚。张飞鞭督邮边胸,打了一百大棒,身死,分尸六段,将头吊在北门,将脚吊在四隅角上。有刘备、关、张众将军兵,都往太

山落草。

"傍有关、张大怒,各带刀走上厅来,唬众官各皆奔走,将使命拿住,剥了衣服"中,"众官"一词在平话中很典型,包括文官和武官。这里的"官"可能和表示官员大人的"官人"一样,是日常生活中的口语。"使命"指使者,在这里自然指的是"督邮"。从上一段开始"使命""督邮"就被混为一谈,可见此处的称呼也十分混乱。"被张飞扶刘备交椅上坐,于厅前系马桩上将使命绑缚。张飞鞭督邮边胸,打了一百大棒,身死,分尸六段,将头吊在北门,将脚吊在四隅角上",请注意句首的"被",如今"被"字表示被动,不过这里是旧用法,并不表示被动,而是表示动作的接受方感受到了某种程度的损害。也就是说张飞迫使刘备坐下。"交椅"就是椅子,在《水浒传》中多被用来象征头目。之后,"使命"和"督邮"好像两个不同人物一般出现,令读者陷入混乱。但无论如何,张飞还是打死了"督邮",又将尸体分成六段分别吊在城墙的四角和大门上。从此处我们可以发现,西方出现的咒术仪式在中国也有踪迹。

"有刘备、关、张众将军兵,都往太山落草"中,"刘备、关、张众将军兵"这个特殊的主语前加上了"有"这个并无意义的词,也表现了文章的不成熟。但是,更值得玩味的是前往太行山"落草"。众所周知,太行山在金代初期是宋余党的抵抗运动据点,在其他时期也是响当当的山贼老巢。"落草"是《水浒传》的关键词之一,指成为山贼。接下来,文章中又出现了《水浒传》的另一个关键词。

皇帝见此情形便慌了手脚:"如今见有破不尽黄巾贼,尚自极多。又反了刘备,若相合一处,怎生奈何?"也就是说,在皇帝看来刘备与黄巾贼无甚差别。国舅董成(史书和《三国演义》中作"董承")提议杀了十常侍并带他们的首级去太行山,"便招安得那弟兄三人"。十常侍如此草率地被杀，从史实和《三国演义》来看也是一个荒谬的情节，不过这里更重要的是"招安"这个词。土匪投降后将其编入官军即"招安"，这在宋代是极其普遍的事。《水浒传》就是一个出于各种原因"落草"的人最后接受"招安"的故事。因此，《全相平话三国志》的这一部分是有些小《水浒传》意味的。

顺着这个思路重新来看《全相平话三国志》，我们不难想起《水浒传》中有与张飞杀太守一家相同的场景，即容与堂本《水浒传》第三十一回，武松在鸳鸯楼将张都监一家全部杀光的片段。夜持短刀，越墙侵入，途中威胁使之坦白后灭口，杀了女子，杀了夫人，情节全部一致。与其说是直接的影响关系，不如说这些作品中已经形成了一定的故事叙述模式。

不仅是这个场面，张飞的行为也有强烈的《水浒传》色彩。卷中，三兄弟分别以后，刘备来到草寇巩固的山寨喝酒，这时有一个"大王使命"前来讨要进贡的财物。那大王"自号'无姓大王'。古城内建一宫，名曰黄钟宫，立年号是快活年"。不用说，这大王的正身就是张飞。但他种种打破秩序的言行，很容易让人联想到《水浒传》中的英雄豪杰，如曾叫嚷着"宋江哥哥便做小皇帝，吴先生做个丞相"的李逵。此外，毫不留情地把无关人员杀光，不顾自己有错反而横行霸道地进行杀戮，做山贼解决所有问题，这些态度都与《水浒传》里的豪杰如出一辙。

如此想来，我们不得不注意到《三国志》故事的底层存在着与之前的文学完全不同的性质。中国的儒教伦理以家族制度为基础，家族制度又以"孝"为本，但《三国志》的中心人物刘备、关羽、张飞是结义的兄弟，这种异姓的家族结合与儒教伦理完全不相容。那么这些思想是从哪里来的呢？

拟制血亲关系是在唐末五代军阀中被广泛认可的现象。此外，众所周知，这种关系在后世的山贼之间也被普遍建立起来。要将军人和山贼划分开来是非常困难的。也就是说，这种家族关系是被草莽英雄和军人世界所认可的,与传统的以读书人为主力的文字世界完全不同。他们是知识分子形成的儒教伦理(礼)和官僚体制(法)管控之外的人。不仅如此,表演艺术的主力也在礼法的秩序之外,不受礼法的庇护,反而受到礼法的歧视。艺人们往往隶属于军队,且和草莽英雄关系密切。也就是说,这里反映的是那些从未被讲述过的、常常被排除在礼法秩序之外的人的声音,以及那些被排挤出居民社会的外人的声音。他们自身将这样的非居民社会称为"江湖"。平话反映的正是这些江湖人的伦理观。虽然在《全相平话三国志》中没有明确记载,但在杂剧中,张飞是开肉店的。卖肉老板虽然不像西欧一样在法律上是被歧视的对象,但仍然会遭人白眼。换言之,张飞的功能是代表江湖之人。为了展现这种从未被写成文字的事件,白话不可或缺。

新的内容开始被新的语言讲述,这原本就是十分幼稚、拙劣的。张飞杀太守的设定和《水浒传》中武松大量杀戮的设定虽然相同,但是叙述水平天差地别。不过,重要的是迈出了第一步。真实地描写暴徒侵入房内肆意杀人的场景,这是一个描写现实的全新手法。自此,白话小说的世界开始发展,但眼前的路出现了分歧。如果要将其作为历史书和文化素养书,书中有关江湖方面的场面就会被逐渐剔除;如果将其作为正在萌芽的娱乐书籍正式推进,它们反而会越发充实。刚刚踏上征程的白话小说具有这两种可能性,而事实上也的确朝着这两个方向在展开。

被称为明代的一个时代——媒体革命

1368 年元朝的遗老遗少退回到了北方。之后，至 1644 年明朝灭亡，中国持续了近三百年的和平时期。在这三百年间，暂且不论明朝初期靖难之役这一大规模内乱，除明末李自成发起的大规模叛乱以外，中国没有卷入过一次战乱。这种和平的状态可以说正是出版得以发展的原因。但是，除社会环境安定以外，更深层次的原因是社会结构的改变。这种社会结构的改变导致百姓开始产生与之前朝代完全不同的意识，由此促进了出版的发展。

明朝开国皇帝朱元璋的出身在中国历代皇帝中最为卑微。他幼年和少年时期饱尝辛酸，对统治阶级抱有憎恶之情在情理之中。朱元璋掌权以后，多次发动了针对士大夫阶层的冤狱事件，而且，制定了新的体系试图替换士大夫。与其说朱元璋憎恶士大夫阶层，毋宁说他的目的是替换那些棘手的、已拥有既得利益的士大夫。士大夫的新体系，随着明朝中期成化年间（1465—1487）确立科举制使用八股文而形成。八股文是以对偶句为主的文章形式，科举考试规定所有考试答案必须采用这种形式，而且，也只能采用政府制定的一系列被取名为"大全"的书中儒家经典的解释作为依据，以往的注疏被排除在外。也就是说，皇帝要求应试者必须在政府规定的范围内,按照政府规定的形式作答。同时,诗赋从考试科目内被排除出去。

像这样限定儒家经典注释的规定对学问的自由发展造成了尤为恶劣的影响,但同时也为出身士大夫阶层以外的应试者开辟了一条科举成功之路。创作优秀的诗赋作品需要一定的知识素养,要求创作者在一定的文化环境中成长。另外,要求对儒家经典做出多种多样的解释,这就需要渊博的学识,因此,需要大量的书籍。但是,一旦限定儒家经典的注释,极端一点地说,只要把总结好的"大全"中的要点记住就足够了。此外,八股文的写作并不需要古典文学素养,在要求根据规定形式展开论述方面,这种考试更接近于智力测试。换言之,创作八股文不需要广博的古典文学知识,也不需要诗文素养。八股文考试中皇帝规定应该避开文学性表达,对此,有人甚至认为为了创作优秀的八股文就应该减少诗文的创作。

如此,皇帝为那些并非成长在书香世家的书生,甚至为那些经济不富裕的书生带来了科举成功的可能性。应试者只要能通过科举考试成为进士,不管出身,都能够跻身社会上层。寒门士子科举成功机会的增多为明朝士大夫阶层带来了非同一般的流动性。不过,很难出现连续几代通过科举考试的情况,升迁和降职也是常见之事(何炳棣著,寺田隆信、千种真一译:《科举与近世中国社会 立身处世的阶梯》,平凡社,1993 年,第二章"身份移动的流动性")。如此,明朝士大夫在性质上发生了变化,他们多带有庶民气质,事实上形成了含有大量庶民出身的士大夫的阶层,这恐怕正是朱元璋所期待的。

这种动向对文字方面的文化和出版文化都产生了深刻影响。首先,科举考试机会的增多带来了学习者和识字人数的增加,特别是直接促进了高级知识分子数量的增加。其次,科举考试所用参考书籍销量的增加促进了商业出版规模的扩大。特别是不太富裕的阶层的人们也开始学习,这急速增加了对廉价书籍的需求。

但是,相同的问题并没有停留在表面。明朝士大夫中出身庶民阶层的人不断增加,这为统治阶级的文化带来了庶民色彩。因此,产生了明朝文化的庶民性。近乎庶民出身的明朝士大夫与精英色彩浓厚的宋朝士大夫不同,他们对庶民文化并不"过敏",甚至他们经常表现出不能融入传统文化的感觉。复古派李梦阳等人主张回归秦汉文章和盛唐诗文,正如他们的主张"真诗在民间"一样,明朝士大夫认为民间吟唱的诗歌远比自己创作的诗歌"真",他们甚至质疑,自己通过组织知识形成的诗歌是"假"(相当于日语中的"伪")的,也就是说他们怀疑自己的诗歌没有真情实感。他们大多出身庶民阶层,所以对民间诗歌及民间表演艺术怀有亲近感,因此,无法像宋朝士大夫那般将自己创作的传统形式的文学作品视为唯一。明朝士大夫阶层的这种倾向,直接促进了民间所吟唱的诗歌及表演艺术的文字化,更成为它们被出版的契机。

士大夫的这种风气模糊了他们与武将的界限。于是,出现了士大夫励志习武,武将爱好文学又是藏书家的现象(中砂明德:《江南——中国文雅的源流》,讲谈社,2002年,第四章"北虏南倭"),这些前代未曾有过。这也为以武将和草莽英雄为对象的文学艺术被高度评价带来了机会。

出版商瞄准了这种动向,以惊人之势扩大商业出版。在出版中心福建建阳,用荛术这种柔软且极易雕刻但同时特别容易磨损的材料来制作雕版用的木版,使廉价劣质书籍得以大量生产。到了明朝后期,终于诞生了适于批量印刷书籍的明朝字体,再加上刊刻的分工合作体制,出版量飞跃式地增加。同时,书籍价格也随之降低,至此,书籍改变了它曾经的性质。过去它仅仅为有限的精英阶层服务,现在,与以往不同,服务于多数人的、对象不特定的文学诞生了。

这种现象在明末浮出水面,具体来说是从嘉靖(1522—1566)到万历年间(1573—1620)。那么,在此之前的情况如何呢? 人们通常认为明朝初期对言论控制得非常严格,文化方面极为萧条。事实上,现存的当时的出版物数量不多。但是,我们发现当时存在一定数量的白话文学出版物。

早期刊本中保留数量较多的是戏曲,其中的一个原因是曲作为词的继任者被士大夫普遍接受,由此,戏曲便把曲当作歌词来使用,而戏曲又比小说文字化的进程快,更容易获得出版的机会。然而,更为重要的一个原因是有的作家能够自行出版自己的作品。明初最有名气的杂剧作家朱有燉是朱元璋之孙,其被封为周王,具有显赫的地位,他凭借自己的权力出版了自己的作品。

朱有燉留下的文本(《周宪王乐府》,取名源于他的谥号)虽然打出了"全宾"的招牌,即自称该文本收录的内容没有省略宾白,但其实书中只记录了尤为简略的台词。此外,书中经常会有舞台提示语"……云了""……云云了"(皆是"……说"之意),这样的说明应该是委托演员对角色进行即兴表演。这种文本的存在有着重大的意义,声明作者亲自校订且印有全部台词的文本也居然只记录了简单的台词,这暗示作者只构建戏曲框架,而大部分台词则由上台演出的相关人员自己创作(事实上,同一出杂剧在明朝宫廷里演出时,其实际使用的文本上记录了几倍于《周宪王乐府》的台词)。其记述的台词也只是过于简单的文言文,与灵活运用生动白话文的曲文相比尤为逊色。相反,演员咏唱的大多数诗和韵文却被记录下来。可以说这些情况与《全相平话》显示出了相同的倾向。

那么,纯粹的商业出版物的情况又如何呢? 刘东生所撰《金童玉女娇红记》载有宣德十年(1435)的序,被认为是元杂剧现存最早的商业出版物。序后印有书肆刊记"金陵乐安新刊积德堂刊行"。书的每一页的左半部分是正文,右半部分是插画,即使从这点来看也可推测它是商业出版物。这本书记录的台词比《周宪王乐府》的台词更加充实,可以看出以商业为目的的出版物中已经出现了新的动向——致力于充实读物。

但正因如此，作为戏曲文本，其有些部分极为不自然。比如第四折（原本没有这种划分，为了区别，这里笔者尝试划分）中，男主人公申纯（末）和女主人公王娇娘（旦）对诗的场面，在旦角唱完词之后，出现了下面一段内容："念未毕，小慧云，夫人来了，末旦俱惊吓。"〔还未唱完时，小慧（丫鬟）便说："夫人来了。"末角和旦角皆惊讶退场。〕"念未毕"（还未唱完时），既然不是台词，就只能将其视为舞台提示语，然而，这作为戏剧的脚本实在不自然，将其视作小说的叙事部分倒更为妥当。这种奇妙的记述可能源于作者想要把读物打造成更容易令人理解的想法吧。台词的充实，与其说是为了再现戏剧台词，不如说是为了使读物更加通俗易懂。因此，台词才会变成说明性的内容，甚至到达了不自然的地步。让我们来看一看上面引用部分之后的一小部分戏剧内容：

（旦上云）恰才申哥出去了。我且到书房里走一遭。（至书房科。惊云）呀。它出去了。怎么开着门哩。我试看咱。

（做看科云）是出去了。

译：

（旦登场后如是说）刚才申兄出去了。我去书房看一看吧。（做出去书房的动作。吃惊地说道）哎，明明出去了，门为什么是开着的呢？让我看一看吧。（一边做出看的动作一边说）确实出去了呢。

在本就不使用舞台装置的中国戏剧中，很难避免台词变成说明性的事物，即使如此，上面戏剧脚本中的台词也确实解说过度了。或许出版商担心读者无法理解才添加了过于详细的台词和舞台说明。这意味着在这一阶段,戏曲和小说作为读物,形式上还没有完全区分开。

试想一下,既然小说当中插入了大量的诗词韵文,那么,只要将舞台说明部分和台词详细化,戏曲文本就会变成与小说文本没有太大差别的内容。再将目光转移到明代中期以后出版的书籍上,会发现将民间说唱艺术整理成文字时大多会以小说的体裁进行出版,而说书、评弹或唱曲等艺术采用的是以词牌或曲牌等构成的歌谣为中心讲述的形式。戏曲与这类艺术活动相比较,在一场演出中除唱戏的艺人有好几位以外,并没有本质上的区别。因此,将戏曲文本作为读物来充实的这种动向产生于这个阶段也不足为奇。这一倾向对戏曲和小说双方的发展而言都具有重要意义。

《金童玉女娇红记》的存在表明了明代初期出于商业目的出版戏曲书籍的行为并不罕见。但是,在这之后,除了后文提及的成化本《白兔记》以及弘治年间(1488—1505)出版的《西厢记》,嘉靖之后,说得再精确一些,现存文本只有万历及以后的文本。至于小说文本,现在已经没有嘉靖之前的刊本了。

那么,嘉靖之前小说或者与小说类似的读物是否被出版过呢?尽管那些出版物没有流传至今,但是实际上它们的存在确实留下了痕迹。叶盛的《水东日记》卷二十一就有如下记载:

> 今书坊相传射利之徒,伪为小说杂书。南人喜谈如汉小王
> 光武、蔡伯喈邕、杨六使文广。北人喜谈如继母大贤等事甚多。
> 农工商贩钞写绘画,家畜而人有之。痴騃女妇,尤所酷好,好事
> 者因目为女通鉴,有以也。
>
> 译:
> 如今书肆出现了以挣钱为目的而出书之辈,他们拼凑出"小

说杂书"。南方人喜欢讲有关"汉小王光武""蔡伯喈邕""杨六使文广"的内容,北方人则大多喜欢"继母大贤"之类。农民、手工业者、商人和走街串巷的商贩,临摹书上的绘画,每家每户人手一本。愚钝的妇女尤为喜欢这种书籍,有好事者称之为"女通鉴",这也的确是名副其实。

叶盛是正统十年(1445)的进士,官至吏部尚书,因此,他所记载的是15世纪中期的社会状况。首先,既然称为"书坊",那么这里所言的书一定是商业出版物。"小说杂书"的定义虽然并不明确,但恐怕当时是作为"无趣之书"的意思被使用的。问题在于内容。"汉小王光武""蔡伯喈邕""杨六使文广""继母大贤"为何物?尽管明代前期出版的包含上述题材的书籍现在已经失传,但是从明代后期以后的出版物以及其他书的记载中可以推测出它们的内容。

首先来看"汉小王光武",它是指后汉光武帝刘秀,这一点没有必要再详细解说,但是,其内容却与史实有很大出入。从万历年间出版发行的历史小说《全汉志传》和《两汉开国中兴传志》,明朝宫廷中上演的杂剧文本,以及将刘秀称为"小王"的称谓可以对"汉小王光武"的内容进行如下推测。它应该是将实际上只是汉朝皇族一员的刘秀设置为前汉平帝的太子,为了逃脱王莽的魔爪,年幼的刘秀在山中四处躲藏,得到了鸟儿、玉环等的指引,又受到了山神的救助,最终骑虎逃脱,后来举兵灭掉王莽。此外,从现在上演的京剧和地方戏剧的内容中也可以推测出"汉小王光武"的内容有可能还设置了刘秀登基后终日醉酒,杀掉所有功臣,最后自己也发狂而死的情节。可以说这个故事继承了敦煌变文《刘家太子传》的系统,它在与文字世界无关的民间被代代相传下来。

其次来看"蔡伯喈邕",其一定是有名的南曲《琵琶记》中的故事。蔡邕是后汉末期的大学者,但是这个故事与蔡邕毫无关系。蔡邕告别年事已高的双亲和妻子赵五娘赴京赶考,虽然中了状元,却被牛丞相逼迫做女婿,敕命不可违,归乡无望。在此期间,他的故乡遭遇了饥荒,赵五娘本欲将头发卖掉换点糟糠来度过饥馑,不料蔡邕的双亲死于饥荒,她的努力也付之东流。牛丞相之女将前来都城看望夫婿的赵五娘迎进府里,并将正妻的位置让了出来,三人一起祭奠死去的双亲。但是这里所说的并不是《琵琶记》里的故事,而是它的原型。从故事情节比较勉强的展开也可以看出,它与《琵琶记》本来就是内容完全不同的故事。根据陆游的诗和明代后期徐渭所著《南词叙录》中的记事可知,蔡邕其实是一个不孝之子,抛弃父母和妻子,最终被雷劈死遭到报应。

再次来看"杨六使文广",这是在中国非常受欢迎的"杨家将"系列故事中的一则故事,"杨家将"讲述了忠勇的杨氏一门为宋王朝鞠躬尽瘁、不图回报、死而后已的故事。但是,被称为"杨六使"的应该是杨文广的祖父(也有父亲一说)杨延昭,这是叶盛的失误还是故意设置的不同模式,至今没有定论。不管怎么说,这一时期一定有讲述杨家将故事的印刷品,其内容却与宋代史实大相径庭。

另外,关于最后的"继母大贤",朱有燉有同名杂剧留存于世,此外,"继母大贤"讲述了很多继母教导前妻之子并培养他们科举中第的故事,正如后世有名的《三娘教子》等。然而,叶盛所言具体指的是哪一个目前仍然无法确定。

从以上内容可知,这里叶盛提出的虽然均与史实有较大出入,但是,那些故事在民间被一代代广泛传播。它们已经被书肆刊行,读者为"农工商贩",即农民、手工业者、商人,还有小贩。这里将"贩"和"商"区别指出,恐怕是指走街串巷的小贩这一类人吧。他们都不是知识分子。这说明至少在都市中识字活动已经扩展到下层民众之间,并且以读书为娱乐方式的习惯也开始增多起来。此外,"抄写绘画,家畜而人有之",表明文本中带有插图,很多人共有一部书。若当时存在租书的店铺,则这个现象就能得到最好的解释。文献上可考的租书店铺,最早出现在清代初期,但实际上可能在明代中期就已经出现了。即便不通过租书店铺,想要看书之人也可以向相对富裕的人家借,借阅时甚至连绘画也描摹了下来。这意味着连庶民阶层也有了相当水平的书写能力,还意味着他们产生了多次阅读同一本书的愿望以及对书籍的占有欲,其中也包含女性读者。

这里提到的书籍的实际状态应该是以插图为主的小册子之类,由于实物没有流传下来,所以真实情况不得而知。或许其与现代的连环漫画书一样,即使广泛上市,读完也就被丢掉了,因而不会被保存下来吧。不过,与叶盛所言之物具有相近特征的书籍中,有一个系列由于得到了偶然的救助从而奇迹般地被保存了下来,那就是《成化说唱词话》。

明代中期的大众出版物——《成化说唱词话》

上文已经讲过,除了个别情况,如今已经看不到明代中期之前出版的正式的白话文学作品了,然而,它们在1967年于上海郊外的嘉定被人们发现。这批书在完全偶然的机会下被发掘出来,它出土于一处宣姓明代士大夫墓葬,由十一种"说唱词话"和南曲《白兔记》组成,其中有刊记显示大多数作品刊行于成化七年(1471)至十四年(1478),出版商是北京的永顺堂书肆。

十一种"说唱词话"中,六种是闻名遐迩的宋代判官包拯的故事,其他是内容庞大的《花关索传》,以唐朝名将薛仁贵为主人公的《薛仁贵跨海征辽故事》,后晋高祖石敬瑭谋反夺位的故事《石郎驸马传》,还有两则民间故事色彩浓厚的短篇作品《莺歌孝义传》《开宗义富贵孝义传》。每部作品基本上都反复出现由七言句组成的歌以及台词（也有少数没有台词的作品），一部分作品中穿插了被称为"攒十字"，即"3、3、4"节奏的十言句。这种形式与今天流行的弹词、大鼓书等说唱艺术（通过歌唱来讲述故事的一种表演艺术）等极为接近。如果要在日本找出类似之物，当数"浪花节"吧。除了《花关索传》是上图下文的形式，其余作品皆是每几页插入半页插图。

　　这些作品最大的特征是故事的内容，我们来看一看《花关索传》的开题部分。首先是以"自从盘古分天地、三皇五帝夏商君"〔盘古（被称为开天辟地之神）劈开天与地以后中国出现了三皇五帝以及夏朝和商朝的君王〕开篇来叙述中国的历史。这是延续到后世的说唱活动初始部分的套用语。在叙述完直到三国的历史以后，便以下文结束："军师便有诸葛亮，武勇关张是好人。都在青口桃源洞，关张刘备结为兄。三人结义分天下，子牙庙里把香焚。""说到军师，有诸葛亮；说到勇猛的武将，关羽和张飞是好人"，句中"好人"的说法尤为奇怪，这应该是为了押韵而必须将"人"放在最后。"在青口桃源洞，关羽、张飞、刘备三人结拜为兄弟"，原文则是"结为兄"（结拜成为兄长），而不是"结为弟兄"（结拜成为弟兄）。之所以会出现这种不自然的说法，是因为被音律限制，必须一句七言。此外，三人结义之地"青口桃源洞"是其他三国志故事中所看不到的地名。"三人结义分天下，姜子牙（太公望）庙里把香焚"中讲述三人在姜子牙庙起誓，这是一种常见的设置，但是，"分天下"是极为不自然的。如此看来，从文脉上来说，《成化说唱词话》中出现了很多不自然的表达。一方面是受韵和音律支配，另一方面是缘于口头文学艺术原本就带有即兴特征，通常会通过组合固定的句子来构成全篇。词汇多是平易的文言文，但是像"便""是""好人""都""把"等来源于白话的词语也很多。运用大量白话词语在这种原本通过耳朵来欣赏的艺术活动的文字化过程中不可避免。

之后是对话部分,虽然叙述了三人起誓的情节,但誓言中的语句也是在相同的句子"只求同日死,不愿同日生"之后加上了充满了白话色彩的语言"哥哥有难兄弟救,兄弟有事哥哥便从",甚至出现了具有浓郁巫术色彩的誓言"如不依此愿,天不遮、地不载、贬阴山之后,永不转人身"。也就是说,这里描写的桃园结义,不论是场所"青口桃源洞"还是誓词,都反映了当地的风俗习惯。之后的内容也证实了这一点。

桃园结义之后,刘备说道:"我独自一人了无牵挂,而你二人皆是有家室之人,你们俩到时候会因为家庭而不能同我做一番大事业!"一听这个,关羽就说:"大哥,您放心,我这就杀掉全家,与哥哥一同干一番大事业!"张飞道:"我对自己家不忍心下手。不如这样,你杀我全家,我杀你全家!"于是,张飞跑到关羽老家蒲州解梁县,"逢一个是杀一个,逢着双时杀二人",对关家人大开杀戒,后来,关羽儿子关平再三哀求,张飞就放了关平,也放了怀有身孕的关羽老婆胡金定,后来她回了娘家。

《花关索传》故事荒诞不稽自不必说,后来竟然毫无根据地解释花关索名字的由来。胡金定产下的孩子在元宵节之夜走丢,后被索员外拾得,而后这孩子又被仙人花岳先生授以学问和武艺,在获得超能力以后他与母亲再会,将相当于父亲的三个男人的姓排列起来取名为花关索。至此,不得不说这已经和《三国志》没有了任何关系。之后,花关索踏上寻父之旅,途中接连降服山贼并使之成为自己的部下,最终他们打败了恶人和怪物,花关索也与父亲相见。花关索一路大展拳脚,却因与刘备养子刘丰(史书和《三国演义》等书中记作刘封)争吵而被流放至云南。在他不在关羽身边的那一段时间,关羽与孙权大军作战时败北,命丧黄泉。花关索从云南回来大败孙权,刀斩叛徒和敌将吕蒙、陆逊,报了杀父之仇。最后,刘备因思念关羽和张飞而病死,诸葛亮为了修行返回山中,花关索也失望病倒而死。其残部也回到了各自的老巢,所有角色就这样消失而为故事画上了句号。

《花关索传》虽然借用了《三国志》的故事框架,其内容却和史实完全不符。这部作品也不是作者自己创作的。关羽儿子关索这一人物的名字在明代已经广为人知,《水浒传》中"病关索杨雄"的出场即一个很好的例子,除此以外,例子不胜枚举。此外,花关索身材矮小,被称为剑神等,这些与世界各地神话和英雄传说的要素相同(金文京:《关羽的儿子和孙悟空》,载《文学》1986年第54卷第6、9号)。

实际上,这种特征和之前提到的敦煌变文《伍子胥变文》《前汉刘家太子传》及其后裔"汉小王光武"的特征相同。敦煌变文指的是通常未被记载的事物却奇迹般地以文献的形式残存下来。但是,明代中期,这样的故事被印刷和销售。几乎每个民族都拥有神话和英雄传说,只是,在中国,知识分子将一切都合理化,将神话和英雄传说的要素进行排除或者过滤。但是,到了明代,随着出版大众化的推进,适合大众水平的神话和英雄传说开始出现。换言之,根据传说接近原生态的程度,以及文献是否从本质上显示出有别于知识分子的伦理观等,可以判断这些文献接近庶民水平的程度。

以这样的视角来看,《成化说唱词话》所包含的其他作品也具有类似的特征,只是程度有所差别。一系列的包拯故事中讲述的包拯诞生的故事就与日本弁庆、酒吞童子等的故事相似(这些人物均有不同于寻常人的样貌)——"未遇三郎生得丑,八分像鬼二分人。面生三拳三角眼,太公一见怒生嗔"。之后,险遭遗弃的包拯被义姐救下,可以说这也和样貌特殊的孩子的故事情节的展开如出一辙。

关于《开宗义富贵孝义传》,不论是其主人公的名字"开宗义"(根据《孝经》开头"开宗明义"而起),还是"孝义"这个词,皆让人联想到儒教风格的规诫说话,但其内容不完全符合这种风格。否定财产分配、歌颂持续采用大家族制度的开宗义一家的内容属于规诫训导说话的体裁,后来他们一家在上天的帮助下解决了皇帝强迫执行的难题而全部升天成仙。难题产生的原委是木匠之神"公输盘"化身人形来到人间,把从天而降的木材制成了精巧的门,皇帝却妄图占有(文中采用了君孝文帝之名)。这属于民间故事中具有代表性的一个类型——财宝难题谈。与其说它是对大家族制度的赞美,毋宁说它只是为了掩饰对权力者的反抗。

《成化说唱词话》又是面向哪一类人群的呢? 其刊行地是北京,然而明朝的文化中心是在古都南京,经济中心在苏州,南京和苏州正如江户前期的京都和大阪,都是出版的中心地。这两地士大夫集中,因此刊行的都是比较高级的书籍。与此相比,建阳出版的书籍则更为大众化。那么,北京又会刊行怎样的书籍呢? 北京作为政治都市,其特征是拥有着数量庞大的官僚。这些官僚将自己的文集当作名片使用是常见之事,这些书虽外观精致但校勘粗糙,被称作"书帕本"而刊行。北京一定有大量服务于这种需求的印刷商,并且他们也可能会面向官僚家庭进行营利性出版。

《成化说唱词话》的特点之一是女性担任重要角色。在《水浒传》中,女性被看作妨碍草莽英雄团结的潜在危险;在《三国演义》中,除了《连环计》故事,几乎没有女性崭露头角的空间。但是,在《成化说唱词话》中女性发挥了很大的作用。特别引人注目的是在《花关索传》中,花关索除妻子鲍三娘以外,身边还有三个山贼出身的女人,她们被花关索打败以后委身于他。包拯故事中的《张文贵传》中,女山贼倾心于美少年张文贵而救下其性命,之后两人结为夫妻。这种故事的展开与后世的弹词有许多共通之处。也就是说,不只是形式方面,内容上《成化说唱词话》也与面向女性的表演艺术活动——弹词具有同样的特色。加之《成化说唱词话》出土于官僚宣氏夫妇的合葬墓,可以推测当时出版商应该是预测这些书会被居住在北京的官僚阅读而进行了出版吧。当时即使是知识分子和上流阶层中的女性，一般也不会有太多识字的机会。但是，既然是带有插图的书，正如上文所述，只要有一个人认识字，那么其他人也同样能够享受阅读的乐趣。

杂剧《西厢记》具有相似的特征，现存最早的《西厢记》刊本是弘治本。这个版本的版面远比《成化说唱词话》精美，考虑到它也是在北京刊行的，所有页面均是上图下文的特征，因此，人们认为它也是面向女性群体和家庭而刊行的。其插图精美、附录众多，整体充斥着奢华之感，很可能是面向富裕官僚家庭的书。

如果上述推测正确，那么，以往不属于阅读书籍群体的女性也在这一时期开始体会书籍带来的乐趣，实际上叶盛曾言女性喜爱故事书。考虑到当时的女性不管阶层如何都很难获得受教育的机会，因此，可以解释为什么她们所喜爱的文本内容及语言的特色与知识分子所著的文献大为不同，亦可以解释为什么那些书里描写了知识分子所著文献中很难看到的日常生活、家庭内部活动等。此外，考虑到阅读对象是富裕家庭的女性，那么，之前没有出版的书籍如今被出版了，其理由也就变得合理了。

于是，知识分子以外的人们作为享受书籍乐趣的阶层浮出表面。在这一趋势的影响下，明代后期出版活动如火如荼地开展起来，其间新的语言诞生了。

出版活动的爆发式展开

开始于明嘉靖时期的出版活动，规模不断扩大，至万历时以更为迅猛的势头发展开来。其中心区域便是上节提到的南京、苏州和建阳三地。其中，在小说的形成上发挥重要作用的是建阳。建阳地区印刷了大量劣质的书籍，尽管价位低廉但也实难称为良心之作。下面以建阳的书肆代表双峰堂和三台馆的主人余象斗刊行的书籍为例进行讨论。他出版的书籍除很多历史小说以外,皆为日常用书(包括医药、菜谱、占卜、农业、面相、谚语等繁杂内容的家庭百科书)、考试参考书、文例集等,总之,这些书都是实用类的。此外,他还敢给同一内容的书冠上不同的作者姓名而再次刊行。这种出版活动中的一个环节是制作历史小说,也就是说,历史小说在刊行时与实用书、参考书等处于同一水平。这就意味着这一时期的历史小说极有可能被当成面向一般大众的修养方面的书籍。

比如余象斗刊行的代表性的历史小说之一《列国志传》,打着"按鉴演义全像列国评林"的铭。"按鉴",指基于《资治通鉴》(实际上也是通俗本吧),"演义"指清晰易懂地对关键点进行说明,"全像"指所有页都插有图画,"评林"指附有大量批评(记录了有关文章的感想和说明)。这些冗长的词句明显是为了宣传。换言之,广告词中指出依据《资治通鉴》之类,表示这是书籍的附加价值,与带插图、带评论这些要素一样。从这一事实可以明显看出,所谓的历史小说是把专门面向知识分子的历史书改编得简明易懂,再配上图画,目的是让一般民众易于理解,这是历史小说原本的定位。这种创作态度尤为草率,从余象斗刊行的其他书中也能够察觉出来。事实上,可以说《列国志传》是出版商毫无批判地将既存文献拼接在一起的结果。它所采用的蓝本是《全相平话》(或者是与其具有相同正文内容的书)和《通鉴纲目》系统中的通俗历史书。估计它的具体制作顺序如下。

首先,收集《全相平话》中对应时代中的相关内容。以殷周革命为对象的《武王伐纣书》、以战国时代为对象的《七国春秋后集》,以及如今已经失传的《七国春秋前集》就是收集对象。但是,《列国志传》并没有采用同样涉及战国时代的《秦并六国平话》,这或许是因为制作者(据传是余象斗的叔父)并没有收集到全套《全相平话》。利用《全相平话》一定是为了收集有趣的故事,这样做也是为了让读不惯生硬书籍且文化修养不高的读者能够保持长久的兴趣。但是,删除了《七国春秋后集》后半部分比拼妖术这种过于脱离事实的内容。

其次,平话中只选取有趣的故事,即只选取动乱时期的故事。然而,既然标榜历史书,就不能中断编年体记述。《列国志传》从殷的灭亡到秦的灭亡,叙述了长达八百年间的历史。当然,需要填补空隙时,就用到了通俗性历史书。毫无批判性地将通俗性历史书和全相平话两者黏合在一起的结果,就是有些部分在内容和文体上产生了显著的落差。比如,卷一几乎原封不动地使用了《武王伐纣书》的文章,太公望用照魔镜使妲己显露原型,"妲己露本相,却是九尾金毛之狐狸,咆哮于场上。……",这是一种传奇色彩浓厚的结尾方式。然而,与此不同,卷二中以"武王既平殷乱,将复归西伯之位,以听天命"这种平淡的语气进行了叙述,也看不到活跃在卷一中的超人。两卷文体虽然都以平易的文言文为主,但是前者在对话中经常采用白话文,叙事部分也多少会使用一些白话进行细致的描写;后者却始终完全采用文言来进行大致的叙述。如此,内容和文体都存在较大的落差。尽管如此,却没有任何痕迹显示制作者注意到这一点。因此,不免让人感觉这本书在东拼西凑,而且大幅剪切平话《七国春秋后集》,使得其所采用的部分在前后显示出尖锐矛盾。

这一时期制作的大多数历史小说具有同样的特征。比如,与《全相平话》之一《前汉书续集》有重复内容的《全汉志传》和《两汉开国中兴传志》(涉及前汉的部分),以及《西汉演义》,将重复平话的内容作为作品的基本内容,对于平话中没有的内容就从史书中借用过来。《全汉志传》《两汉开国中兴传志》两部作品中的后汉部分与《东汉十二帝通俗演义》,将完全脱离史实的"汉小王光武"的故事稍加修改后便强行与史实结合起来,从而导致了很大的矛盾(以上几点参照小松谦:《中国历史小说研究》,汲古书院,2001年,第一章和第三章)。

通过这种粗糙的方式制作的历史小说中也存在完成度很高的出类拔萃的作品——《三国演义》。

《三国演义》——历史小说的最高峰

《三国演义》完成时期不明。通常认为其作者是元末生人罗贯中,如此,就和《全相平话》刊行的时期大概一致,从作家与作品发展的模式来看也为时过早。此外,还有很多小说被认为是罗贯中的作品,但是,那些作品不可能都出自同一人物。或许"罗贯中"只是优秀历史小说作者的代名词。只是,这一名字商标化的契机很可能源于历史小说中最重要的《三国演义》与罗贯中本人的密切关系。元末明初,罗贯中这一人物将《三国演义》的原型书籍进行汇总,这应该是不争的事实。但是,汇总以后的书一定与现存的《三国演义》有着较大差异。

那么,《三国演义》的制作是出于何种动机呢?其实,书名本身已经回答了。现存最古老的嘉靖本的题名为《三国志通俗演义》。"三国志"当然是史书的名字,"通俗演义"指的又是什么呢?"俗"指的是没有文化的人,故"通俗"意为"没有文化的人也可以理解"。另外,"演义"中的"义"指通俗易懂地解释说明,所以《三国志通俗演义》的意思是"任何人都可以读懂的《三国志》"。事实上,嘉靖本的两篇序文中对此也有明确记述。

首先,写有弘治七年(1494)的《庸愚子》序文记载了如下内容:《春秋》和《通鉴纲目》晦涩难懂,因此根据野史,创作了"评话"(平话),并由盲人来吟唱,语言庸俗,漏洞百出。但罗贯中的《三国志通俗演义》"文句易懂,语言并不过分低俗,内容依史实而记载,可以称得上接近于历史",因此,"书成,士君子之好事者,争相誊录,以便观览"。据此可知,流行已久的说法很难令人信服——《三国志通俗演义》一开始是以抄本的形式流传，直到明代后期才被出版。

这里记述的是，将《三国志通俗演义》作为一本通俗历史书出版，为那些文化水平极低的人也提供了享受书籍乐趣的可能。除了商业目的，制作此类书的必然原因是什么呢？因为难以入手，所以大家都誊写摘抄，这一点应该是书籍的一个宣传措辞。正如序文《庸愚子》这一戏弄性的笔名所示，恐怕这类作品的产生还是出于商业目的。

嘉靖元年（1522）修髯子写的《三国志通俗演义引》中"余"说道："史书晦涩难懂，因此需要通俗易懂之物。""客"对"余"大加赞同，并提议"请寿诸梓，公之四方可乎"，故"余"在此作诗一首，之后就附上了一首诗。可以说这是明代后期商业出版物序文的一个典型写作模式。也就是说，这篇序的意义或目的如下：强调某书的意义，并且必须将有意义的书传播出去。无论怎么来看这都是进行商业宣传的文章。

然而，我们很难认为载有这些序文的嘉靖本是商业出版物。其印刷精美，字体大，但是正文引经据典不准确，漏句现象严重。这与官刻本，也就是政府机关发行的出版物特征一致。明代出版了大量的官刻本，其刊刻尤为精美，但官府工作中常常对校勘马马虎虎。通过周弘祖整理的官刻本的详细目录《古今书刻》可知，《三国演义》由都察院（监察的最高机关）刊行。另外，根据刘若愚记载的关于明末宦官实际生活状况的《酌中志》一书可知，内府（管辖后宫宦官的机关）也刊刻了《三国演义》。如此，嘉靖本是官刻本的可能性就非常大了。于是，嘉靖本的两篇序很可能是为以官刻本为底本的商业出版物附加的内容。从这一点来看，现存嘉靖本的刊行年代，可能要远远晚于《三国志通俗演义引》中所言的嘉靖元年。

总之，《三国演义》是被当作文化修养方面的书制作出来的，其制作手法也与其他历史小说一样，是将史书和民间艺术的文本相结合的结果。

实际上,《三国演义》的初始部分"后汉恒帝崩,灵帝即位。时年十二岁"之后的内容依据年代顺序用文言文记述,再之后是讨论应对自然灾害良策的奏文,这明显是历史书的文体。另外,现存最早的商业出版文本叶逢春本〔建阳刊本,嘉靖二十七年(1548)刊,书名为《新刊通俗演义三国史传》〕在各卷开头写有"起~帝~年~岁　止~帝~年~岁　首尾共~年事实"。这是建阳刊历史小说常见的一种形式,强调了历史书这一特征,是为了吸引那些想要获得历史知识的读者。

　　但是这类书也存在民间艺术活动的痕迹。在故事开始不久后的"刘玄德斩寇立功"这一部分,关于张飞的初次建功,叶逢春本的讲述如下:

　　　　手起枪落,刺中心窝、邓茂落马。

　　　　欲教勇振三分国　　先试衔钢丈八矛

　　用诗来概括战斗的这一模式与《全相平话》的模式相同。但是,在《三国演义》对应的这一内容之后看不到唐突地插入诗句的例子。即使插入诗句,也只是以"史官赞曰"这种形式来尽力消除不自然的感觉。另外,嘉靖本、吴观明本(也称为李卓吾批评本)等诸本都会采用"以诗为证"或者"有胡曾咏史诗为证",但是这些说法在作品中出现的次数非常少。正如前文所示,这些说法被认为是民间艺术活动中的套用语,但问题是数量仅为三到五句,对这么大型的长篇作品而言未免过少。当然,还有很多地方插入了诗句,但它们往往采取"史官赞曰""有诗赞曰"或者单纯的"有诗曰"的形式,舍掉了词语"为证"。其产生的原因有可能是在某一阶段统一删除大多数的"有诗为证"时出现了修改遗漏现象。这正显示了以下动向——商业出版物原来的文本采取了浓厚的民间说唱艺术形式,后来为了让其与史书体裁更加和谐地结合起来,在某一阶段出现了要删掉民间说唱艺术用语和此类艺术活动形式的动向。叶逢春本或许展示了《三国志演义》故事的早期形态,其中可见大量的"有诗为证",对上文的动向具有极为重要的暗示意义。

此外,在各章的结尾处都一定放置了一句具有明显说唱艺术特色的句子:"未知……性命如何,且听下回分解。"这个是几乎所有长篇小说共通的地方。为什么这种说法没有消失呢? 有一点一定不能忘记——历史小说一定要让读者意识到讲述人的存在。历史小说并不是放在书桌上默读,而是应该由读者大声读出来,它在书写时采用的体裁是讲述者讲述内容这种记录形式。正如上文所言,近代之前的读书活动原则上都是大声朗读。像叶逢春本这种上图下文式文本的存在暗示了通过绘画读者也可体会阅读乐趣。因此,在大多由文言文书写的《三国演义》的叙事部分有时候也会掺杂白话文。毋宁说白话存在的前提是记录口头讲述的内容,对于那些不具有口头性的内容原本就不可能使用白话。正因如此,作为评书等说唱艺术文字化的指标,必须保留这种形式。当然,在每一章的结尾处采用套用语尤为方便也是理由之一,这一点不必赘述。

下面看一下叙述部分掺杂白话的例子,引文来自嘉靖本(卷三《吕布夜月夺徐州》):

> 却说张飞自送玄德登程去了,一应民讼,并与陈元龙管理,军机大事,自家掌管。飞恐失和气,乃设一宴,遂请各官赴席。是日筵席上,张飞开言曰:"我哥哥临去时,分付我少饮酒,恐失大事。众朋友自今日尽此一醉,明日禁酒。各各都要满饮。凡事都帮助我,保守城池。"把酒到陶谦手下旧将曹豹面前,豹曰:"我从天戒,不饮酒。"张飞曰:"厮杀汉如何不饮酒? 我要你吃一盏。"豹惧怕,只得饮一杯。

　　不论是对话还是叙事部分，可以说这一段是《三国演义》中最具有白话特色的一段。开头叙述部分出现表示完成意思的"了"，这个词显然是一个白话词，其余像表示"出发"的"登程"，表示"全部"的"一应"，表示"给"的"与"，表示"自己"的"自家"，等等，说叙事部分全部用白话记载也不为过。进入张飞的对话部分，这种白话倾向更为明显。特别要注意文中采用了"哥哥""众朋友"等词。张飞醉酒后胡搅蛮缠的对话中居然出现了"厮杀汉"一词，其中"厮杀"源于互相打杀引申而出的合战之意，而后添加的"汉"则表示了不起的男人，可以说这些词几乎都是俗语。

　　那么，为什么这一段内容会具有这样的白话特色呢？关键在于这个场面的主角是张飞。《三国志平话》中张飞堪称"江湖"世界的代表。这种特征在《三国演义》中也没有发生变化。张飞的语言在《三国演义》中充满白话特色，是作品中尤为特殊的存在，而且，其在称呼主君时采用表示江湖结义兄弟关系的称谓"哥哥"，在称呼同僚和部下时采用江湖中常用的表示具有结合关系的词语"朋友"。这些词语是一个记号，表明了张飞在江湖中所处的地位。就连叙述部分的词语也带有白话特色，这也表明这一部分可能和口头表演艺术具有密切的关系。

　　正如上文所示，《三国演义》中拼接史书和民间艺术文本内容的方法远比《列国志传》精练，但是文体方面仍然存在落差。正如后文所述，在清朝初年刊行的《三国演义》的改编版毛本中，改编者尤其对这些地方进行了修改，这应该源于毛本之前的《三国演义》从一致性来看依旧存在问题。

　　尽管这一部分使用了很多白话，但是没有具体的细节描写。细节方面只是出现了张飞的行动和语言，并没有描写宴席的状况，读者也不清楚除曹豹和陈元龙以外的出场人物的名字、头衔、座席位置等。总之，这一部分虽然使用了白话词汇，但是几乎没有涉及现实描写的一面。这一点与其他以文言词汇为主书写的部分没有太大差别。但是,文中张飞的语言,尤其是酒后胡言乱语的部分是以往几乎没有记录过的,这一段描写尤为精彩。换言之,在《三国演义》中白话词语只在一部分对话中作为有效描写现实的手段发挥了功能。这反映出白话作为口头语的真实再现,在"对话"部分逐渐成熟起来。《三国演义》中大量使用白话词语的部分,在"对话"部分以白话词语的形式进行了有效的叙述,而叙事部分只能进行简洁的描写——这些保留了早期白话小说的特征。

关于《三国演义》的文句,还有一点需要注意。那就是关于情景和战斗的描写。从常识来考虑,像《三国演义》这种类型的故事在高潮部分应该会以豪迈的笔触描写宏大的战斗场景。但是,事实并非如此。下面我们来看一看嘉靖本如何描写《三国演义》最精彩的部分——赤壁之战(卷十《曹操败走华容道》)的。具体如下:

> 却说当日满江火滚,喊声震地。左边是韩当、蒋钦两军从赤壁西边杀来……火须兵应,兵仗火威。此时正是三江水战,赤壁鏖兵。着枪中箭,火焚水溺,军马死者不计其数。有赋曰:汉朝欲灭,曹操独雄。……流光闪烁,涌一派沧浪之波……

一看这段文字我们就会发现叙事部分根本没有描述无数战舰在熊熊大火中燃烧的情景,仅有一句"满江火滚"。但是,并非没有情景描写,它都由后面的赋来完成。

这种现象并不局限于赤壁之战。《三国演义》中,每当需要情景描写时就会出现赋和诗词。也就是说,叙事和韵文具有明确的分工。反过来说,叙事部分缺乏描写情景的能力。

之前的章节曾提及,在文言文中散文不太具备描写情景的能力,情景描写主要由韵文来实现。在白话文中情况相同。可以说通过诗词和赋等韵文、美文来描写情景的方式在中国是不可动摇的传统。与其说这是因为中国白话散文缺乏表现能力，不如说在中国，对于人们印象中的风景的描写早已固定在诗词的语句中了。

白话文的确立——《水浒传》

《三国演义》的确是有别于其他历史小说的优秀作品。但是，从文章层面来看，其算不上特别新颖。白话小说很早就具有这样的萌芽：它朝着与文化修养书籍不同的方向发展。有一种文体在中国文章表现方面开辟了新领域，这个文体从其他方向突然以完成形式出现，这就是《水浒传》。

如今，在日本，《三国演义》的知名度超过了《水浒传》。但是，中国人几乎不会将《三国演义》与《水浒传》相提并论。中国人认为《水浒传》的成就要在《三国演义》之上，它是尤为杰出的作品，地位远超《西游记》和《金瓶梅》，是中国文学作品中最优秀的作品之一。为什么《水浒传》会获得如此高的评价呢？

在中国文学中被给予特殊地位的文学作品，具有共通的特色。比如司马迁的散文、曹植的五言诗、杜甫的近体诗的共通点是，作者在各自作品的风格方面都是真正意义上的完成者。最初诞生的尤为充实的作品即成为这一领域最优秀的作品，之后便作为典型发挥作用。《水浒传》也是同样的情况，明末清初高度赞赏《水浒传》的人们，其共通点即称赞《水浒传》的文章特色。许多人将《水浒传》与"太史公"的作品——《史记》类比，认为小说内容在许多方面饶有深意。实际上，《水浒传》的文体尽管在不同部分显示出差异，但是在叙事和对话部分基本上采用了纯粹的白话记述，文章的充实性远远超过了之前所有的白话文献，即《水浒传》才是白话文的确立者。

那么,被极力宣传的《水浒传》的文章,其精妙在何处?下面举例分析。比如容与堂本第二十六回武松血刃潘金莲这一场面(下文若没有特殊说明,引文就都来自容与堂本),被金圣叹称赞为《水浒传》乃至中国散文的最高峰。

武松恍然大悟——哥哥武大是被嫂子潘金莲的私通对象西门庆所杀,于是就去知县那里报案,但是,知县收了西门庆的贿赂,驳回了武松的诉讼。这个时候,武松说了一句"既然相公不准所告,且却又理会"。"既然"是提示前提条件的词语,前半句的意思是"既然知县大人不受理我的诉讼"。意味深沉的是后半句,"且""却""又"三个副词并列。"且",是"暂且""暂时"之意;"却"用于表示"居然""出乎意料地""然而"这些情况,这里意味着产生了转折;"又",是"再次""再"之意;"理会"一词虽然意思众多,但是这里指"处理""考虑采取必要的措施"。换言之,表面上来看这句话的意思好像是"那我要重新考虑了",但实际上变成了一种含有复杂味道的措辞,"(你不受理的话那我也没有办法)总之,我只能换一个方式来处理这件事了"。这里看上去好像武松坦率地表示要重新想办法,实际上是他在发布令人惊恐的转换解决方式的宣言——如果合法手段行不通,就不惜动用非法手段。显示此意的正是"且""却""又",尤其是"又"字。

之后,武松自带了两三个土兵(在当地雇用的民兵,他们是警察队长武松的部下)走出县衙,拿了笔墨纸砚,买了三五张纸放进怀里,又让两个土兵买了一个猪首、一只鹅、一瓶酒,以及点心、水果之类,摆放在武大郎的灵前。我们需要注意这里标有详细数字的细致描写,可以说过去的文字资料中从来没有这种对日常生活细节的记录,这其实是对武松性格的描写,尤为精彩。他一边隐藏起自己膨胀的杀意,一边淡定地买好所有祭奠所需物品,加之购买日常用品,皆是在为残忍的复仇做准备。作者不遗余力地表现了武松这一人物的冷静和冷酷。当然,这样说是因为我们知道了故事结局。如果在不知后续情节的情况下来阅读,就可能会猜想后文武松要采取的恐怖行动,在猜想过程中武松买东西的内容出现,悬疑感随之增强。

以下内容引用了叙事部分:

> 约莫也是巳牌时候,带了个土兵来到家中。那妇人已知告状不准,放下心不怕他,大着胆看他怎的。武松叫道:"嫂嫂下来,有句话说。"那婆娘慢慢地行下楼来,问道:"有甚么话说?"

"巳牌"指巳时,即接近中午时分。这里要注意的是句中插入了"约莫"(大概)和表示委婉语气的"也"。也就是说,"大概到了巳时"一句表明讲故事之人出现在了表面,这句话是他在衡量时间推移的基础上交代了自己的推测。换言之,在《水浒传》中讲述人未必置身事外,这是《三国演义》中不曾出现的特征。

一般在带有大众色彩的文艺(这里使用的这个词统括了文学作品、漫画、民间表演艺术等)中,往往需要第三者存在,让其目睹现场,抒发感想。比如在今天的体育漫画中可以说要求广播员、解说员及观众必须存在,这是一个特征明显的事例。他们在故事展开过程中发挥了读者或者听众代言人的重要作用。读者或者听众有时会听到与自己同样的感想从而证实自我想法的合理性,有时会听到陈腐的感想从而产生某种优越感。《水浒传》中时不时会出现一些乍一看好像没有必要出场的旁观者,故事讲述者有时会担任这一角色。这应该源于《水浒传》的叙述方式还保留了民间说书活动的风格吧。那又是什么令讲述人的这种微妙语气的表达成为可能了呢?应该是因为其巧妙运用能够传达微妙语气的"约莫""也"之类的白话词语吧。

接近中午时分,武松"带了一个土兵来到家中"。这里又列出了具体数字"一个"。"那妇人已知告状不准,放下心不怕他,大着胆看他怎的。武松叫道:'嫂嫂下来,有句话说。'"这一部分,讲述人进入潘金莲的内心世界来进行描写。也就是说,《水浒传》的讲述者是所谓的全能讲述者。但是,正如前一段完全没有描写过武松的内心一样,不需要叙述的时候就不叙述。这依据戏剧效果的有无来判断。换言之,讲述者在讲述时完全是根据个人喜好进行的。"大着胆看他怎的",这句话直译出来就是"大着胆子看他能怎么样",鲜明地表现了潘金莲天不怕地不怕的性格。这里白话词语"着""看""怎的"发挥了重要作用。"武松叫道:'嫂嫂下来,有句话说。'"——通过这句话要注意到武松直至最后都采取了礼貌态度。

于是,"那婆娘慢慢地行下楼来,问道:'有甚么话说?'"中,"婆娘"是对女性的蔑称。这个词不是从武松,而是从讲述者口中叙述出来,这意味着讲述者对自己所讲述的内容进行了价值判断。也就是说,这名讲述者不仅具有全能、人为性强的特征,还进行了非常主观的讲述。迄今为止所看到的细致描写,可以说全部是服务于这种倾向的叙述。另外,要注意副词"慢慢地",这个词语巧妙地描写了潘金莲的厚颜无耻和无法无天。《水浒传》中有很多对行动进行描写的内容实际上反映了人物心理。

也就是说,在《水浒传》中全能的讲述者一边营造表达效果,一边进行口头讲述。这种风格自然是模仿说书艺人的说唱而来。换言之,正因为《水浒传》由白话构成才会有如此细致的描写。也就是说,使用白话词汇,进行细致的日常描写,叙述者有意识地营造效果而成为恣意的全能讲述者,这些全是一体的,其发源于民间艺术表演活动。但是,过去在把民间表演艺术活动中的讲述内容文字化的时候,还未将所有细节文字化。《水浒传》能够成为中国文学史上最重要的作品之一就是因为它集合了历史上未曾有过的极具表现力的文句。

同时代的人们惊叹于《水浒传》中新鲜的句子,如上所言,人们夸赞《水浒传》,将其比作《史记》。那么,为什么人们会联想到《史记》呢?看后文的分析就会明白。

武松叫来了街坊四邻,以这些人为证人,强令潘金莲写下供词,在潘金莲签字画押以后杀死了她,这一过程的描写尤为详尽。虽然它显示出逃避责任的消极态度,但是每一个邻居微妙的反应以及武松小心应对但又不容分说的态度,提升了身临现场的感觉,让悬念显得更为扑朔迷离,也在突出武松性格方面产生了极大的效果。这里需要特别注意的是,文章对被召唤而来的街坊座次进行了细致描写。从这个场景可以立刻联想到很久以前的一个有名场景——《史记》中鸿门宴这一段。当时鸿门宴中对座次进行了详细描写,有论调指出这种不同于以往的现实描写可能来源于民间表演艺术。明代人能从《水浒传》立刻联想到《史记》,这表明两者在底层具有共通之处——人们从这两部书中都感受到了民间表演艺术表现方式的韵味。当时将《史记》奉为文章模范的复古派势力浩大,《史记》的阅读风靡一时。这也是《水浒传》能被知识分子阶层广泛接受的原因之一。

但是,民间说唱艺术活动的文本是以既往的文字形式固定下来的,其内容过于苍白,正如前文所述。那么,《水浒传》为何能够产生如此充实的文字文本呢?这很容易被归功于天才般的作者,其实,这一时期的白话小说并不是作家闭门造车创作出来的。《水浒传》中的词语、文字表记和文体也在不同章节中表现出了差异,但是,在某个时间有人把相当多的内容进行了汇总,而且,这个人物运用白话的能力尤为高超,这两点不容置疑。那么,这个人物是如何创设这一文体的呢?笔者将《水浒传》与它产生之前的白话小说进行比较,以期在某种程度上搜索出创作《水浒传》过程的踪迹。

嘉靖年间刊行的短篇小说集《清平山堂话本》中包含了许多古老的文章。下面来看《杨温拦路虎传》(下文简称《杨温》)。

主人公杨温前往泰山参拜,不料在睡觉时遭强盗团伙袭击,妻子被夺。身无分文的杨温在茶馆与杨员外(员外指有钱人)相识,两人比试武艺。原文如下:

> 那官人共员外使棒,杨温道:"我不敢打着。打着了不好看。"使两三合了,员外道:"拽破,你那棒有节病。"那杨温道:"复员外,如何有节病?"员外道:"你待打不打,是节病。你两节鬼使,如何打得人?"

"官人"是一个白话词,意思相当于"老爷",但是这里的"官人"所指不明,鉴于这部小说之前称杨温为"杨官人""那官人",那么,这里一定是指杨温。问题在于叙事文中竟然对出场人物使用敬称。这种现象乍一看感觉奇异,实际上在评书的世界中绝不稀奇。比如在清代后期刊行且广泛流行的武侠小说《三侠五义》,其改编自评书的笔录本《龙图耳录》,两本书的叙事部分都将作为主人公的侠客尊称为"爷"。也就是说,这些书的风格是讲述者怀着崇敬之心描述主人公所形成的。尽管如此,文章中马上就出现了"杨温"这样的称呼,因此我们无法否认作品中人物称呼极其混乱的事实。

由于笔者对武艺方面的词语不甚了解,故不能进行精确的翻译,姑且直译如下。

老爷杨温与员外用棒进行较量。杨温说道:"我不能打着你,打到你的话就不好看了。"两三个回合之后,员外说:"退回去!你的棒有问题!"

杨温说道："回员外！为什么您说我的棒有问题呢？"员外答："你想要打却又不打，这就是问题。你两次都采用了奇怪的方式败下阵来（笔者不清楚'两节'的意思，暂且将其翻译为动作次数），不可能打得着。"

上文基本是由会话组成并推进的，笔者虽然尽力翻译，但是文中对话过于简单，很难令人理解其准确意思。能够获取到的信息只是杨温隐藏实力，员外说让他拿出真本事来较量。

不论是人称的不统一，还是文章过于简洁导致意思令人难以理解，都不得不说有关《杨温》的白话文作为书面语言尚不成熟。实际上，《水浒传》第七回林冲和洪教头比武的情节与这一部分极为相似。

林冲落入奸臣高俅的圈套，被判以莫须有的罪名。在被流放的途中顺便拜访了拥有特权的后周皇帝后裔柴进。赫赫有名的禁军棒术教头林冲来访，柴进大喜，希望林教头与自己府上教习枪棒的师父洪教头比武。原文如下：

> 当下又吃过了五七杯酒，却早月上来了。照见厅堂里面，如同白日。柴进起身道："二位教头较量一棒。"林冲自肚里寻思道："这洪教头必是柴大官人师父，不争我一棒打翻了他，须不好看。"柴进见林冲踌躇，便道："此位洪教头也到此不多时，此间又无对手。林武师休得要推辞，小可也正要看二位教头的本事。"柴进说这话，原来只怕林冲碍柴进的面皮，不肯使出本事来。林冲见柴进说开就里，方才放心。

首先令人吃惊的是极为细致的描写。"当下又吃过了五七杯酒，却早月上来了。照见厅堂里面，如同白日。"这里令人耳目一新的叙事准备在《杨温》中不曾出现。除此以外，还进行了尤为细致的心理描绘。"柴进起身道：'二位教头较量一棒。'林冲自肚里寻思道：'这洪教头必是柴大官人师父，不争我一棒打翻了他，须不好看。'""不好看"，应该翻译为"糟糕"，但是若要直译，意思就是"外貌丑陋"。我们需要注意"不好看"这个词和《杨温》文中的词语有共通之处。且不论《水浒传》和《杨温》两部作品之间是否存在相互影响关系，这种共通之处确实表明它们是依据同种模式创作出来的，但两者的写作方式完全不同。

《杨温》中只是生硬地记述"杨温道，我不敢打着。打着了不好看"，并没有明确表示这是口头表达还是内心活动。然而，在《水浒传》中，首先采用"林冲自肚里寻思道"显示这是林冲内心的想法。特别是在"肚里"之前，还加上了表示"自己""随意"等意思的词语"自"，进一步增强了效果。另外，有关林冲思考内容的描写也与《杨温》不同。首先鲜明地摆出洪教头可能是柴进师父的根据，在此基础上添加了表示"令人为难""没有其他对策"等微妙语气的"不争"，之后使用了带来真实现场感受的词语"打翻"，在这以后出现了"须不好看"。句中词语"须"带来了"应该""一定"等语气，可以说为心理活动营造了很好的效果。

也就是说，虽然两部作品采用的措辞基本相同，但是《水浒传》中进行了更加细微的心理活动描写，为把意思准确无误地传达给读者下了一番功夫。林冲的心理活动之后还有表现微妙心理活动的内容。"柴进见林冲踌躇，便道：'此位洪教头也到此不多时，此间又无对手。林武师休得要推辞，小可也正要看二位教头的本事。'"虽然这一部分在理解时也会让人产生当事人是本人还是他人的差异，但这与《杨温》上述内容后续部分的说法尤为相似——员外说："我正要你打着我。我喜欢你打来，不妨两个再使。"《杨温》中随意重复"我""你"，措辞尤为生硬，《水浒传》与其相比则尤为含蓄。特别是柴进的一番话，"此位洪教头"一句中使用了对老师含有敬意的量词"位"，紧接着却采用了视洪教头为外人的见外说法，之后用带有深深敬意的"武师"一词来尊称林冲,说到自己时用第一人称谦称"小可"。有关柴进的这段记述突出了他的礼貌、大方,堪称精彩。

之后便是讲述者的评论:"柴进说这话,原来只怕林冲碍柴进的面皮,不肯使出本事来。林冲见柴进说开就里,方才放心。"此处对微妙的心理进行了解说,这种画蛇添足的说明是《水浒传》之后小说中的常用套路,也是评书中常用的做法,体现了寻求旁观者评论的意识。说书艺人在讲述《杨温》的故事时也一定增加了这样的要素,但是它的文字文本中还没有写到这种程度。换言之,《水浒传》的文字文本对原本由说书艺人裁夺的部分也进行了记录。这一时期出现了将戏曲中原本用于口头演唱的唱词全部文字化的倾向,来源于评书的小说也出现了同样的动向。

《杨温》和《水浒传》内容相似的不止这一个场面。之后,杨温在泰山庙会上打擂,大败自夸打遍天下无敌手的李贵,这一情节与《水浒传》第七十四回泰山庙会擂台赛中燕青打倒任远的情节相似,甚至连一部分对话内容也有共通之处。但是,两者的不同之处在此处也尤为鲜明。特别是人称方面,杨温有很多称呼——"承局""杨三官人""杨官人""杨三官""杨三""杨承局""杨温"等;与之相对,《水浒传》的叙事部分从头到尾只用"燕青"一个称呼。此外,《水浒传》中,除了太守还有各种各样的游客登场,他们或阐述自己的感想,或发呆,或喝彩,由此展开了丰富多彩的情节,《杨温》中却没有这样的描写。《水浒传》中细致的心理描写在《杨温》中也几乎看不到。也就是说,《水浒传》中泰山庙会打擂台这一部分的记述方式与之前的作品相比发生了变化,而这一变化与林冲等人比试武艺情节的书写变化几乎一致。

通过《水浒传》和《杨温》两部作品中相似场景的对比可知,《水浒传》中的文句可能来源于说书先生的蓝本,它的成立是在原始白话文的基础上进行彻底改良的结果。具体进行了怎样的改良呢?

　　第一，对场面、服装、动作等的细节进行描写。第二，对心理进行描写。除讲述者代替直接参加活动的人物讲述其内心活动这种描写心理的形式以外，对话和行为的细微之处也能够表现心理，这与第一步列举的细节描写相关联。第三，特别是在对话部分多用副词和语气助词，这也是进行心理描写的方式。第四，增加讲述者和旁观者的评论。尽管《水浒传》以前的白话小说中未必没有这样的描写，但是《水浒传》中的描写更为精练，且效果非同一般。这些描写正如笔者在前文中所讨论的，是改编之人尝试把现场说书艺人为了增加说唱效果而采用的技术文字化的结果。

　　另外，《水浒传》中也进行了脱离民间说唱艺术方向的改变。比较明显的一点就是人称的统一。在说唱活动现场一直使用同一个称谓会非常单调。《杨温》中经常替换人物名称就是出于这个原因。用耳朵来听的话可以避免产生误解，所以说书艺人会借用动作、声色等来引导听众。但是，如果用文字阅读的话，在叙事部分对同一人物采用各种各样名称的方式会对内容的理解产生很大障碍。因此，叙事部分必须统一称谓。但是，在出场人物的对话部分使用不同称呼并不影响理解。出场人物根据各自的立场改变对对方的称呼非常自然，这反而使口气听起来更加逼真，进而成为表现说话人性格的有效手段。《杨温》的叙事部分停留在说书艺人讲述的形式上，即体现了对话的特色，但是，改编者在《水浒传》中尽管在有意识地保留说书先生的口吻，但它毕竟还是以文字阅读为前提的。

　　我们还发现了《水浒传》的另一倾向——试图避免同一单词的重复使用，寻求词语和语法的各自统一。比如在《杨温》中的对话文里人称代名词被反复使用，甚至显得啰唆。另外，在宾语的位置方面，从现代语的语法体系来看尽管可以进行破格表达，但是《水浒传》中这种例子变得很少。在词语方面，人称代名词、疑问词等的使用上也显示出统一的倾向。可以说这些都是为了让读者在文字阅读时不产生误解，为了使他们更容易阅读而进行的改良活动。换言之,这些都是为了把白话固定为书写语言而采取的措施。

也就是说,《水浒传》产生之前源于民间说唱艺术蓝本的原始白话小说,只记录了事件的大致框架,而《水浒传》与它们不同。《水浒传》一方面在承袭说唱艺术突出现场性的基础上润色,使文章生动,令内容更为丰富;另一方面,努力调整文句以使其作为书面语言独立起来。于是,诞生了新的白话小说《水浒传》,作为书面语言的白话文暂且确立下来。

但是,显而易见,依靠《水浒传》一己之力并不能使白话文确立下来。比如《清平山堂话本》中的小说作品中有相当一部分是由非常完备的白话文串联而成的。另外,明末刊行的三部短篇小说集"三言"虽然出版年代晚于《水浒传》,但是人们认为其中收录的很多作品的创作时间要早于《水浒传》,其中一些白话文作品与《水浒传》相比也毫不逊色。既然要以商业为目的刊行读物,那就要摸索出有趣又通俗易读的内容,这是一种必然趋势。换言之,把白话文作为书面语言确立下来的动向,在出版娱乐读物的发展过程中普及开来,《水浒传》是其中水平最高、规模最大且影响力最强的一部作品。

但是,尽管说《水浒传》中的白话文远比文言文具有强大的表现力,但它绝不是万能的。打开容与堂本《水浒传》,首先注意到的便是美文和韵文的数量很大。构成美文和韵文主体的便是被称为"四六"的美文,"四六"美文采用了四六骈俪体那样的格式。在评书中插入这种美文是一种惯例,人们推测《水浒传》也继承了民间说唱艺术的风格。从这一点来看,它与专门插入诗赋的《三国演义》看起来不同。但是,在插入方法这一点上,两者非常相似。《水浒传》与《三国演义》一样,都是在描写战斗的部分插入美文。正如前文所述,在表现室内和庭院状态、宴席的情况等日常生活场景时,《水浒传》中的白话文充分发挥了描写能力。但是,一旦出现险峻的高山、恢宏的寺庙及战斗等非日常的场面,就会突然转换叙事方式,转而用美文和韵文来表达,比如第四回鲁达前往五台山的场面:

> 鲁提辖看那五台山时,果然好座大山。但见云遮峰顶,日转山腰。嵯峨仿佛接天关,崒嵂参差侵汉表。

这一段借鲁达的视角描写了高山的险峻,"但见"这一术语后出现了美文。"但见"的使用是导入美文的契机,这来源于讲解图画时,说唱艺人一边给听众展示图画,一边吟唱美文,也就是说"但见"是一个来源于民间说唱活动的词语。美文的内容是以对句形式连接古代诗文中形容山川的老一套表现。

除此以外,对于战斗情景、服装(包括装备)、容貌,《水浒传》也没有以白话的形式进行细致描写,原则上依赖美文和韵文。这表明了白话文在表现能力方面的局限。日常生活和庶民生活状态等无法用文言文描写,白话文则恰巧具有这样的描写能力。但是,反过来白话文缺乏描写非日常情景的能力。实际上,几乎不可能用日常生活中的语言对高山的险峻及战斗的激烈进行生动的描写。文言文作为书面语言确立以来,中国散文一直具有宿命般的问题:即使在文言文的世界中,只要描写美丽的风景或激烈的战斗就不得不依赖韵文。白话文描写风景之类的能力也逊色不少,因此只能依赖于排列陈腐老套的美文。

另外,在容与堂本《水浒传》中,我们也能够看到白话作为书写语言尚没有固定下来的一面。比如第二十七回武松被流放的情节中,"武松道,两个公人,你们且休坐了,赶下岭去寻买些酒肉吃"。这一段话直译以后是"武松说:'两位官爷,你们暂且休息一会儿吧。下岭以后去些酒和肉吃吧。'"。问题在于"两个公人"。应该没有人会当着对方的面称呼其为

"两位官爷"。那么应该把"两个公人"视作动词"道"的宾语吗？但是,在《水浒传》中"道"后面经常紧跟着对话内容,而非宾语。实际上,《全相平话》中也存在很多同样的例子,元杂剧的早期刊本中也经常出现这样的例子。既然是杂剧中的戏曲台词,那么就一定不能用叙事形式来进行说明。

恐怕说书艺人在进行口头讲述时并没有明确区分直接引语和间接引语。即使说书活动一开始采取间接引语,中途变成直接引语,听书者也不会感到太大的不和谐感。但是,如果用文字来阅读的话,就会明显感受到不自然。那么,戏曲的情况又如何呢？

戏曲分为叙述体和代言体。后者指出场人物完全融入饰演角色代替角色说话,这是戏曲常见的形式。前者指演员除了对话还要讲述叙事部分(例如张飞出场以后说:"那时,张飞尤为平静地说道……"),乍一看好像很奇怪,但实际上日本的舞台艺术能和净琉璃也采取了同样的模式。此外,叙述体与代言体之间的界限也称不上明确。杂剧文本采用间接引语也是它的一种体现吧。

换言之,这些表达方式作为民间说唱艺术活动都没有不自然的地方,但是作为阅读用的文本就不再恰当了。杂剧以戏曲演出时演员使用的文本为基础,出现这种表达尚可理解,而《水浒传》并没有将评书内容原封不动地记录下来,为何也会出现这种表达呢？这是由于白话文尚未固定为书面语言,《水浒传》文章中残留了原始白话文的表现形式。

另外,白话所描写的对象也有局限。《水浒传》通过白话生动地描写了草莽英雄和庶民,整体上是一种幽默风格,文章充满了黑色幽默和无所忌惮的嘲笑,这表明在描写庶民时,作品依然承袭了那种往往带有喜剧风格的传统,然而滑稽之中读者也明显地产生了同样的强烈感受。但是,一旦描写对象变为统治阶层,情况就完全改变,一般文官会被描绘得无能且又狂妄自大,虽然多少也有例外,但是这种描写非常典型。在描写皇帝和大臣时,这种典型化的描写方式就更进一步了。忠臣、奸臣,以及东西方民间流传的义贼和叛乱者故事中的皇帝(暴政,被奸臣蒙蔽双眼)就像日本民间故事中的人物一般在完全没有存在感的朝廷里进行谈话。换言之,《水浒传》中的白话文绝不是描绘社会所有阶层的语言,它与以往的文言文相反,更适宜于描写相对下层的民众,一旦描写对象变成上层人物,白话文就无法进行现实描写了。

《水浒传》在草莽英雄之间成长壮大,其形成基础是代表草莽英雄观点的民间说唱艺术,从它形成的这些情况来看,出现上述白话文的特征应该是一种必然。这一阶段样式分化仍在继续进行,俗语依然被用来描写日常行为——这一原则并没有丢失。那么,《水浒传》为何被文字化? 又为何被出版呢? 虽说识字率在不断提高,但是如果没有使用文字的中坚力量——知识分子的支持,这种大部头的书是不可能被刊行的。此外,现存最早的版本容与堂本是带有很多精美插图的豪华本——这肯定是面向富裕阶层刊行的书。在这种背景下产生了知识分子之间的意识变革,这也成为扩大白话文受众面的要素。

知识分子进入白话文学的世界——《金瓶梅》及其他作品

容与堂本《水浒传》附有《李卓吾批评》。正是这部分内容陈述了刊行《水浒传》的主要原因。所谓的"批评"是对于文章和内容的赞赏、批判及其他各种各样的感想,具有作品阅读方法指南的个性。出版商一开始把这种批评当作文章写作方法指导放置在诗文或科举答案选集中,后来这些"批评"逐渐成为增加正文趣味的内容且广受好评,以至于被出版商添加到戏曲和小说中,成为增加商品附加值的重要手段。除了《水浒传》,容与堂还出版了附有李卓吾批评的《西厢记》等白话文学作品。但是,这些"批评"的真正书写人是不是李卓吾本人在当时就存有疑问,它们很有可能是伪作。那么,为何要采用冠有李卓吾名号的批评呢?

李卓吾,本名李贽,被称为中国史上著名的思想家。师出阳明学派的李卓吾十分憎恶伪善,提倡严格区分"真""假",倡导"童心说"。他认为人虽然生来具有童心即"真心",但随着成长就会被学习中所获取的见闻和道理支配,从而丧失童心。关于文学,李贽也提出"天下之至文,未有不出于童心焉者也",意即只要具备童心,无论哪个时代,无论哪种体裁,都可以被称为"古今之至文"。他将《西厢记》和《水浒传》视作与近体诗齐名的"至文",但同时,否定"六经"、《论语》、《孟子》。

过去人们一直不把白话文学放在眼里,尤其是《西厢记》和《水浒传》描写的内容更是不被大家认同。前者描写了违背父母之命而结婚的故事,被世人冠以"诲淫"之名;后者赞美无视法度之人,世人认为该作品"推崇造反"。李卓吾却把这两部作品定义为"天下至文",认为其地位远高于儒教经典,可以说这在当时是前所未有的观点。这一观点却非常有利于出版商出版白话文学。人们对它们的出版显示出尤为慎重的态度,得益于李卓吾先生的"批评",出版商凭此可以堂堂正正地向知识分子出售。此外,考虑到当时李卓吾的著作受世人欢迎的程度很高,即便出版商采用的"批评"非李卓吾本人所著,也不难理解他们企图以带有李卓吾名号的内容来增加销量的做法。

尽管李卓吾是当时颇具影响力的思想家,但是仅靠他一个人的思想也不会出现这种结果。实际上,是社会性要素促使李卓吾的出现。憎恶"假"追求"真"的态度并不是李卓吾的专利。"真"是当时文学界和思想界的关键词。正如前文所述,复古派诗人李梦阳等人认为民众吟唱的诗歌远比士大夫创作的诗歌具有"真"意。李梦阳等人为了解决这一问题,模仿"真"的作品,即模仿唐诗并力求使之同化。这一举措若运用于不同方向则可用于评价、模仿具有"真"意的民间作品并使之朝着同化的方向发展。

之所以产生李卓吾之类的思想,是因为同一时代的风向。王阳明思想重视"心",这必然会促使肯定"情"的学派产生,而"情"是朱子学派否定的内容。因此,出现了憎恶伪善、相比采取理性行为更愿意发出"狂"的行为,显示出乐于与志同道合者为谋,重视"侠"义的趋势(島田虔次:《中国近代思维之挫折》,筑摩书房,1970年,第二章"泰州学派")。所有这些动向全都直接引起了知识分子对白话文学,尤其是对《水浒传》的重视。对当时的知识分子而言,像鲁智深这种不顾利害得失、随心而行的粗暴人物,自己在本质上难以接受,但是,实际上这种人物却是他们渴望的理想形象。另外,公式化的文官批判内容随处可见,这是对"假"的士大夫的抨击,它虽然带有某种自虐意识,但是能呼吁那些寻求"真"的知识分子。这也是《水浒传》替代儒教经典成为新经典的重要原因。

于是,知识分子的意识发生了变化,当这种情况广泛出现以后,《水浒传》的多种版本开始流行,姑且不论"李卓吾批评"的真伪,不同刊本都附有冠以"李卓吾"之名的批评。《西厢记》作为"情"的经典之作也在出版时被附上了"李卓吾批评",这应该也是出于同样的原因吧。高级知识分子加入白话文学的读者队伍,这个契机一定会将白话转变成更为洗练的书面语言。

这一方向进一步发展,在知识分子之间最终产生了使用具备优秀表现力的白话来展开故事的倾向,这一点合情合理。在这种背景下,《金瓶梅》诞生。

关于《金瓶梅》的作者和形成时期,至今仍争执不断。唯一能够明确的是,从嘉靖年间到万历年间,某一人物(未必是一个人)创作了《金瓶梅》,最初人们以抄本形式传阅,万历年后期该书以《金瓶梅词话》之名出版。尽管人们认为其主要部分出自一人之手，但是由于其文本部分存在缺陷，故存在一些他人修补的内容，而且，主人公死后文体发生了明显变化，从这些来看，不能否认这些内容是由原著作者以外的人进行补充的可能性。但是，毕竟这只是修订版和续集的问题，而《水浒传》原本就是具有多种来历的故事集，又经多人逐次整理而成，两者在这个层面上性质不同。也就是说，与《三国演义》《水浒传》等以商业出版为目的的编纂而成的作品不同，《金瓶梅》是某位作家专门创作的作品，堪称中国最初的近代长篇白话小说。此外，其作者大概是一名写作水平相当高超的知识分子。这从两部作品对上流阶层生活的描写特点中即可推测出来——《金瓶梅》对上流阶层生活描写得非常具体，与《水浒传》对底层人民的生活描写形成了鲜明对比。

换言之，《金瓶梅》主要是由知识分子创作的最早的长篇白话小说，它的诞生受《水浒传》的影响，这一点毋庸置疑。原本该作品就是模仿《水浒传》而创作的充满嘲讽意味的作品。

《金瓶梅词话》是《金瓶梅》的最初刊本，它是以上文引用过的《水浒传》第二十六回武松斩杀潘金莲和西门庆这一堪称《水浒传》最精彩的片段为基础进行构思的。然而，《金瓶梅》中，勃然大怒的武松在杀潘金莲之前先径自去了西门庆饮酒的店铺，却发现机警的西门庆已逃走，于是迁怒于在场的小吏且将小吏杀害，后被流放。只凭此情节便能一窥《金瓶梅词话》的特点。《水浒传》中冷酷而又有计划性的杀人者武松，在《金瓶梅词话》中变成了粗暴的男人，《水浒传》中勇于面对武松的西门庆，在《金瓶梅词话》中虽然机警但过于卑鄙。此外，书中正义没有实现，罪犯依旧横行。

这样，西门庆和潘金莲未被武松斩杀，他们手握金钱和权力做尽坏事，弱者在他们面前不堪一击。该作品既然标榜劝善惩恶，因此最后设计西门庆服用春药过多而死，潘金莲被返回的武松杀死，但是读完以后留给读者深刻印象的并不是对他们的惩罚，两个恶人的下场只不过是作者安排给故事的一个结局，只是一个减弱其淫书印象、便于其传播的手段。作品重点描述的是他们生命力的强大和欲望的猛烈。可以说欲望才是《金瓶梅》的主题。作品中金钱欲、权势欲、食欲、性欲被大量描写，令人瞠目，将有钱有权能使鬼推磨这一恐怖的世间真相暴露无遗。

那么，被推测为高级知识分子的《金瓶梅词话》的作者，在创作时为何要模仿《水浒传》呢？以知识分子的眼光来看，《水浒传》是一部什么样的小说？对李卓吾一派而言，它可能是经典，但是对其他人而言，尽管作品饶有趣味，但是所描绘的事情只能让人感到脱离现实。这种脱离现实的感觉或许与李卓吾一派心中产生的感觉所差不大。因此，《金瓶梅》的作者使用了与《水浒传》相同的框架来描绘现实世界。换言之，如果把社会边缘人物的梦想结晶——《水浒传》看作天国篇，那么《金瓶梅》就是地狱篇。正是这个地狱展示了真实的世间百态。

以上是从文学方面进行的解释，还可以从文章论的角度来解释。《水浒传》的出现令描写日常生活细节成为可能，但是从知识分子的立场来看，《水浒传》所描写的是极其特殊的世界。那么，用这种文体来描写《水浒传》中未能描写的知识分子自身的日常生活，会产生什么样的效果呢？作者会不会是受这种想法驱动的呢？不管怎样，《金瓶梅》与四大奇书中的其他三本不同，既然它当初只是在猎奇之人的圈子内以抄本形式传阅，那么，其原型的创作应该不是以商业出版为目的。恐怕作者另有其他特殊的执笔动机（关于这一点，请参考笔者在其他论文中的讨论。小松谦：《〈金瓶梅〉的成立及其流布背景》，《和汉语文研究》2002年创刊号）。

因此，《金瓶梅》是彻底的现实主义小说，在中国自不必说，即使将其置于世界范围内，也是一个特例，正是白话文成就了它。《水浒传》确立下来的新文体，通过《金瓶梅》广为传播。这种描写风格甚至达到了非同寻

常的执拗境界,它对富豪或是大官的日常生活所进行的细致入微的描写
贯穿了衣食住行乃至性生活等各个方面且连绵不绝(西门庆在《水浒传》
中只不过是一个经济稍显富裕的小药贩,但是,在《金瓶梅》中西门庆后来
买官,将武官地位弄到手,并因此可以行使警察权力,为所欲为。其原型
可能是直属皇帝管理的秘密警察——锦衣卫的高官)。这一内容要求读
者具有强大的耐心,这也令《金瓶梅》从根本上区别于其他源自民间表演
艺术的小说,那些小说甚至强制性地想在一定距离外构思精彩的场面。
但是,这种无趣的日常生活的罗列呈现出一个令人惊恐的真相。

下面举一个描写尤为详尽的例子(实际上全篇内容皆很详细)——第
三十五回西门庆与应伯爵以及其他捧场之人举行宴会的章节。具体
如下:

> 西门庆又添买了许多菜蔬。后晌时分,在花园中翡翠轩卷
> 棚内,放下一张八仙桌儿。应伯爵、谢希大先到了。西门庆告他
> 说……说毕,吃了茶,两个打双陆。不一时,韩道国到了,二人叙
> 礼毕坐下。应伯爵、谢希大居上,西门庆关席,韩道国打横。登
> 时四盘四碗拿来,桌上摆了许多嗄饭,吃不了,又是两大盘玉米
> 面鹅油蒸饼儿堆集的。把金华酒分付来,安儿就在旁边打开,用
> 铜甑儿筛热了拿来。教书童斟酒,画童儿单管后边拿菜拿菜去。

虽然是看似平常的场景,但是以往从未见过如此具体和详细的宴会
描写。详细交代座席顺序自不必说,就连菜肴的数量、拼盘方式、分量,酒
的种类,下人的动作和角色分配,温酒的方式,等等,都被一一介绍,甚至
在省略部分还显示了双方得体的社交辞令。地点的设定也非常具体。把
这一段内容视为富豪之家举办小型宴会的手册也不为过。此外,文中还

含蓄地展现了当时社会的真实状态。

　　举办这个宴会的契机是韩道国为感谢西门庆而为其送礼。前一段内容罗列了这些礼物的详细名单,此次宴会上享用的"金华酒"和鹅就出自其中(其余物品西门庆让韩道国带回去了)。因此出现了"又添买了"一句。韩道国坐在末座也反映了以下社会现实:韩道国想要攀附特权阶层,讨其欢心,但是他送来的大部分礼物并没有被西门庆接受;西门庆反而招待对方以此夸耀权力和财力,同时巩固党羽关系;通过奉承和巧妙应酬,应伯爵趁机胡吃海喝——这些实乃社会缩影。

　　这种描写甚至包含出身卑微者。之后的片段中描写了出生于南方的美少男书童在应伯爵的要求下唱了一支南曲(南方系统的戏曲唱段)。文中详尽地记述了应伯爵要求书童扮旦角,下人玳安(即引文中出现的安儿)去潘金莲处借衣裳却被丫鬟春梅捉弄只好去他处再借的细节,之后详细地记录了服装和首饰,甚至连歌词也被全部记录下来。应伯爵满嘴巧言令色却想给书童灌酒。具体如下:

　　　　伯爵道:"你替我吃些儿。"书童道:"小的不敢吃,不会吃。"
　　伯爵道:"你不吃,我就恼了。我赏你,待怎的。"书童只顾把眼看
　　西门庆。西门庆道:"也罢,应二爹赏你,你吃了。"那小厮打了个
　　金儿,慢慢低垂粉头,呷了一口。余下半钟残酒,用手擎着,与伯
　　爵吃了。方才转过身来,递谢希大酒。

　　书童给应伯爵倒了两杯酒后,应伯爵对书童说:"你替我喝些"(为了显示请求的口吻,使用了"些儿"这个词)。书童回答:"我不敢喝,不会喝。"这里使用了第一人称的谦逊用语"小的",显示了仆人的口吻,后半句把"不敢"换成了"不会",刻画了人物细微的心理。之后,应伯爵说:"你不

吃,我就恼了。我赏你,待怎的。"这里,作者有意识地反复使用"我""你",通过一连串的短句再现了应伯爵醉酒后发火(或者是假装发火)的口气。反复啰唆地使用"我""你"的这番话,其成立背景实际上是以西门庆为中间人的。应伯爵知道书童是西门庆的宠童,但故意说了一些无视西门庆的话。讽刺西门庆的蛮横粗暴,但不被其厌恶——应伯爵的这种才能实在不可思议。于是,"书童只顾把眼看西门庆",文中故意使用指定方式(这里是"眼")的"把",以此强调目光的方向,即书童向西门庆投送目光的样子。西门庆于是说:"也罢,应二爹赏你,你吃了。""也罢"包含了放弃的语气,实际上他是不情愿的,但是应伯爵既然说了那些任性的话,那也没有办法了。此外,"你"在这里也被多次重复使用。

这些对话巧妙地描绘出三人之间的微妙感情,尤为精彩。接下来对书童的动作描写更加鲜明——"那小厮行了个礼,慢慢垂下化了妆的脸,泯了一口"。把"书童"改称为"那小厮",在带来变化的同时,强调了其少年身份。笔者把"打了个金儿"翻译成"行礼",指让一只手下垂,一个膝盖跪地的下人礼节。"粉头"指抹了粉的脸,也用来指代妓女,也就是说,这个词会令人联想到情色。将脸"慢慢"垂下来,容易给读者带来女性妩媚之感。"呷了一口",也不是一口气喝掉,而是喝一小口的意思。

作品对充满情色味道的美少年的动作进行描写以后,又写了"余下半钟残酒,用手擎着,与伯爵吃了"。美少年用自己的手给应伯爵喂酒,"方才转过身来,递谢希大酒"。"方才",这个副词表示经过各种各样的过程以后终于发生了后面的事情,在这里发挥了很重要的作用。这个词的使用突出了前文过程冗长又缓慢的印象,加深了读者对书童动作的印象。

如此,白话文在《金瓶梅》中充分发挥了威力,作品以白话形式成功记录了统治阶级,甚至隶属于这个阶级的人物的日常生活,而以往他们从未被文字记录过。正因为这种记录是写实性的,所以它揭示了当时社会的诸多问题。尽管经常有人说《金瓶梅》的文章不如《水浒传》，与《水浒传》描绘众多英雄豪杰随心所欲的大气相比，《金瓶梅》的文章气量狭小，但这是题材特色不同所致。正因为如此，《金瓶梅》才能够描写出《水浒传》无法描写的内容，这标志着白话文发展到了一个新阶段。虽说多少有些歪曲形象，但是我们在作者奋力捕捉到的隐约在世间的各色人物的真实形态中也会发现《金瓶梅》揭露的人类社会的真相。下面来看第二十六回。

之前的一段里，西门庆盯上了自己家仆人来旺刚娶过门的妻子宋惠莲，于是设计陷害来旺坐了牢。丈夫被逮捕，以往假装贤惠实则轻浮的宋惠莲便完全没有了精气神，跑去拜托西门庆想办法把自己的丈夫释放出来。西门庆虽然口头上答应会尽力，但是背地里想办法将来旺流放。宋惠莲因此自杀却被救了下来。嫉妒宋惠莲的潘金莲便跑到西门庆的四房夫人孙雪娥（与来旺关系亲密）面前说宋惠莲的坏话，反过来又对宋惠莲说孙雪娥说她的坏话。于是，孙雪娥和宋惠莲之间便爆发了一场战争：

> 这雪娥心中大怒，骂道："好贱奴才，养汉淫妇。如何大胆骂我。"惠莲道："我是奴才淫妇。你是奴才小妇。我养汉养主子，强如你养奴才。你倒背地偷我的汉子，你还来倒自家掀腾？"

如此具体地记录女人之间吵架的例子以往非常少见。像《清平山堂话本》中的《李翠莲快嘴记》和元杂剧《渔樵记》之类描写女人的尖酸刻薄，是民间戏曲的一个重要领域。虽然不能否认《金瓶梅》中无处不在的女人间的诽谤与这些以往的民间表演艺术活动有关系，但是它与以往那些为达到自己目的便用激烈台词的作品不同，《金瓶梅》中诽谤之词的出现有其必然性,作者采用真实的谩骂之词将其作为故事展开的原动力。可以说它是一个极佳的例子——从民间表演艺术中吸收养分,并将其在更高一级的方向上使用。

之后,两人便开始互相打斗,前来劝架的大夫人吴月娘对宋惠莲说道:"快点进屋重新梳妆好。"宋惠莲一句话也没说,一进房间就关上门,一直哭到了傍晚。大家却只顾喝酒玩乐,宋惠莲实在无法忍受,再次上吊,这次一命呜呼。

这里描述的是一个卑微女人的死亡。这个女人虽颇有姿色,但品行不端。西门庆一向她求爱,她便立刻委身于人。这种轻浮的女人在丈夫被陷害之后,竟然会因担心失去丈夫而深感悲痛,失去精神,最终选择自杀,这令西门庆,也令读者感到意外。其自杀动机是孙雪娥的辱骂(孙雪娥认为宋惠莲与其丈夫私通)。这让我们不得不看到了这个女人的真实一面——尽管轻薄但仍想守护丈夫。换言之,这里描述了一个世间卑微女性的真实灵魂。这里尽管多少能看到《金瓶梅》视作基调的讽刺口吻,但是其不再认可过去在描写女性和贫民时经常采用的喜剧氛围。作品中这种认真对待小人物的悲剧的态度,之前并不存在,此后也绝不会增多。

如此,《金瓶梅》通过彻底的现实主义,在如实描述冷酷现实的同时,也成功描写了被卷入现实涡流中的人们的细微情感变化。这两个方向,被之后清朝的两大白话小说《儒林外史》和《红楼梦》继承。

但是,《金瓶梅》的表现力依旧有限。从《金瓶梅词话》这一题名即可看出,现存最早的《金瓶梅》刊本采取了词话形式,其中的韵文比例远低于《成化说唱词话》,但是对话内容常常以歌曲的形式出现,情景描写等也大多依靠美文和韵文完成。与《三国演义》和《水浒传》一样,《金瓶梅》在表现容貌、情景、性行为时依然不得不依赖美文和韵文。也就是说,白话文的表现力与想要表达的内容之间存在鸿沟,这要求使用词话形式。

　　总之,在《金瓶梅》中白话文最终获得了描写日常世界的能力,而且,这一能力在晚于《金瓶梅》完成的作品中得到了充分的运用,让那一时期的主要作品"三言二拍",即《古今小说》《警世通言》《醒世恒言》《初刻拍案惊奇》《二刻拍案惊奇》五部短篇集所收录的所谓拟话本(文人根据宋元以来的民间说唱艺术形式创作出来的短篇小说),展开了丰富多彩的描写。作品描写了上到皇帝下到最底层的各个阶层的人物,甚至在一些像《古今小说》第二十七卷《金玉奴棒打薄情郎》一样的作品中,还指出被歧视阶层的人们比士大夫拥有更高尚的人格这一事实。可以说这从根本上推翻了当时社会的基本方针,即"士大夫通过杰出人格的感化力来统治其他阶层"。

　　《金玉奴棒打薄情郎》讲述了科举及第的贫穷书生因惧怕别人知道自己是被歧视阶层的女婿身份而妄图杀妻的故事。这一题材以古往今来"书生负心"故事(知识分子的背叛)的形式被传承下来,特别是在被统称为南曲的南方系戏曲中有一系列以蔡邕、王魁、张协等人为主人公的故事。但是,不孝子蔡邕的故事被改编成了忠孝两全的《琵琶记》;抛弃献身于自己的妓女后背着妓女鬼魂带到地狱的王魁的故事被改编成《王魁不负心》,即把戏曲中的故事改编成对背叛的误解。现存的文本都是那些被改编以后的文本,这说明即使庶民戏曲接受背叛之类的要素,但是在以士大夫为中心的文字化的文献世界是不被认可的。直到《古今小说》(现存的初期文本均为大部头的豪华本)的制作,它在出版之前将士大夫阶层也设定为读者,将上述背叛之类的要素收录其中,这一方面显示了读者和出版商在意识方面的变化,同时也是书面语言回应这一变化的结果。那时,书面语言甚至有能力描写底层人物的生活状况,亦达到了一定的叙述水平,可以让知识分子饶有兴趣地阅读。若没有这样的书面语言,上述故事绝不可能被刊行。

　　与此同时,《水浒传》《三国演义》《金瓶梅》也开始被改编。虽然不知能否将其称为改良,但是从文体来看,不能否认改编以后的作品确实更加统一,缺陷更少。此外,产生于明清交替期的这一动向横跨语言和内容两个领域,是中国文学迈向“近代”的重要一步。

知识分子为了方便知识分子阅读而进行的改编

《水浒传》最早出现真正意义上的改编版。其实，该作品很早就出现了以降低成本为目的的简化版，终于，真正意义上的改编版——追加二十回，删除一部分美文和韵文，总计一百二十回内容的新版被出版了。改编版尽管对文章本身修改得很少，但是试图统一部分词语的表记形式这一点值得关注。比如把表示场所的结尾词"li"的不同样式"裏""里""裡"统一为"裏"，把计量单位"ge"的不同样式"箇""個""个"统一为"箇"。明清交替之际，金圣叹在这个文本的基础上将《水浒传》改编为七十回本。

闻名遐迩的金圣叹七十回本从一百二十回本中删掉了其后半部分的四十九回，以一百零八将齐聚梁山泊而结尾。但是，金圣叹进行的操作并不止这些。首先，他进行了详细的"批评"（评论）。如前文所述，容与堂本的《水浒传》中附有不知出自何人之手的"李卓吾批评"。一百二十回版中也附有"李卓吾批评"，但其内容和容与堂本的完全不同。金圣叹以这些为基础，根据自己的理论进行了全新的大量的评论，并附有解说文章技巧的阅读指南，甚至还捏造了作者施耐庵的序。这种"批评"，在某种程度上要比正文更吸引读者。金圣叹的理论对后世小说产生很大的影响。

其次,金圣叹在文章方面也进行了周密的安排。文章本身的修改是为了方便他确立自己的理论。比如按照他的理论,首领宋江应是一个世俗肮脏之人,粗暴的李达则是一个纯真而不世故的理想人物。因此,金圣叹把宋江改写得更加伪善,李达则更加纯真,不仅对自己修改的地方附上评论"绝妙",还批判以往的文本"通俗读本有错误"。但是,他的改写并不是只在这种恣意的方向进行,原本被认为的随意改变,其中多数是为了使《水浒传》的文章与其文章理论相吻合。也就是说,他在构思了白话文作为书面语言应有的形象以后,进行了与其方向相符的修改。

白话作为书面语言的要素尚不充分,金圣叹对文章的巧妙安排也朝着有利于改善这一点的方向发展。一方面,就表记来说,表示"li"时,通常使用"裏",但是在接指示词"这""那"时,则使用"里",以便精确地区分不同用法。或许在"这里""那里"两个词语中,他认为"里"与其他结尾词的用法不同,它是作为一个单词发挥着作用。另一方面,"ge"被统一为"箇"。关于动词与表示程度和状态的补语之间所加入的"de",容与堂本混用"的""得",而金圣叹本则几乎统一为"得"。

最后,他还力图解决语法方面不统一的问题。以第二十七回中的一句话为例,"把包裹缠袋提了入去"(提着行李进去)的后半部分改为"提入去了"。动词后带有补语时,如今的做法是把表示完成的"了"放在补语后面,如同金圣叹本。也就是说,金圣叹本对以往文字使用习惯的改变令汉语向现代汉语迈进了一步。前面所叙述的直接引语和间接引语混合在一起的句子"两个公人,你们且休坐了",没等到金圣叹本就在一百二十回本中删除了不合乎引语使用习惯的"两个公人"。

以上的更改可以说都是为了让《水浒传》的白话文成为独立的书面语言而采取的重要措施。此外,其他措施也全部是在适宜的方向上对《水浒

传》进行的修改，换言之，这些措施的目的是消除《水浒传》中残留的民间
说唱艺术痕迹。首先，原则上必须删除所有美文和韵文。作为例外留下
来的美文和韵文也被完全用于叙事部分，可以说改编者为了不让读者意
识到那些美文而进行了周密的安排。其次，他还删除了重复的内容。在
口头说唱艺术活动中，只用耳朵听很难将所有内容都留在记忆中，所以重
复不可缺少。但是，当这些说唱内容变成文字以后，重复出现的内容就没
有作用了，也就是说，删除工作也是将说唱内容读物化的一环。

　　这样的改编，绝不是金圣叹的独创。万历四十三年(1615)和万历四
十四年(1616)刊行的臧懋循编的杂剧选集《元曲选》中已经进行了同样
的尝试——统一语法，删除间接引语，删除重复内容，试图统一语言表记
(尚不够充分)，等等。明代后期重视"宋词元曲"的风潮弥漫到整个学界，
且影响了复古派倡导的重视"汉文唐诗"活动，加之杂剧在明代被认为是
宫廷内上演的高规格戏剧，因此，元杂剧在白话文学中最容易被知识分子
接受。在这样的背景下，臧懋循参照实际演出时用的剧本，对其进行适当
修订以将其改编为读物。金圣叹对小说进行了同样的改编工作。

　　如此，一流知识分子金圣叹，以知识分子中阅读白话文的读者为对
象，对《水浒传》进行了全面的改编。《水浒传》中的白话文大多遵循了一定
的语法规律，例外很少。白话文终于开始成为知识分子自由操作的武器。

　　然而，《三国演义》的改编情况截然不同。其添加作者不详的"李卓吾
批评"的做法与《水浒传》如出一辙，但没有像《水浒传》一百二十回本那样
进行大规模增补。清代以后也出现了大幅度改编的版本，即毛声山和毛
宗岗父子改编的毛本。

　　毛本是在金圣叹的影响下制作的。因此两者在形式上看非常相似，
但改编的模式大不相同。毛本并没有像金圣叹本那样进行大规模删除，
但是对正文的修改程度远远超过了金圣叹本。这是因为人们对《三国演

义》文章的评价不像《水浒传》那样高,所以对修改正文不太抵触。此外,在毛本中显示出白话表达被删除的倾向。

比如之前引用的张飞的台词"我哥哥临去时,分付我少饮酒,恐失大事。众朋友自今日尽此一醉明日禁酒。各各都要满饮。凡事都帮助我,保守城池"被改成了"我兄临去时,分付我少饮酒,恐致失事。众官今日尽此一醉,明日都各戒酒,帮我守城。今日却都要满饮"(毛本第十四回)。"哥哥"变成了"兄","众朋友"变成了"众官","凡事都要帮助我,保守城池"变成了"帮我守城",使张飞直爽的语气都变得生硬。特别是"帮助""保守""城池"这些双音节词都变成了"帮""守""城"等单音节词,可以说这是明显的文言化倾向。另外,"满饮"的位置发生了变化,由于"明日禁酒。各各都要满饮。凡事都帮助我,保守城池"的逻辑奇怪,因此改成了"明日都各戒酒,帮我守城。今日却都要满饮"。但如此一来,"多喝酒帮我守城"中充满张飞个性的语气就消失了。像这样,特别是以张飞的出场为中心对《三国演义》进行了改变,作品整体朝着文言的方向发展,根据这种思路,也不是不能将该做法视作统一文体所做的努力。

此外,第一回曹操初次登场的场面中,原本冗长的形容词"胆量过人,机谋出众。笑齐桓晋文无匡扶之才……"都被删掉了。乍一看这似乎与面向知识分子而进行的作品改编行动背道而驰,但试想一下,这里列举的知识应该说是说书艺人为了迷惑听众而故弄玄虚的结果,对于知识广博的知识分子来说可笑至极。因此,这样的要素全都被删除了。正文中插入的奏书、书简和韵文之类或被删除或被替换,也都出于同样的原因吧。上文引用的赤壁之战的章节中,赋被全部删除,四首诗也被削减为两首。特别要注意的是删掉了胡曾的《咏史诗》。这是因为儿童启蒙机构所采用的教科书并不适合提供给知识分子。毛本将胡曾和刘静轩(明代人,以启蒙书闻名)等人的诗全部清除,加之三国时代不存在七言律诗,所以作品中创作七言律诗的场面都被删除了。不仅如此,还添加了当时可以在"文选"等作品中看到的作品,比如陈琳"讨曹操檄",以及杜甫、苏轼等一流文人的诗文。

另外,修改过于偏离史实的内容,改写记录刘备和诸葛亮不良行为的部分等,都是为了令知识分子在阅读时不产生抗拒感。换言之,尽管毛本《三国演义》与金圣叹本《水浒传》运用语言的方向完全不同,但其改编皆以方便知识分子阅读为目的。同时,尽管其的确力图接近史实,但标题中再也看不到"按鉴"这种以史书为鉴的词语。知识分子原本就能读懂用文言文写就的史书,他们没有必要阅读通俗史书。也就是说,在毛本阶段,《三国演义》完全失去了提高文化修养的作用,成为一部用以娱乐的书。

《金瓶梅》的改编模式与《水浒传》《三国演义》有所不同。能够与金圣叹本、毛本同日而语的《金瓶梅》改编本是清代刊行的张竹坡本,其正文内容与明末刊行的所谓崇祯本大致相同。总之,《金瓶梅》在三个作品中最早进行了全面改编。

《金瓶梅》的改编本也进行了如上改编工作,比如纠正了语言表记和语法上的问题,整理了叙述语气,删除了美文和韵文等,但这些工作进行得并不彻底。那么,该作品到底哪里发生了变化呢? 最重要的变化是《金瓶梅》摆脱了模仿《水浒传》的印象。崇祯本和张竹坡本删除了《金瓶梅词话》开篇武松打虎的故事,将作品的初始部分改为西门庆的故事,此后虽说无法彻底消除武松的出现,但改编者在尽最大可能抹去《水浒传》的痕迹。这表明《金瓶梅》成了一部独立的小说,也可以说这标志着白话小说已经成为一个独立的文学类型。此外,从其内容特色来看,这部小说的诞生和改编一定是为了迎合知识分子。

这样,四大奇书中的三部在明末清初得到改编,它们以专门面向知识分子的小说身份被大量出版。四大奇书中的《西游记》却仅仅被刊行了一部具有代表性的简化本——《西游真诠》,该作品并没有大幅度的改编版和附有详细评论的版本。这暗示《西游记》并不像其他三部作品那般能将知识分子吸引到读者范围内来。

总之,《三国演义》《水浒传》《金瓶梅》修订版的刊行,以及在它们前后出版的"三言二拍",再加上冯梦龙为了使《列国志传》与史实相吻合而进行全面改编得到的全新作品《新列国志》(序中明确指出该作品是专门为知识分子而修订的。清代蔡元放《东周列国志》的内容与该作品大致相同),这表明知识分子真正创作白话小说的时刻到来了。另外,带有相当原始性白话正文的《三遂平妖传》也被进行了全面性的改写,二十回的原著被扩充成四十回的改编版《新平妖传》,其他改编版不断出现;收录了《石点头》等文人作品的短篇小说集也开始被刊行。

知识分子所创作的近代小说出场——《儒林外史》

直到清朝才出现了出自知识分子之手的长篇白话小说,《儒林外史》和《红楼梦》是这个系列中公认的两大杰作。这两部作品几乎创作于同一时期(《儒林外史》推测是吴敬梓所写,于1748年完成。《红楼梦》是曹雪芹所写,其本人于1763年左右去世,一直到死也没有完成),但它们的作者恐怕都不是以出版为前提进行创作的。此外,作品在他们生前都没有被出版,所以这两部作品不存在影响关系。然而,相同的是两者都和以往出现的小说在特色上有着本质的不同。以往的白话小说除了《金瓶梅》,都是以出版为前提,以营利为目的,在工作室中被制作出来的。《金瓶梅》的创作当然也具有某种目的。但是,《儒林外史》与《红楼梦》不同,它们的作者在那种只能被称为创作欲的冲动下,默默地伏案创作,作品投影出了他们自己的人生。也就是说,《儒林外史》和《红楼梦》具有近代小说的特色。

比如《儒林外史》的作者吴敬梓虽出身科举官僚辈出的世家却对族人之间的财产之争感到厌恶,拒绝走家人为其规划的立身处世之路。因此,讽刺意味贯穿《儒林外史》整个作品。把这种新型小说的形成原因仅归结于作者的人格则为时过早。

其契机正是"批评"的成熟。批评在明末清初取得了长足发展,所有批评皆采用了讽刺手法。《水浒传》第二十二回中,都头(警察队长)朱全放过犯了杀人罪的宋江,正文的基调始终是肯定朱全的行为,与之相对的是容与堂本"李卓吾批评"则处处充满嘲讽,是一个极佳的例子。有关这一部分的批评是:"好个都头,只管做自家人情。都做了人情,如王法何?"(好个警察队长,只考虑尽自己的人情。如果大家都考虑人情的话,法律又如何呢?)这一回末尾的"总评"中,在称朱全为强盗后,有如下内容:"或曰,知县相公也做人情,如何不做强盗。曰,你道知县相公不是强盗么?"(有人说:"知县大人既然也尽人情饶恕犯罪之人,却为何不是强盗呢?"回答:"你以为知县大人不是强盗吗?")

金圣叹继承了这样的批评风格,在其点评中依旧语气辛辣,而且大幅增加点评的量,批评的长度和正文没什么区别。此外,既然白话小说原本就设定了讲述内容之人,正文包含讲述人的评论又是其传统,那么批评就可以深入白话小说的正文中。实际上,金圣叹以后的白话小说中讲述人的评论激增。如此,批评的内容中增加了很多讽刺的话,当然这些也促使了带有讽刺内容的小说的产生。另外,在批评中,我们也经常能看到忖度出场人物心理的内容,这将促进心理描写走向成熟。同时,也打开了通往《红楼梦》的道路。

吴敬梓大概是以这些白话遗产为基础创作出了新的小说。既然他原本就没有考虑过要售卖,那么就没有迎合读者的倾向,他只是沉浸在痛苦的现实描绘之中。因此,读者读完后体会不到像《水浒传》《三国演义》《西游记》那般的爽快。反过来看,可将这视作白话小说在文学上成熟的标志。

　　小说《儒林外史》常常被认为是在描写中国地狱般的考试,这种印象的产生或许来源于作品开篇充斥着科举话题,但这未必恰当。不如说这是一部描写当时知识分子整个生活状态的小说。科举考试对知识分子来说是最重要的事情,所以才反复出现。《儒林外史》采用"连环体"的形式展开故事。即一个故事结束以后其主人公要么就那样直接退场,要么就退居到配角,而前一个故事结束时若无其事出现的一个人物则成为新故事的主角(这种形式与《水浒传》前半部分是共通的,这也明确说明《儒林外史》的诞生受《水浒传》的影响。末尾给出场人物排名也与金圣叹本的《水浒传》一致)。《儒林外史》以上述形式对各种身份读书人的生活状态进行了详细描写。

　　《金瓶梅》虽然对上流阶层的生活进行了描写,但是那绝不是读书人的生活状态。在"三言二拍"中,虽然有时也描写读书人的生活,但大多是同一类型,而且因为篇幅短小,所以无法进行深入描写。在这点上可以说《儒林外史》发挥了进一步扩大白话文表达领域的作用。此外,其描写深受《金瓶梅》的影响。试引用《儒林外史》第四回范进中举的相关内容来讨论。范进虽然考过了乡试,但是因为母亲去世只得服丧,一个叫张静斋的男人喊他一起去考官汤知县家吃饭。

　　知县问范进:"为什么不去参加会试?"(会试即在京城举行的最后考试。)他回答:"母亲去世了,在服丧中。"汤知县急急忙忙让他换下丧服,带他到里面去,准备了酒食。

　　席上燕窝、鸡、鸭,此外就是广东出的柔鱼、苦瓜也做两碗。

　　知县安了席坐下,用的都是银镶杯箸。范进退前缩后的不举杯箸，知县不解其故。静斋笑道："世先生因遵制，想是不用这个杯箸。"知县忙叫换去，换了一个磁杯，一双象牙箸来。范进又不肯举。静斋道："这个箸也不用。"随即换了一双白颜色竹子的来，方才罢了。知县疑惑他居丧如此尽礼，倘或不用荤酒，却是不曾备办。落后看见他在燕窝碗里拣了一个大虾元子送在嘴里，方才放心。

"酒席上有燕窝、鸡、鸭，此外还准备了两碗广东产的墨鱼和苦瓜"，这句详细介绍食物的内容与《金瓶梅》具有相通的地方。"知县一决定好座次就坐下了，使用的尽是镶嵌了银箔的酒杯或筷子。范进扭扭捏捏，不拿杯子和筷子，知县不知原因。张静斋笑着说：'这是因为他在服丧，所以不能用这个杯子和筷子。'"这里要注意"退前缩后"的巧妙。之后的描写中范进自己连一个词都不想说，除此以外范进在考官（考官和考生结成师徒关系）面前的态度也被刻画得非常详细。接下来张静斋所说的"世先"是对世代交往人物所使用的敬称，但实际情况是范进的考官汤知县当年通过考试时的考官是张静斋的祖父，所以说与世交一样，张静斋为了与通过考试的范进搞好关系甚至借用了这个词。知识分子喜欢使用的这些礼仪用语，在《儒林外史》全篇都可看到，但是以往的白话小说中不怎么使用。也就是说，以往白话小说中知识分子的对话，即使是非知识分子也很容易理解，但是从知识分子的角度来看，那些对话缺乏真实感。实际上，《儒林外史》中频繁出现的知识分子特有的拐弯抹角的说法，妨碍了当今读者对其内容的理解，但是对当时的知识分子而言，一定是与其他小说不同的真实对话。张静斋在本人在场的情况下居然使用"想是"（应该是……吧）这样委婉的措辞，巧妙地表现了某种令人讨厌的语气。

"知县下令赶紧更换，换成了瓷器杯和象牙筷子，但范进还是不肯拿。

静斋说:'这双筷子也不行。'随即换了一双白色竹筷来,方才罢了。"但是,仅仅如此的话不能成就《儒林外史》,最后肯定会有大逆转等待读者。"知县担心如此严守服丧礼,是不是也不用荤酒呀,他并没有准备其他可替代的物品。之后,看到范进从燕窝碗里拣了一个大虾元子放进嘴里,方才放心。"这两个"方才"相呼应带来了"拣了一个大虾元子送在嘴里"的讽刺效果,特别是"拣""大"二字所具有的绝妙效果值得注意。

像这样,《儒林外史》通过详细描写读书人的生活状态打开了现实描写的新视野。知识分子成为白话文的读者,甚至参与制作白话,以庶民、草莽英雄及女性为主要对象的现实描写,开始接纳知识分子的加入。但是,《儒林外史》过于追求辛辣的描写,有时甚至不惜歪曲现实。下面我们来看紧接上面引文的内容。

汤知县问张静斋是否应该接受贿赂他的牛肉,静斋虽然发表了不能接受的正确言论,但其论据很奇特。具体如下:

> "……想起洪武年间,刘老先生——"汤知县道:"那个刘老先生?"静斋道:"讳基的了。他是洪武三年开科的进士,天下有道三句中的第五名。"范进插口道:"想是第三名。"静斋道:"是第五名。那墨卷是弟读过的。后来入了翰林。洪武私行到他家,就如雪夜访普的一般……"

"洪武"是明朝的建国者太祖朱元璋的年号。张静斋正在讲述"想起洪武年间,刘老先生……",汤知县就插嘴道:"是哪个刘老先生呢?"静斋回答:"那个讳为基的人。"说起刘基,传说中他在朱元璋夺取天下时担任军师,非常有名,而且《儒林外史》将故事的背景设定在明代。然而,张静斋开始了出人意料的说明。"那位先生是洪武三年科举进士(科举合格者），对'天下如果有道……'的三句进行了回答，以第五名的成绩通过。"
"天下有道"是《论语·季氏篇》中的句子。科举中一般会举出经书中的一
句让考生来论述。原本刘基不可能是洪武三年的进士，张静斋竟然编造
了考试题目，而更为令人吃惊的是"范进插嘴说道：'难道不是第三名
吗？'"，即对张静斋原本胡说八道的话进行了订正。这里鲜明地刻画出他
们只关注科举考试的排名。

张静斋自信满满地表示："是第五名。我读过那个答案。""墨卷"指科
举的答案。加了注释的范例答案集是当时的畅销商品，是考生的必读之
书。"后来入了翰林院"意思是以优异成绩通过科举考试的考生，进入翰林
院跃入精英路线。"洪武帝大人深夜悄悄拜访其家。正如'雪夜拜访赵普'
的感觉。""雪夜访普"讲述的是宋太祖赵匡胤在雪夜拜访谋臣赵普的故
事，戏曲中也有相同的一幕，张静斋的历史知识似乎来源于戏曲。在这之
后的作品中继续出现稀奇古怪的对话，最后汤知县发表了这样的结论：
"张静斋口若悬河，而且是明朝确切的典故，也不得不信。"

这个场面确实非常怪异，因为在明代再无知的人也不会不知道刘基。
这个地方使用了极端歪曲现实的手法。此外，还有一点需要注意，如果不
是知识分子，就无法真正理解这个故事的可笑之处。刘基在民间也被称
为"刘伯温"，以神秘军师兼占卜师之身份闻名，但是要让平民百姓理解他
们是同一个人物是很困难的。这说明《儒林外史》是知识分子以知识分子
为读者对象而创作的小说，因此作品到处充斥着平民无法理解的内容，这
一点不足为奇。

暂且不论这一点，《儒林外史》对知识分子社会进行的描写极为详细，
其中包含了令人吃惊的内容。那里描绘出以往未被文字记载的各种知识
分子的真实生活状态。例如中下层知识分子与出版社的关系。

第十八回，书肆文瀚楼的主人对一个叫匡超人的青年说："我想和朋

友共同出资出售考试参考书,能请您写'批评'吗?必须要写得好,还要快。全部三百篇,几天能写好?时间如果能节约出来,就能请山东、河南等地的商人带回去分销。如果晚了,山东、河南等地的人就出发了,就会被耽误。出版以后,我会把您的大名印在扉页上,并给您支付几两银子作为稿费,外加几十册样书。"这段内容非常具体地描写了当时出版业的实际情况——参考书很畅销,书肆与书肆有时会共同出资出版,杭州的刊物有销售到山东、河南等地的流通渠道,给编者稿费或者以实物支付,在扉页上写上编者名字是尤为重要之事,等等。同时,考虑到很多中下层知识分子以此为生,可以说这段内容也是对知识分子生活的写实性描写。在这个生活描写的最后,读者看到了冷酷的现实。

原来匡超人是一个孝子,为了重病的父亲尽心尽力,知县看到他既孝顺又聪明就帮助他加入知识分子的行列。但是,之后的生活逐渐改变了他。他最后一次出现在作品中是第二十回。他吹嘘道:"弟选的文章,每一回出,书店定要卖掉一万部,山东、山西、河南、陕西、北直的客人都争着买,只愁买不到手。"最后他胡言乱语一番,在羞愧中退场。就这样,曾经纯真诚实的青年堕落的故事就结束了。《儒林外史》是运用白话词语对这个世界的黑暗面进行写实性描写的小说。这样,它成为与《水浒传》风格完全不同的后继者。这种小说原本就不可能受到平民的欢迎。《儒林外史》的诞生标志着白话小说的作者和读者皆扩大到了知识分子阶层。

就情景描写而言,《儒林外史》也没有太大的进步。已经有研究指出《儒林外史》和金圣叹本《水浒传》具有密切关系(小川环树:《中国小说史的研究》,岩波书店,1968年,第二部 第四章"作为小说的儒林外史的形式和内容"),两者皆没有插入美文和韵文。那么,以往由美文来进行的情景描写又有什么变化呢?让我们来看一看第十四回马二先生游览杭州的那一节吧。

"真乃五步一楼，十步一阁。一处是金粉楼台，一处是竹篱茅舍，一处是桃柳争妍，一处是桑麻遍野"是这一节的初始部分。虽然是叙事，但多使用对句，是极为公式化的美文。也就是说，虽说排除了"但见"一类，但是一到情景描写，就显示出不得不使用公式化美文的倾向。

只是，也未必完全没有非公式化的情景描写的话。我们来看一看同一回后面的内容吧：

> 那日江上无风，水平如镜，过江的船，船上有轿子，都看得明白。再走上些，右边又看得见西湖、雷峰一带，湖心亭都望见。那西湖里打鱼船，一个一个，如小鸭子浮在水面。

上文虽然不能说是非公式化的情景描写，但还是努力对所见之物进行写实描写，避免了完全陷入美文风格的问题。与第一次的引文是彻底的叙事不同，这一次的引文跟随马二先生的行动，通过马二先生的视角来描写所见之物。正如在《水浒传》中看到的那样，白话小说中的讲述者是一个万能的讲述者，为了吸引读者的注意力，增加悬念使读者情绪高涨，他常常会有意识地限制要讲述的内容。具体而言，就是通过某个出场人物的视角来描绘事物。在那个部分，一切事物的描写都是出自这个人物的视角，而不提这个人物不知道的事情。金圣叹对这个手法大加赞赏，强调它是一个重要的文章技法。之后在其影响下，原本只不过是对民间说唱艺术无意识的模仿手法，逐渐被有意识地使用起来。这里也尝试对马二先生眼中的景色进行具体描写，结果，白话发挥了具体描写的能力，令风景叙述成为可能。这种变化尽管不多，但反映出作者在努力超越以往白话表达的极限。

然而，尽管《儒林外史》具有近代特色，但是在其每一回的结尾处仍保持着源于民间说唱艺术的形式——"毕竟此人是谁，且听下回分解"。这是为什么呢？

有一个回答行得通——因为这是白话小说的固定形式。这原本有一定道理。但是，即使处于美文和韵文等民间说唱艺术余韵被逐渐删除的过程中，知识分子主动参与白话小说的创作和改编的事实也不能回答上述句子遗留下来的疑问。

或许还有一个理由，即《儒林外史》由白话所写这一点。对于书写者而言，文章理所当然是用文言书写的，在这个前提下书写白话文就应该是把口头语言固定成文字。也就是说，白话始终必须是人们口头说话时用到的语言，白话文的存在只有将口头用语如实转换成文字的方式，没有其他方式。因此，虽说是《儒林外史》，但既然是用白话书写，就只能想象口头语言，具体来说就是想象说书艺人的讲述形态。这种情况在受到西洋影响之前是不会改变的。

集体创作的私小说——《红楼梦》

《红楼梦》与《儒林外史》有一个共通点——两者皆是知识分子以非营利目的所写的小说，然而，《红楼梦》与《儒林外史》的特色大不相同。吴敬梓亦出身名门，但与《红楼梦》的作者曹雪芹无法相比。曹雪芹的祖父曹寅是康熙帝的乳兄弟，深受皇帝信赖，其权势非同一般。但是，雍正帝即位后，曹氏被皇帝憎恨，很快就没落了。曹雪芹幼年时期经历了大贵族生活，少年时期家道中落。《红楼梦》是他怀念自己的过去，以自己为原型创作的小说。这部小说也不以出版为目的，其最初的读者是以"脂砚斋"为首的曹雪芹周围的族人。他们对《红楼梦》加以点评，有时也干涉内容。就这样，《红楼梦》以亲戚们一同追忆过去的形式被写了下来，但曹雪芹的去世导致本书未完结（也有人认为此书已经完成，只是后世遗失了）。

在曹雪芹去世近三十年后，高鹗等人为仅存的八十回《红楼梦》补充了后四十回，以易于销售的形式写作完成后出版。高鹗等人巧妙地模仿曹雪芹的风格，完成了表面上没有大矛盾的首尾完备的作品。高鹗等人的续写工作以出版为前提，而曹雪芹的原著则是为他自己和族人所写，可以说其创作模式与《儒林外史》一样都接近近代小说。此外，以往表明作者内心活动时只采取间接形式，而在《儒林外史》中则以非常直接的形式表现出来，在这一点上可以说《红楼梦》比《儒林外史》更具有近代特色。

《红楼梦》区别于其他白话小说的特殊气质在开卷初始部分已经明确显示出来。具体如下：

> 此开卷第一回也。……当此，则自欲将已往所赖天恩祖德锦衣纨绔之时，饫甘餍肥之日，背父兄教育之恩，负师友规谈之德，以至今日一技无成，半生潦倒之罪，编述一集，以告天下人。

乍一看，这似乎是一个司空见惯的开场白，但了解曹雪芹的身世之后再读上面的引文，就很容易理解其中包含着世间真相。《红楼梦》是曹雪芹，更是"脂砚斋"众人创作的小说，可以说它带有集体私小说的特征。事实上，在高鹗等人出版了一百二十回本以后，人们几乎不关心作者曹雪芹是什么人。换句话说，这个序被当作了一个随处可见的普通前言。综上所述，《红楼梦》是一部尤为特殊的白话小说作品。

但是，在文言的世界中也有类似的事例——被统称为"美化文学"的作品群。它们以明末清初冒襄《影梅庵忆语》等作品为开端，包括《红楼梦》及其之后创作的沈复的《浮生六记》，这一系列的主题都是知识分子书写与已故妻子或恋人的美好回忆。但是，这些都是用文言记录的，所以还是带来了不能详尽叙述的遗憾。或许曹雪芹就置身在这样的潮流中,为了自由自在地展开叙述,从而借用《水浒传》《金瓶梅》及明末清初以来大量出现的所谓"才子佳人小说"(俊男美女的规范化的爱情故事)的模式,创作了前所未有的小说吧。

曹雪芹在作品中具体地描绘了迄今为止没有用白话记录过的贵族的日常生活,若不是当事者则不可能了解。同时,作者尽量再现自己印象中的过去。为此,要求对出场人物的心理进行细致入微的描写。于是出现了真正的心理描写,白话文将最大限度地发挥潜在的能力。试看第二十九回:

> 所以早存了一段心事,只不好说出来。故每每或喜或怒,变尽法子暗中试探。那林黛玉,偏生也是个有些痴病的,也每用假情试探。因你也将真心真意瞒了起来,只用假意,我也将真心真意瞒了起来,只用假意,如此两假相逢,终有一真。其间琐琐碎碎,难保不有口角之争。即如此刻,宝玉的心内想的是:"别人不知我的心,还有可恕,难道你就不想我的心里眼里只有你。你不能为我烦恼,反来以这话奚落堵我。可见我心里一时一刻白有你,你竟心里没我。"心里这意思,只是口里说不出来。

这是交代男主人公贾宝玉将女主角林黛玉视作与其他女性不同的存在以后的段落。"所以,我早就有了心事,但是不好说出来,所以有时候高兴有时候生气,想尽办法偷偷试探。林黛玉也做一些荒唐事戏弄我,经常说些假话试探。"当然,以前没有像这样描写复杂心理的例子。其语言表达也适合传达微妙的内容。比如关于林黛玉,"偏生也是个有些痴病的",首先冠上了"偏生"即带有"偏偏"语感的副词,"也"表示"果然",表示贾宝玉的搭档偏偏也具有同样的性格，使用"个"在记述上增加了具体性，"些"则增添了委婉的语气。若详细地直译，则为"偏偏也是有爱戏弄人缺陷的人"，这个说法很含蓄，正是白话才令此表达得以实现。

但是，正当我们想说仅仅这些叙述还不够充分时，下文就对两个人的内心状况进行了更为具体的描写。关于黛玉，文中写道："因为你也隐瞒了真心真意，只给别人看到你的假意，所以我也把真心真意隐瞒起来，只用假意。如此两个假意相遇，最后会变成一个真。"这里也混用了直接引语和间接引语，可将此视作作者在有意识地借用讲述者之口进行啰唆的讲述。此外，作品开头同样强调"真""假"，说明这部小说也受到了明末以来追求"真"的潮流的影响。接下来是普通的叙事还是黛玉心声的延续，显得比较微妙。"其间琐琐碎碎，难保不有口角之争。"

接着，"即如此刻，宝玉的心内想的是"，这次采用直接引语对宝玉心理进行了描写。"别人不理解我的心情，还可以原谅，难道你就不想我的心里、眼里只有你。你不为我烦恼，反而这样狠狠地奚落我。可见我的心里一刻也不离开你也是徒劳，你的心里根本没有我。"像这样细致入微，或者说很烦琐的心理描写并没有先例。值得注意的是，这部分采用的是直接引语。这样复杂的心理描写一直以来都出于恋爱场景。在描绘这种心理时，一般采用直接引语来表现，具体而言，多采用词之类的韵文，以口头说出的话或者内心声音的形式。《红楼梦》的这一部分看起来也继承了这一传统。虽然这么说，但实际上已经不用韵文，而且其细致入微的表现也得益于白话。正是因为不再拘泥于韵文形式，细致入微的心理描写才成为可能。之后，结束时"心里这意思，只是口里说不出来"一句再次显示了微妙的态度。

接下来是讲述者的点评以及很多心理描写——宝玉的心声、黛玉的心声。最后以下文总结："如此看来，却都是求近之心，反弄成疏远之意。

如此之话,皆他二人素习所存私心,也难备述。"然后用这一句返回正题:"如今只述他们外面的形容。"在这里,讲述者终于走进了出场人物的内心世界并剖析了他们的心理。这对历来基本上以事物外观描写为主、以对话和动作来表现心理的中国白话小说而言,是一个令人惊讶的变化。

毋庸置疑,曹雪芹的个性也投射于此,但我们也应该认识到,曹雪芹试图以第三者的角度对人物进行批判和剖析,也受到了批评的影响。作品中突然插入冗长的解说令正在发展中的故事戛然而止,若从评论的角度来看加入解说并不会不自然。如此,《红楼梦》中的讲述者已经不同于以往的说书艺人,说书艺人时而与出场人物合一,时而与他们分离,直线般地讲述故事,而《红楼梦》中的讲述者则置身局外,冷静地、时而带有嘲讽意味地讲述故事,与其说他是讲述者不如说他是书手,他区别于以往作品中的讲述者。

像这样,讲述者站在纯粹局外人的立场上,甚至导入了电影定格一般的手法,使故事停止下来,对其出场人物心理进行分析,最终用白话进行的现实描写达到了以前书面语言从未充分表达过的心理层面。另外,全部作品都没有插入美文,除了每一回的开头和结尾一般放置诗词,其他地方完全没有放置诗词。但是,这并不是说诗词和美文不存在。《红楼梦》采用了更加自然的形式,也就是说引用作品中人物创作的诗词和美文的形式,导入了大量的韵文。在音乐剧的历史中,一旦观众视角被相对化,他们就会意识到出场人物突然唱歌的不自然性,因此在故事中设定了真实唱歌的场景,这正好会使人联想到作品力图使歌曲只在恰当的自然场合被歌唱。同样地,这里读者的意识也发生了变化,他们意识到突然加入诗词和美文很不自然,也就是说,读者产生了希望在小说中看到现实再现的意识。现实描写通过白话进一步发展,知识分子参与白话作品的写作,由此产生了这样的近代意识。

但即使在这样的《红楼梦》中,每一回的开头部分也会安排诗,结束时遵循形式——放置以"正是"开始的诗或者句子"不知……,且听下回分解"。事实上,最初这种形式是不完善的,但后来作者又想添加这一形式,现在还存有这种类型的抄本,只是现存本是其中断阶段的本子。这意味着曹雪芹和其周围的人的观点依旧是既然是白话就必须维持民间说书活动的体裁。

不管怎么说,《红楼梦》在现实描写的发展之路上具有划时代的意义。但是,这里描绘的是贵族的日常生活,普通百姓有可能出现在这样的作品中吗?

拿曹雪芹所写的前八十回来看,普通百姓出场的次数很少,但有时会以非常特别的方式出现。让我们看一看第四十回,宝玉的祖母史太君带着一个叫刘姥姥的远房亲戚(史太君非常喜欢这个平民老婆婆)游览花园的场面。有人提醒刘姥姥"小心青苔!别滑倒了",刘姥姥刚说完没关系就滑倒了,大家见状都笑了起来。原文如此:

> 说话时,刘姥姥已爬了起来,自己也笑了,说道:"才说嘴就打了嘴。"贾母问他:"可扭了腰不曾?叫丫头们捶一捶!"刘姥姥道:"那里说的我这么娇嫩了。那一天不跌两下子,都要捶起来,还了得呢!"

当时盛行缠足,这段内容作为女人们的对话,内容真实,而且刘姥姥的语言也多用反话等显示出夸张且冗长的语气,称得上精彩。更为有趣的是对这种场合中刘姥姥的处理。刘姥姥在这里只是一名丑角。以往的文学作品中平民是被嘲笑对象,这一形式分化原则在知识分子创作的小说中依然存在。

但是,这并没有结束,这就是《红楼梦》堪称一流的原因。刘姥姥为了让大家高兴而哗众取宠的行为,其实在文中也有明确的记载。笔者在这里清晰地描绘了平民的坚强和身份高贵之人漫不经心地取笑别人的愚蠢。此外,贾宝玉、林黛玉,以及其他主人公听了刘姥姥所讲的平民生活以后,对其感到新鲜且颇为好奇的场面,使上述方向更为明确。与以往元曲中的乡下人一样,《红楼梦》中的平民发挥了显示主人公们愚蠢一面的作用。

毋庸置疑,《红楼梦》并不是一部描写平民的小说,而且,其读者也主要是知识分子。那么,面向普通百姓的小说会消失吗?答案是否定的。进入清代,白话小说产生了明显的阶层分化,甚至诞生了专门面向普通百姓的小说,其内容荒唐无稽,却把平民的模样描绘得非常真实。同时,作为贴近普通百姓的证明,这类小说常常以接近民间流传的形式表现神话故事的结构。

面向普通百姓的白话小说——《说唐全传》等

清代中期刊行的历史小说风格完全不同于文化修养书籍和专门面向知识分子的小说。这类小说虽于明末出现,但到了清代中期出现了叙述水平大为提高的作品,《说唐全传》和《说岳全传》可称为其中的代表。两者的名字中都带有"说",表明它们源于"说话"即说书。两者以隋唐和南宋之事为故事内容,不仅展现了与史实相去甚远的情节,而且明显不是知识分子创作的作品。这里我们来看一看《说唐全传》。

《说唐全传》中对出场人物进行了排名,给主要的豪杰安排一个号码"隋朝第……条好汉",排名在后的人绝对赢不了排名在前的人。不仅如此,排名靠前的豪杰实力非同一般,超出人们的想象。"第一条好汉"李元霸,是一个只有十二岁的少年,身材矮小,"面如病鬼,骨瘦如柴",但拥有他人无法匹敌的力量,"一顿饭食斗米(十升重)、肉十斤(一斤近六百克),使两柄铁锤(棒尖上带铁球的武器),一个四百斤,两个共八百斤,如缸大一般",这样的内容设定骇人听闻。原本就无法想象一个人携带近五百千克的武器,更无法想象让一匹马载着狂奔。除此之外,作品中荒唐无稽的情节不胜枚举,比如隋炀帝的叔父杨林,为了将叛逆之人一网打尽而在扬州开设了武举(为练武之人所设的科举),企图令他们互相残杀,之后再用千斤重的大门将残存者压死,然而叛逆之人的指挥者稀里糊涂地中了奸计居然集结了习武之人,等等。

然而出场人物的行动远比以往历史方面的作品和草莽英雄方面的小说更加具有写实性。第三回讲述了隋炀帝当年还是皇太子时袭击日后成为唐高祖的李渊之事,文中主人公秦叔宝恰好路过即搭手相救,不料袭击者并非盗贼而是皇太子,下文是秦叔宝得知该信息以后的反应:

> 叔宝听罢,唬出一身冷汗,想道:"太子与唐公不睦,我在是非从里,管他怎的。若还认出,性命难保。"

基于这种温暾的思量,秦叔宝故意朝招供的太子手下大声吼道:"你这个骗子!"然后匆匆逃走,且尽量不让他们看到自己的脸。

这种举动要是发生在一般人身上,就很容易理解,反过来说这不像豪杰的行为。《说唐全传》中的豪杰们,常常采取这种避免冲突、相安无事的消极主义态度及非常现实的决断。故事的荒诞无稽、出场人物的心理及行为的写实性,为什么能同时存在呢?我们应该注意秦叔宝引文中的行为极具小市民特征。也就是说,《说唐全传》中出现的豪杰们都按照最为普通的平民行事原则行事,采取普通人也易于理解的行为,但平民又一味追求偏离实际的荒诞故事。换句话说，两者都容易被平民接受是其共通之处。

实际上，《说唐全传》如今的版本在清乾隆年间(1736—1795)刊行，其主要部分形成于明代后期。当时是否出版不得而知，但在说书活动中出现了和《说唐全传》内容相同的故事(参照小松谦：《中国历史小说研究》，汲古书院，2001年，第五章)。明末清初，舍弃《说唐全传》中有悖史实的部分，增加面向知识分子的内容，继而形成《隋史遗文》《隋唐演义》两部作品，且得以刊行。反过来看，在明末清初这个阶段，为了将作品留存后世，对作品进行修改使之可以面向知识分子是必经之路。

然而，直到《说唐全传》这部作品，出版商才以接近原型的形式出版了大众所熟知的故事。明末清初面向知识分子的小说风靡之后，清代中期这类小说朝着更加洗练、成熟的方向发展，与此同时，为了满足日益增长的中下文化层的需求，出版商开始刊行专门以大众为对象的小说。《说唐全传》的刊行正是这一趋势的开端。这类小说文本大部分采用字体扁平、很难称为美观的版本，这是进行彻底刊刻分工的结果，说明出版商为了让经济条件不好的人承受得起书价而想尽办法降低成本。

既然以普通百姓为读者层，将他们喜爱的故事文字化，那么普通百姓自然会在故事中扮演重要角色。原本作品就将主人公秦叔宝设定为北齐(不知为何后来变成了陈)将军之子，出身贵族，任捕快即警察一职，后来成了被流放的犯人。当时警务人员受到社会歧视。也就是说，《说唐全传》是一个有关草莽英雄的作品，与《水浒传》有共通之处。

但是，《说唐全传》中真正的平民代表是程咬金。即使在今天，在中国民众中他也是无人不知。他是唐朝建国功臣，却被描绘成一个有着彻底平民气质的人物。他目不识丁，勇敢又胆小，狡猾又愚笨的性格可以说是平民的代表人物吧。正因为如此，老百姓在他身上找到了自己的影子，并为之喝彩。

　　然而，仅仅把程咬金这个人物视作平民代表是不够的。他常常做一些毫无意义之事惹人伤神。比如第二十五回，为了给秦叔宝母亲过寿，三十六位豪杰聚集在旅馆贾柳店结拜为兄弟，前半段的高潮处，程咬金想："在席的众友，看起来惟有单雄信这强盗头儿与那罗成这小伙子厉害……"单雄信是秦叔宝的好朋友，罗成是秦叔宝的表弟，程咬金亦是秦叔宝的好朋友，所以他完全没有理由敌视这两个人。事实上程咬金也并不是敌视，只是在二人的名字后面加上了毫无意义的辱骂之词。这种粗野的语气是程咬金的特征，是平民的腔调再现。"待我串他二人打一阵儿看看"之后，接着出现"有何不可"，即想做什么事情时所做出的判断"不碍事"。本来后文程咬金想要做的事情自然是"不可"的，但是他直接把这件事付诸行动，给两个人说彼此的坏话，最终令他们变成了敌人。问题是，这两个人不和对程咬金也没有任何好处。除此以外，程咬金引发其他事件的初衷也只是因为看起来有趣，但常常导致严重后果，然而当事人没有一点反省的样子。他的恶作剧对故事起到了推进作用。

　　此外，令人匪夷所思的是，程咬金是上天选定的人物。他脑子不好，怎么也记不住斧子的使用方法，梦里有个老人出现且传授他使用斧子的技巧，此后他探地穴，发现了帝王的衣服，拜"帅"旗而令旗子飘浮，诸多奇迹使之被选作皇帝，号称"混世魔王"，在叛乱之人聚集推举元帅之际，他只喊一声"开关门，关门依老程开了罢"，门竟奇迹般地打开，于是他被选为元帅。也就是说，他是神圣的存在。不仅如此，他一直具有平民气质，厌倦了皇帝生活了就马上退位。《说唐全传》的续篇、再续篇等作品中，秦叔宝等主要人物纷纷退场，出场人物亦不断更新，而程咬金始终活跃在舞台上，他见证了一切，长篇作品以他的死亡结束。

　　从上述事实来看，程咬金的定位是显而易见的。他是神话学所说的

"恶作剧精灵"。中国的很多故事中都会在一定程度上出现"恶作剧精灵"般的人物,但是无出其右。

前面提到"传奇之类接近原始形态的程度、所显示的伦理观在本质上是否与知识分子不同,通过衡量这两个指标可以在某种程度上判断某文献接近平民特色的程度",在这里,神话中出现的经典人物类型,以接近其原型且与唐王朝建国这一王权故事直接联系在一起的形式被讲述。这表明《说唐全传》直接采用了过去在普通百姓之间流传的未被文字化的传统故事形态。

不过,即使在这样的小说中,从形式来看,也产生了与专门面向知识分子的小说一样的变化。首先,它几乎不插入美文,诗词仅出现在各回的开头和结尾,除此以外只是偶尔加入对句。其次,讲述者也有明显的介入倾向,比如第八回秦叔宝展示高超的箭术场面,讲述者叙述如下:

> 要晓得叔宝的箭乃是王伯当所传,原有百步穿杨之巧。若据小说上罗成暗助一箭,非惟并无此事,抑且岂有此理。

这里所说的"小说",应该是在该作品之前出版的一批小说。在《隋史遗文》和《隋唐演义》中为了帮助不擅长射箭的秦叔宝,罗成的确暗中射出一箭。

像这样,对自己的荒诞无稽视而不见却对其他书进行批判,且巧妙地加以合理说明的做法散见《说唐全传》之中。在细节上追求合理性的精神是民间说唱艺术的一个技巧,以带给听众真实感为目的,其本身亦出现在早期白话小说中,但是这种批判其他书的做法,还是受金圣叹改编《水浒传》文章时批判其他文本为"俗本"的影响吧。

小说的格式,无论是面向知识分子还是面向平民的,都逐渐被固定下来。一方面坚持了源于民间说唱艺术传统的形式,在每一回的开头和结尾都安排固定的模式;另一方面删除了诗词和韵文,加大了讲述者的作用,充分发挥白话的能力进行细致入微的现实描写。换言之,这一时期的作品不仅是面向知识分子所创作的内容,也包含写给平民的作品,越来越接近我们今天所说的"小说",也就是西方近代确立的"小说"。

这种现实描写的普及,也影响到了文言的世界。

文言世界中出现的现实描写

文言缺乏描绘日常生活中的现实情况的能力。更确切地说,原本文言文的功能中就不包含日常性的描写。然而,从明代后期开始情况发生了变化。

明代后期的作家归有光,留下了许多为亡故的家人和仆人写的文章,其中记录了一定程度的家庭生活情况。为妻子或姐妹之类身份低于自己的女性撰写详细的文章这件事本身在过去就几乎没有先例。

清代文章家代表方苞(1668—1749)的作品中有很多更为意味深长的例子。方苞是统治清代文章界的古文流派桐城派之祖,人们大多认为他严格坚持朱子学,具有保守的文学观,但实际上其文章包含了崭新的内容。

《方苞文集》卷十七中,有一组以"家传、志铭、哀辞"为题的文章。方苞在非常贫困的家庭中长大,其家人恐怕是营养不良,所以很早就离开了人世。这个题目汇集了悼念母亲、姐姐、兄弟、叔母等去世之人之文,而且文章尤为生动地记述了当时贫寒知识分子家庭的情况。他为年仅二十一岁就离世的兄弟所写的"弟椒涂墓志铭"中有一部分文字很容易给读者带来深刻的印象。

"弟弟去世已经快十年了,这期间连给他建个墓都做不到,哥哥也因为过度劳累而去世。第二年春天我好不容易准备好了坟墓,就把哥哥和弟弟合葬了。"之后,记述转为幼时难忘的回忆,那是二十多年前方苞和兄弟还不到十岁时的事情。具体如下:

> 自迁金陵,弟与兄并女兄弟数人皆疮痏,数岁不瘳,而贫无衣。有坏木委西阶下,每冬月,候曦光过檐下,辄大喜,相呼列坐木上,渐移就暄,至东墙下,日西夕,牵连入室,意常惨然。

"金陵"是南京的古称,方苞一家从六合镇迁居到南京。"搬到南京后,弟弟和兄长,还有几个姐妹都长了肿包,好几年都没治好,而且我们穷得连穿的衣服都没有",恐怕这是营养不良导致的吧。"女兄弟"共五人,其中两人为方苞父亲的前妻所生,其他三人是三个男子,为方苞之母吴氏所生。据说第二个姐姐很叛逆,让继母很难管。"有一块朽木被放在西侧楼梯下,每到冬天当阳光照射到屋檐下的时候大家都非常高兴,一边叽叽咕咕地说着一边在那棵树上并排坐下,随着阳光照射的变化而一点点移动朽木,直到东边的围墙下。"阳光照射到东边,太阳就移动到西边。"太阳一下山,就一个接一个像串珠子一样返回屋子,心情总是不好。"

这种"快乐"过于朴素不觉让人流泪。接着,文章淡淡地记下家里的事情。经济状况进一步恶化,一天吃一顿饭的日子多了起来,偶尔拿到点心,弟弟总是以"我不喜欢吃点心"为由让给"我"吃,在院子尽头的屋子里学习时一到晚上就害怕得不得了,弟弟总是过来看"我","我"却总是忘记去看他,他一早去买东西,白天在家里干活,晚上学习,弟弟劳累过度身体变得更加屠弱,父亲夜晚回来的时候他也一个人起来等候。一眼看上去似乎没有夹杂任何感伤的笔触却传来了浓浓的悲伤。

不仅是这篇文章,方苞为家人所写的文章都非常真实地描写了当时的生活状况。像这样把自己家里人的肖像细细地描绘出来,是源于早早失去许多家人的方苞自身的哀痛之情吧。因为自己身体状况不好而没能见弟弟最后一面,方苞十分后悔,为了惩罚自己,他留下遗言下葬时要露出一只膀子。

但是,这并不是方苞一个人的问题。方苞只是在数量和质量两个方面尤为突出,在作品中记录家人这件事本身在当时的高级知识分子之间并不少见。与之相伴的是文言表达能力的增强。实际上,以往没有用文言来表达"孩子们一边大声嬉闹着,一边坐在阳光照射的枯木上晒太阳"的先例。与其说这是表达能力的增强,不如说是白话文的存在影响了想要用文言来表达的这种表达意欲的增强。

方苞是否读过白话小说,不得而知。但是,知识分子阅读白话,并且他们中不管是社会的边缘人还是下层之人,也开始执笔写作。这对传统上驾驭文字的旗手而言,文字所记述的内容和书面语言的对象扩大了,但这个意义与以营利为目的创作书籍的书肆及其相关人员无关。无论是有意识的还是无意识的,这都对文言写手产生了影响。事实上清代中期出现了像《聊斋志异》这样涉猎内容广泛的文言小说。随着白话小说的普及而出现的这个动向,也一定对传统文言的世界产生了影响。

如此，由白话进行的现实描写的普及也影响了文言。在描写日常生活时甚至涉及极其细微之处，也将平民纳入描写对象范畴。小说的形式也被固定下来，在面向知识分子的小说中，作者开始尝试写实性的描写和细致入微的心理描写。与此同时，出现了面向大众的小说，尽管荒诞无稽，却带有直击人们心灵的要素。《红楼梦》和《说唐全传》的模仿作如雨后春笋般不断问世，故事内容不断丰富，读者层不断扩大，白话小说的刊行成为出版业非常重要的组成部分。

换言之，书面语言在各方面都在向"近代"靠拢。之后，人们不再低估小说这种形式和白话这种语言，反而产生了重视它们的想法，只等白话作为真正的书面语言被承认的那一刻。届时，无论如何也无法从小说中消失的"说书"痕迹将被抹去。

同时，可以说，这是西洋的冲击带来的。

当知识分子开始感到有必要接受西方文化的时候，小说在西方的地位一定会让他们感到困惑。在西方，Novel作为文学中最主要的种类受到重视。从中国文学中找出相当于Novel的有价值的类型，对于当时的知识分子来说是不容易的。

因此，基于Novel是有价值的文学类型这一观念，在翻译西方小说时，译者林纾选择的文体是桐城派的古文。在这个阶段，既然读者是知识分子，译者就必然会将文言作为书面语言来翻译有价值的外国文学内容。但是，它的实现意味着自方苞以来产生的古文表现能力已经增强到能够翻译西欧小说的地步。然而，正如林纾否定白话文、坚决反对文学革命所显示的那样，一般人并没有将西方的 Novel 视作中国的白话小说。和以往一样，在一般知识分子的观念中，前者是高级的，后者是低级的，不能相提并论。这种看法也起因于两者骨干力量的不同。在西方，小说作者被视为一流知识分子，社会地位也很高；而在中国，人们公认小说是以营利为目的的出版商和接受其委托的落魄知识分子编造出来的内容。实际上，在清代知识分子之间，还煞有介事地流传着罗贯中和施耐庵因写下荒唐文字而堕入地狱的故事，或者其子孙皆成残疾的故事。如前所述，几乎没有人知道曹雪芹是什么人。

但几乎同一时间，日本用指代中国白话小说的"小说"一词作为 Novel 的翻译。对日本人而言，与西洋 Novel 相似的是曲亭马琴等人的读本，而读本是在中国白话小说的影响下产生的，由于其形式也有很多地方来源于中国白话小说，所以人们也常称它们为"小说"。

然而，狂热阅读林纾翻译的西方小说的人们也不禁意识到其内容与白话小说相似。不仅如此，许多赴日留学生也传达了日本的言文一致运动和摸索新小说的情况。于是，在中国也出现了重视白话、积极书写白话文的主张。其核心人物胡适在《文学改良刍议》中主张删除套话，不使用典故和对句，不回避俗字俗语，等等。从本书叙述的内容来看，其意义显而易见。与此同时，他对白话文学进行了研究。以前，白话文学虽然因好事者的兴趣而被讨论过，但并没有被作为认真研究的对象。胡适之所以敢于进行白话文学研究，一是因为他曾在美国留学，发现白话小说是过去中国文学中的 Novel，打算将白话小说提升至西欧 Novel 那样的地位；另外一个原因是，在构筑新的中国言文一致体之际，他意识到白话小说的文体正好可以成为其规范。

在这样的变动中,不久,鲁迅的《狂人日记》诞生了,用白话所写的小说迅速占据了中国文学的中心地位,紧接着白话报刊发行、教材白话化,使用口语词汇的近代汉语形成,直到占据书面语言的主流。如此,纳入西欧"近代"框架的语言和文学,在中国也得以确立。

乍一看,这好像是受到西方冲击,在其影响下进行模仿而产生的结果,但是,从本书所论述的内容可以明确看到这是宋代文言文确立以来缓慢发展的运动,即口头语言向书面语言转化的第二阶段的结果。西方的冲击只不过是使事态向最后阶段发展的契机,"近代文学"包含于前近代中国文学之中。

后

记

出版此书是我长年的心愿，我十分感谢帮助我实现这个梦想的所有人。

我最早接触中国文学作品大概是在儿时，那时读了些专门面向儿童的《西游记》《三国志》和《水浒传》。尽管它们都已经不在身边了，但是《西游记》《水浒传》等书中令人惊恐的插图内容至今历历在目。到了高中阶段，我偶尔会尝试看看原文，但由于还没有学过中文，所以阅读对象当然是属于"汉文"的《史记》《唐诗选》等。进入大学后，我开始专攻中国文学，起初我想研究的是在中国文学发展过程中用文言文书写的诗文，但最终发现白话文学——戏剧和故事才符合我原本的兴趣，于是我转而研究以元杂剧为首的戏曲和小说。虽说如此，但我对诗文的兴趣并没有消失，还写了一篇关于明末清初诗人吴伟业的长篇论文。

后来我开始在大学授课，这给了我一个重新审视整体中国文学的绝好机会——教授关于中国文学史的课程。我最初在富山大学工作，尽管我在教养学部（译者：基础学系）负责外语教学，但多少也有一些讨论中国文学史的机会,我深深感受到和学生们一起欣赏各种作品的乐趣。之后,我调任京都府立大学专门教授中国文学,终于可以踏踏实实地给学生们讲一讲中国文学史。这也想讲那也想讲,就不断地添加内容,结果花了整整七年时间才将中国文学作品轮番讲了一遍。大多数学生从入学到毕业没能听取所有内容,实为可惜。尽管如此,也有人不计较学分,一听就是四五年,给了我极大的鼓舞。

在讨论文学史的时候,若要把所有文学史上的相关情况当作一个过程来把握的话,就不能单列个别作品,而必须考虑为什么会产生这样的作品和形式。在这样思考与论述的过程中,最终我决定要搞清楚贯穿整个中国文学的某一特征。

就在那时,我看到了埃里希·奥尔巴赫的《摹仿论》(筱田一士、川村二郎译,筑摩学艺文库)。一开始,我对看起来十分严肃的作者名字和书名感到害怕,但一看内容,发现其分析对象是我一直所喜欢的古典作品和想进一步了解的欧洲中世纪作品,所以决定坚持一读。开始阅读后发现这本书出乎意料地易于理解,再加上我对本书的分析对象很感兴趣,所以坚持读了下去。最后,每当读奥尔巴赫所论述的各种问题时,我在心中都会自然而然地思考中国文学是否也同样适用。于是大脑就处于不间断的思考中,甚至想到要与奥尔巴赫尚未论述的各种作品进行对比。就这样,以现实描写为切入点来论述整个文学史的想法逐渐在我的脑海中形成并挥之不去。

之后，我又与渡边实老师的《平安朝文章史》（筑摩学艺文库）一书相遇。我之所以称呼他为老师，是因为我刚进大学时渡边老师在教养学部授课。话虽如此，我实在害怕该课程高深的内容，终究没有去上老师的课，所以称呼老师可能会给他添麻烦。总之，文章是如何形成的这一点，其实正是我在研究白话文学的过程中想要阐明的问题。我长期从事白话文学的文本研究，但这并不仅仅是为了弄清文本的继承关系。我的主要兴趣是，为什么会形成不同的文本内容，通过讨论这一过程来明确成为现代汉语基础的白话文是如何形成的。读了渡边老师的书，我意识到，同样的道理也可以用在中文的起始点上，而且，文章与内容有直接联系。一方面，文章根据内容形成；另一方面，内容由文章所规定。根据文章的种类来表达内容就形成了描写。也就是说，追溯文章的变迁归根结底是讨论描写。想到这里，我脑海中就涌现出要把这些内容总结成书的想法。

于是，虽没有发表目的，但我还是开始着手写这本篇幅很长的书。一开始，我是一边把应该写的内容在课堂上讲授出来，一边将其总结成文章。不可思议的是课堂上我的讲解非常顺利。最后，文章的编写快于课堂的进展，我花了一年左右的时间一气呵成完成本书内容并决定出版。然而，投递了好多家出版社都没有成功，我本以为没有希望了，后来想到了之前帮我出版过两本书(加上合著共三本)的汲古书院,于是邮寄了原稿。不久,石坂睿志社长传达了愿意出版的意向。知遇之恩,莫过于此。就在我担心出版这种不知道是否能够畅销的书会给出版社增添麻烦的时候,正好京都府立大学启动了一个新的项目,即"研究成果公开支援事业"。于是我立刻去申请且得到了资助,对此我感激不尽。

这本书没有受到任何束缚,我写它时就打算无论如何都要把自己的想法原原本本地表达出来,因此,除了具有直接关系的内容,并没有添加其他注解。既然所涉及的几乎是中国古典文学的全部作品,就建立在所有历史研究的基础上,所以要一一加上注解的话,注解可能比正文还要长。在这里,我打算写的是一本面向大众的书,总之我只写了自己对原著的所思所想。因此,将读者设想为非专业人士(内容或许有点难)。我之所以在正文和引文中都使用新字,添加很多方便阅读的假名,是因为我希望一般读者能够阅读本书,完全没有无视前辈成就的意思。

我们经常能看到对只进行专业化研究的批判,我深知在特定领域"打破砂锅问到底"的珍贵。但是,我个人认为,细致的实证研究应该是为构筑全局打基础的工作。无论建立怎样的理论体系,如果缺乏根本上的实证性,都不过是空中楼阁。因此,缜密的实证研究是绝对必要的。但如果就此结束,至少对我而言是难以忍受的。也许有人会认为本书的论述不够严谨,但希望大家能考虑到，之前我所出版的《中国历史小说研究》和《中国古典演剧研究》至少能够对本书后半部分的实证性负责。

有很多人把中国文学当作一种特殊的文学，尽管中国文学有一些特殊性，比如文明进步出现得很早，具有延续性，产生于知识分子支配的社会，等等，但是与其他国家的文学在本质上方向相同。语言变成文字，并随着接受者的变化而变化，可以说这遵循了文学发展的必经之路。如果本书能够为您弄清楚这一过程，哪怕只是一点点，或者您读完此书能够以新的视角重新审视中国文学，我将再高兴不过。

最后，请允许我再次向出版本书的汲古书院石坂睿志社长、一如既往细心周到地推进出版工作的小林诏子女士，以及给予我资助的京都府立大学表示由衷的感谢。

2006年12月6日

小松 谦

译后记

　　非常荣幸能够有机会翻译小松谦老师的著作,他是我最为敬仰的老师之一。在我留学日本期间他总是微笑着解答我的各种问题,推荐给我许多有趣的书,将我领入学问之门;他对待学生,亲切而又无微不至;对待我们的学习与研究,严格而又讲究方式……这些都令我受益终身。今天耳畔也时时传来老师温和的声音:"最近有看什么有趣的书吗?给我讲讲吧。"或许正是这种饱含关切之意、细细品来又充满了对学生期望的语言令我不好意思停滞不前。

　　他在日本东方文学研究领域颇负盛名。我想这主要归功于他读书广博、笔耕不辍和独具慧眼。他1987年毕业于日本京都大学研究生院,2000年在京都大学以50万字的论文《中国白话文学研究》获取文学博士学位,日本多年以前文科博士学位的获取难度可见一斑。小松老师博士论文的题目也是关于中国白话文学的研究,这也正是该译本讨论的对象之一,通过他后来发表的诸多著作和论文也可看出他在中国白话文学方面倾注了很多心血,当然在中国的韵文研究方面他也颇有建树。

　　小松老师的研究成果不胜枚举,比如著作《中国古典演剧研究》《中国历史小说研究》《〈四大奇书〉的研究》《中国白话文学研究:从演剧与小说的关联谈起》《水浒传与金瓶梅的研究》,合著《元刊杂剧的研究——〈三夺槊〉〈气英布〉〈西蜀梦〉〈单刀会〉》《元杂剧的研究(二)——〈贬夜郎〉〈介子推〉》《元杂剧的研究(三)——〈范张鸡黍〉》《〈董解元西厢记〉研究》《图解杂学〈水浒传〉》《能乐与昆曲:欣赏日本与中国的古典演剧》,论文《吴伟业的戏曲:以〈秣陵春〉为中心》《吴梅村研究(前后篇)》《诗赞系演剧考》《刘秀传说考》《两汉讲史小说系统的研究》《中国祭祀和民间说唱艺术》《词话系小说考》《〈脉望馆钞古今杂剧〉考》《〈元曲选〉成立考》《〈水浒传〉成立考:以内容面为线索》《〈百家公案〉的构成》《〈麒麟阁〉的研究:隋唐物语和演剧》《孕育元杂剧的母体:以与散曲的关联之处为中心》《明代戏曲刊本的插画》《金圣叹本〈水浒传〉考》《〈水浒传〉正文的研究:关于"表记"》,等等。他多次被授予研究成果奖,比如1996年第六届芦北奖、1998年第十七届东方学会奖、2001年日本中国学会奖等。

　　从上述研究题目也可以看出老师的研究主要以中国白话文学、戏剧和说唱艺术的内容见长,多年以来小松老师在这些领域从未间断探索;同时,他将研究成果运用于大学专业本科生和研究生的文学教学与讨论,指导的硕士生和博士生亦在中国白话文学、中国戏剧、中国说唱艺术等方面取得了骄人成绩,译者也曾在小松老师和藤原英城教授的指导下进行中日比较文学方面的研究。

此次,译者有幸得到所属单位杭州师范大学的资助,终于有机会向国内学界介绍小松老师的著作,为此激动不已。一位日本的汉学家如何认识中国的白话文学?如何阐明中国白话文学的产生和发展过程?如何解释中国白话文学最初得以出版的目的?白话文学的读者又是一些什么样的人?小松老师已在本书中为大家一一解密。

得益于小松老师等诸多老师的教导,今日我亦有幸站在讲台上为日语专业的学生教授日语,为他们讲解日本概况和日本文学等。此次翻译的过程中,本人亦受益良多。本人发现该书中的很多内容适合日语专业研究生"中日比较文学"课程的教学与讨论,于是大胆地将其与教学结合起来。学生皆表示不但增加了知识,拓宽了视野,还学习到了很多不同以往的研究方法,同时也为外国人能够如此精通中国学问而感到震撼。通过上述"中日比较文学"课程的实践,译者发现此书除了作为研究方面的参考资料,还适宜作为"中国文学史""白话文学""比较文学""世界文学"等课程的教材。当然,亦适合对白话文学感兴趣的所有读者。

翻译过程中难免疏漏,还请指正!

　　最后,再次感谢杭州市社科优秀青年人才培育计划的支持,感谢杭州师范大学对译著出版的大力资助,感谢浙江工商大学出版社为出版付出的辛勤工作! 也一并感谢在翻译过程中给予默默支持的家人以及学生!

周　瑛

2021年春节于杭州